Staci Hart

Ciò che resta del mio amore

Newton Compton editori

A Kandi e Becca,
Perché sono sempre il mio caro diario
E spargono arcobaleni su tutti i miei temporali.
#GoHomeShirley

1
Miao

Rose

Avevo il respiro affannato e il cuore che mi batteva forte. Il lungo corpo di Patrick mi schiacciava sul letto. Non c'era nemmeno un centimetro tra di noi: eravamo un groviglio di braccia e gambe, labbra e mani, e qualsiasi volontà avessi avuto di fermarlo era ormai svanita. Non mi importava che avrei dovuto impedirglielo. Non mi importava niente adesso che le sue dita erano come un fiammifero che mi accarezzava la pelle, lasciando una scia di fuoco sul suo percorso.

Era perfino meglio di come lo ricordavo.

Quando si allontanò per sfilarsi la camicia, aprii le palpebre e mi concessi un secondo per riprendere fiato e sfiorargli il petto pieno di tatuaggi, ammirando l'opera d'arte che ricopriva ogni centimetro della sua pelle, mentre lui mi guardava. Lì c'era la sua anima messa a nudo – il bene e il male, la felicità e la tristezza, il tutto marchiato con inchiostro indelebile in modo che non potesse dimenticare. Come se fosse stato possibile.

Era una visione che mi era mancata più di quanto avrei mai confessato.

Si chinò per baciarmi, e il suo respiro si sovrappose al mio. Era tutto così frenetico, quasi febbrile – la mia mano sulla sua mascella, le sue labbra dure, i miei occhi chiusi –

e quello che c'era stato tra noi sembrava ormai scomparso. Come se non fosse mai accaduto.

Patrick si scostò dalle mie labbra per baciarmi il collo, e in quel momento un gatto nero saltò sul letto. I miei occhi annebbiati incontrarono quelli del gatto, che miagolò mostrando denti simili a minuscoli aghi bianchi, in contrasto con il pelo nero corvino.

Patrick non sembrò accorgersene e continuò. Mi risalì le cosce con le mani, sfiorandomi la pelle con la lingua, le labbra umide socchiuse, e io sospirai e sbattei le palpebre mentre affondavo le dita nei suoi capelli neri.

Un soriano arancione balzò sul letto e avanzò impettito fino ad accoccolarsi vicino al gatto nero, con la coda che fremeva. Mi guardò sbattendo le palpebre e miagolò.

«Che cazzo», borbottai confusa mentre un altro gatto – questa volta color grigio fumo – piombava sul letto, si sedeva accanto agli altri, mi guardava dritto negli occhi e miagolava come una vera canaglia.

Il mio viso si spense come la mia speranza. «Cazzo, sto facendo un sogno».

A quel punto spalancai gli occhi e boccheggiai, svegliandomi malvolentieri.

Patrick era scomparso, e anche i gatti. Purtroppo avevo ancora addosso tutti i vestiti, la stanza era fredda e buia e la sveglia del mio telefono miagolava sul comodino.

«Figlio di puttana», ansimai, girandomi per passare un dito sullo schermo a occhi chiusi e spegnere l'allarme.

Avevo ancora il telefono in mano quando mi lasciai cadere di nuovo sul letto, ricordando a me stessa di cambiare la suoneria appena fossi riuscita ad aprire gli occhi. La mia coinquilina, Lily, l'aveva impostata per scherzo settimane fa, e non mi ricordavo mai di cambiarla. Mi misi a riflettere, invece, sulle possibili suonerie da usare come vendetta, mettendo in cima alla lista il rumore di vetri rotti, un bambino che piange e una gallina arrabbiata.

Socchiusi un occhio per dare uno sguardo al telefono. Erano le otto di mattina, un'ora che di solito non esisteva nel mio universo. Non ero mai stata una mattiniera, il che era uno dei vantaggi di lavorare come barista. Ovviamente, comportarsi da adulti è un po' difficile se dormi fino alle due, ma per fortuna non dovevo farlo molto spesso. L'incarico di giurata era un'eccezione inevitabile, fastidiosa e spregevole.

Pensai intensamente alla multa di duecentocinquanta dollari che mi sarei beccata se non mi fossi presentata.

Molto intensamente.

Ma non ne valeva la pena. Per duecentocinquanta dollari mi sarei alzata dal letto. Cazzo, se mi avessero dato abbastanza tequila e avessi indossato un reggiseno carino, probabilmente mi sarei tolta la camicia per quei soldi.

Sospirai e lanciai via la coperta prima di allungarmi per accendere la lampada. La mia stanza era sempre buia grazie alle tende oscuranti che agevolavano i miei orari rovesciati. Le uniche occasioni in cui erano aperte era quando Lily decideva di torturarmi per farmi alzare prima di pranzo.

Le risparmiavo una morte orribile solo perché era la mia migliore amica.

Mi tirai fuori dal letto a forza e mi trascinai fino al bagno, senza niente addosso a parte una maglietta striminzita degli scout e un paio di mutandine, strofinandomi la faccia e sbadigliando mentre cercavo di non pensare a quanto fosse caldo il mio letto. Di certo non pensavo alle labbra di Patrick – o alle sue mani, la sua mascella, i tatuaggi, il…

Ti ha mollata più di sette mesi fa, Rose. Falla finita.

Stupidi sogni del cavolo.

Lasciate che vi dia qualche consiglio sulle relazioni. Non

uscite con il ragazzo che abita in fondo al corridoio, perché quando vi scaricherà non potrete scappare. Non uscite con un ragazzo che fa parte del vostro gruppo di amici, perché poi sarete *davvero* fregate. Soprattutto se lui era il vostro migliore amico, e *soprattutto* se non ha mai smesso di guardarvi come se fosse pronto a divorarvi, anche mesi dopo che vi ha lasciate, proprio come si fa con una cattiva abitudine. Non tornare sui propri passi diventa veramente difficile.

Ma io non avevo cambiato idea. Io e Patrick eravamo un vero disastro insieme, perciò nel momento in cui era finita, era finita davvero. Non avevo la minima idea di come fare per rimettere le cose a posto perché era andato tutto in frantumi, e di conseguenza avevo innalzato un muro. Non è possibile scalarlo, il muro. È come l'isolamento antiatomico – i cancelli si aprono solo dopo duecento anni, quindi ti conviene andare a prenderti una merendina e trovarti una sedia perché ci resteremo un bel po'.

Mi guardai allo specchio e sbadigliai di nuovo, i miei occhi color nocciola lacrimavano. Mi legai i lunghi capelli neri in una treccia e li spinsi dietro la schiena, sentendomi irritabile mentre mi lavavo le mani e il viso. Dovevo apparire almeno presentabile, vestita in modo vagamente professionale, il che era un problema visto che gran parte del mio guardaroba era costituito da jeans strappati e anfibi. Sospirai pesantemente e mi avviai verso la stanza di Lily per trovare qualcosa di normale da mettere. Lei era la luce e io l'oscurità, lei era l'ottimismo e io il cinismo. Delle due, lei era quella "normale".

Appena misi piede nella sua stanza, mi fermai di colpo.

C'era una sagoma distesa sotto le coperte sul letto di Lily.

Il problema era che Lily non dormiva a casa da mesi.

Il mio cuore iniziò a battere all'impazzata mentre tentavo

di capire chi fosse, perché la sagoma era troppo grande per essere quella di Lily. La risposta più logica era che un senzatetto si fosse intrufolato in casa e si fosse addormentato nel suo letto. O forse si trattava di un ladro stanco. Un vecchietto che si era perso? Magari la casa di riposo lo stava cercando. Oppure la polizia. O i suoi figli, in cerca dell'eredità.

Rimasi vicino al letto, paralizzata, con il cervello che cercava disperatamente di decidere cosa fare. Chiamare la polizia. Urlare. Correre. Scappare. Sbattei le palpebre e mi guardai intorno alla ricerca di un'arma, e quando vidi il comodino di Lily mi si illuminarono gli occhi.

Avevo le labbra socchiuse, gli occhi fissi sulla sagoma nel letto, quando aprii silenziosamente il cassetto e afferrai Philmore Dix.

Mi avvicinai alla pila di lenzuola trattenendo il fiato, e lo protesi lentamente fino a dare un colpetto nel punto in cui pensavo ci fosse la spalla.

Le coperte volarono via con un grido dell'uomo che c'era sotto, e io strillai vedendolo rotolare fuori dal letto e cadere a terra.

Patrick aveva gli occhi allucinati, i capelli neri arruffati, il petto tatuato ansimante e mi osservava dal basso sbattendo le palpebre. Il mio cuore ripartì con un tonfo, e una vampata di calore mi investì le guance e le orecchie.

«Tricky! Che cazzo fai?», gridai lanciandogli addosso il vibratore rosa shocking.

Sollevò una mano per evitare che Phil lo colpisse in pieno petto. «Porca puttana, Rose. Mi hai spaventato a morte».

Lo guardai a bocca aperta. «*Io* ti ho spaventato? Che cazzo ci fai qui?»

«Stavo dormendo».

«Ovviamente», sbottai, appoggiandomi una mano sul

fianco e cercando di tenere gli occhi fissi nei suoi, senza badare al resto del suo corpo. Per un istante mi chiesi se fosse nudo. Il mio cuore accelerò i battiti. «Perché dormi *qui*?».

Lui sospirò e si passò una mano tra i capelli scuri, sistemandoli elegantemente. «Da quando Lily ha iniziato a dormire da noi, non ho passato una sola notte tranquilla. Ogni notte alle tre, puntuali come un orologio. Prima i gemiti. Poi la testiera del letto che sbatte sul muro. Ho provato di tutto, Rose. Devi credermi, questa era l'ultima spiaggia. Non l'avrei mai fatto se non avessi un bisogno disperato di dormire».

Mentre guardavo minacciosamente quel bastardo attraente, rimpiansi il fatto che avesse le chiavi di casa nostra, oltre a un centinaio di altre cose. Era seduto sul pavimento della stanza di Lily, avvolto nelle sue lenzuola decorate, e mi fissava con uno sguardo triste e intenso che implorava comprensione. Quello che mi faceva incazzare più di ogni altra cosa era che *lo capivo*.

In quel momento provai la solita attrazione per lui. I suoi occhi avevano sempre quell'effetto su di me – avrei giurato che, se mi avesse guardato abbastanza intensamente, sarebbe riuscito a leggermi dentro come un libro aperto.

Nascosi quei sentimenti in un angolo oscuro del mio cuore e chiusi la porta con un calcio.

Lo guardai socchiudendo gli occhi e stringendo i denti. «Da quanto tempo dormi qui?».

Il suo viso si irrigidì leggermente, ma io me ne accorsi comunque. «Più di un mese».

Mi passai una mano tra i capelli, senza sapere cosa dire. «Cristo, Tricky. Avresti dovuto chiedermelo».

«È stata un'idea di Lily. Le ho detto che avrei dovuto chiedertelo, ma lei era convinta che saresti andata fuori di testa». Fece un sorrisetto, visto che lei in effetti aveva avuto ragione.

«Quella stronza», sussurrai, anche se lo pensavo solo al quarantadue per cento, ma era un quarantadue per cento *estremamente* convinto.

Lui continuava a fare quel mezzo sorriso, lo stronzo, anche se teneva gli occhi fissi su di me come dei laser sexy. «Dai, Rose. Sono stato qui un mese e non te ne sei neanche accorta. Ti starò fuori dai piedi, lo giuro».

Avevo la mascella serrata, ma ero combattuta. Tutto mi diceva di prenderlo per la collottola – nudo o no – e sbatterlo fuori. Solo che non ero sicura di quanto fosse una reazione irrazionale. Quindi tirai fuori la mia espressione da dura, aggrottando la fronte per aumentare l'effetto. «È troppo presto per discuterne. Ho bisogno di un caffè, o di un bicchiere di whisky. O entrambi. Oggi lavori?»

«Sì, fino alle sei».

«Sono stata chiamata per fare la giurata in un processo, ma possiamo vederci qui stasera, così avrò la giornata per pensarci».

«Mi sembra giusto». Il ghigno divertito si trasformò in un sorriso intero, un po' sbilenco. Raccolse Philmore, rigirandoselo tra le mani per ispezionarlo, e sollevò le sopracciglia. «Avevi intenzione di attaccarmi con un vibratore rosa?».

Alzai le spalle. «Era l'oggetto contundente più vicino».

Mi sbirciò le gambe. Mi ero dimenticata di essere quasi nuda, e quando vidi che mi guardava sentii un'altra scarica di adrenalina.

Fui improvvisamente contenta di aver fatto il bucato un paio di giorni prima e di avere indosso le mie mutandine migliori, al posto di quelle con i giorni della settimana che tenevo da parte per le mestruazioni e per quando andavo in lavanderia.

Mi voltai verso la cassettiera di Lily per frugare tra i suoi vestiti, nascondendo dietro ai capelli neri il fatto che fossi arrossita. Quando mi voltai con in mano un completo informale, mi stava ancora fissando. Ignorai l'ondata di calore che mi percorse e feci una smorfia a metà tra un broncio e un'occhiataccia.

Lui ricambiò il mio sguardo senza la minima traccia di rimorso.

Il sole penetrava da una fessura tra le tende, proiettando una scia luminosa sul suo viso ben disegnato e sulla curva delle sue spalle, illuminando gli occhi blu, mentre minuscoli granelli di polvere danzavano dentro e fuori dal fascio di luce.

Mi resi conto che stavo trattenendo il fiato e strinsi i vestiti tra le mani sudate, sentendo il bisogno di uscire da quella stanza prima di soffocare. «Va bene… allora ci vediamo stasera, Tricky».

«Certo». Aveva la voce tesa, e in qualche modo il sorriso era scomparso dal suo volto senza che me ne accorgessi.

Mi chiesi se gli facessi lo stesso effetto che lui faceva a me, e me ne andai con un solo pensiero in testa.

Questo non preannunciava niente di buono.

2
Niente domande

Patrick

Mentre Rose se ne andava, le fissai il sedere senza provare la minima vergogna, esalando un sospiro quando uscì dalla mia visuale.

Mi sarebbe potuta andare peggio di qualche occhiataccia e un attacco con un vibratore. Non aveva detto di no quando le avevo chiesto di poter restare, e lo consideravo già un bel risultato.

Raccolsi la coperta di Lily e tornai a letto, mettendomi una mano dietro la testa e ascoltando Rose che imprecava camminando per l'appartamento. Meglio starle alla larga – era troppo presto per sfidare la sorte più di quanto non avessi già fatto.

Mentre aspettavo nella camera silenziosa, ripensai all'incontro, visualizzandola in piedi sopra di me. Anche appena sveglia sembrava una creatura uscita da un sogno. Era illuminata dalla luce, che le rischiarava i capelli scuri fino a farli sembrare rossi, scintillanti come braci. La maglietta piccola e aderente era sollevata su un fianco e stiracchiava il logo dei lupetti sul seno. Le sue lunghe gambe, il tatuaggio sul fianco e sulla coscia che le avevo fatto io, un marchio che non avrebbe mai potuto essere cancellato.

Fuori era fredda e sicura di sé. Dentro era ardente.

Da quando ci eravamo lasciati, tra noi due non c'era stato niente di facile. Me ne ero assunto la colpa, ed era una cosa che Rose non avrebbe dimenticato.

Per anni eravamo stati buoni amici. Una notte mi resi conto che provavo qualcosa di più per lei. No, in realtà non si trattava di quello – avevo avuto un debole per lei da quando l'avevo conosciuta. Ma capii che lei sentiva lo stesso. Qualcosa nei suoi occhi mi chiese di più e, quando la baciai, il suo corpo mi disse che era vero.

Facemmo un accordo: avremmo vissuto giorno per giorno e, se mai fosse diventato troppo difficile per uno dei due, sarebbe bastato dirlo e avremmo chiuso tutto, senza fare domande.

E così iniziarono i mesi più felici che avessi mai vissuto.

Ero stato da solo per la maggior parte della mia vita, senza trovare spazio nel mio cuore per delle relazioni serie. Ma tra me e Rose le cose erano semplici. Entrammo in un ritmo condiviso, ogni giorno, ogni notte. Ricordavo di essere venuto in questo appartamento in circostanze molto diverse, di aver dormito dall'altra parte del corridoio, nel suo letto, e di aver passato con lei ogni momento che potevo, tutto sotto la protezione di quello stupido mantra tossico: "Niente domande".

Sembrava così semplice, all'epoca. Un modo per ridurre le aspettative e la pressione. Una scappatoia facile per conservare l'amicizia e il rispetto reciproco. Almeno così pensavamo. Ma alla fine non cambiò niente.

A volte hai il mondo intero tra le mani e non te ne accorgi finché non è ridotto in briciole. Capisci di aver vissuto i tuoi momenti più belli solo quando se ne sono andati. Quando ti guardi indietro. Quel giorno – il giorno in cui me ne andai – feci uno degli errori più grandi della mia vita, e ne ho fatto più di qualcuno. È l'unico che considero come un rimorso.

Non era colpa sua se avevo paura, se i giorni e le notti e il desiderio improvviso di una relazione seria mi sembravano grandi e terrificanti. Non era colpa sua se mi ero accorto di amarla e avevo lasciato che mi entrasse dentro a sufficienza così che, se mi avesse lasciato, non avrei mai potuto riempire il vuoto.

Perciò fui io a lasciarla. E quando la feci sedere e le dissi semplicemente che volevo troncare, lei lo accettò, con altrettanta semplicità. Niente domande.

Confusi la sua reazione per un'apatia che per poco non mi uccise. Pensai che non le importasse niente, poi mi convinsi che neanche a me importava niente. Me lo ripetei mentre chiedevo a Veronica – un'altra tatuatrice del negozio in cui lavoravo, che da mesi mi dimostrava il suo interesse – se voleva uscire con me. Da Habits, il bar che frequentavamo tutti. Lo stesso bar in cui lavorava Rose.

L'ho già detto. Rimorsi.

Non dimenticherò mai l'espressione sul viso di Rose quando entrai nel locale insieme a Veronica. Penso che fosse troppo sconvolta per nascondere il dolore e la rabbia, e in quel momento capii che lei aveva mostrato solo una facciata, dandomi quello che pensava volessi, proprio come avevo fatto io supponendo di conoscere i suoi sentimenti.

Fu una lunga nottata. Non trascorse molto tempo prima che la situazione diventasse insostenibile – le sue lacrime trattenute, il corpo rigido, il modo in cui evitava di guardarmi, come se rischiasse di trasformarsi in una statua di sale se l'avesse fatto. Accompagnai fuori Veronica e mi scusai, guadagnandomi una serie di meritati insulti, che accettai, poi la guardai andarsene infuriata. Passarono settimane prima che mi parlasse di nuovo, e le sue prime parole furono una battuta a mie spese, uno scherzo bonario che servì da ramo d'ulivo.

Tornai a casa di Rose e l'aspettai seduto sul suo divano per confessare. Implorare. Fare il necessario per riaverla. Ma non fu abbastanza. Lo capii quando me la trovai davanti, con le mani tremanti, le lacrime che le rigavano le guance, gli occhi traditi. Mi disse mai più. Mi disse che non mi avrebbe perdonato. Mi disse che era finita sul serio. Per sempre. E io le credetti.

Di conseguenza avevo passato gli ultimi sette mesi sperando di essermi comportato diversamente. Aspettando dietro le quinte. Osservandola alla ricerca di una breccia, di un segno qualsiasi che mi mostrasse che per noi c'era ancora una possibilità.

Ma Rose aveva un cuore di pietra. Concedeva una possibilità. Una sola. E io avevo sprecato la mia.

Sentii che usciva dalla sua stanza e si fermava di fronte alla porta di Lily per un attimo prima di voltarsi sbuffando, e il rumore dei suoi passi si allontanò finché la porta non si aprì e si chiuse, indicando che era andata via.

La immaginai percorrere il corridoio brontolando e mi chiesi quante probabilità avessi di restare.

Sospirai e scesi dal letto di Lily, rifacendolo come sempre in modo da lasciarlo esattamente come l'avevo trovato. Rimasi a guardare il dipinto che avevo fatto per lei anni prima, dopo essere andato a un balletto per la prima volta. Essendo una prima ballerina del New York City Ballet, la danza era la sua vita, una devozione che capivo bene. Un sacrificio di tempo e corpo per seguire la sua passione. Intorno al dipinto erano appese le scarpette di vari spettacoli, tutte con la data e il nome dell'esibizione scritti sopra. Il quadro era quasi interamente nero con il profilo del suo corpo e del tutù in delicate sfumature bianche, rosa, pesca e gialle, ed era dipinto a olio con pennellate in rilievo. Ogni volta che lo guardavo notavo dei dettagli che mi sembravano difetti, e mi veniva voglia di prendere un pennello e aggiungere un po' di colore qui, un po' lì, fino a renderlo perfetto.

Ma la perfezione non esisteva. Era una lezione che avevo imparato molto, molto tempo fa.

Mi infilai i pantaloni della tuta e una maglietta mentre la sveglia del mio telefono si attivava, e una volta vestito attraversai l'appartamento, che mi era familiare come se fosse il mio. Eravamo vicini di casa da quattro anni – io e West, Rose e Lily. Avevamo tutti le chiavi dell'appartamento degli altri per situazioni di emergenza, per esempio quando finivamo il caffè o il latte. In più, le ragazze avevano la TV via cavo e noi no, perciò non era insolito andare a casa degli altri anche quando non c'erano. Tuttavia, ero il primo ad ammettere che dormire nell'appartamento di Rose a sua insaputa andava oltre il limite.

La mia unica giustificazione era che avevo un bisogno disperato di dormire. E che era stata un'idea di Lily.

Due mesi prima Lily e West si erano messi insieme, e lei aveva iniziato a dormire a casa nostra. Un mese prima io avevo smesso di dormire.

Io e West avevamo un muro in comune, e quando la testiera del letto aveva iniziato a martellarci addosso nel bel mezzo della notte, la prima cosa che avevo fatto era stata spostare il mio letto dall'altra parte della stanza. Ogni notte il rumore sembrava diventare più forte, più prolungato, e la mattina mi svegliavo sempre più sfinito.

Avevo provato di tutto. I tappi per le orecchie mi facevano impazzire. La musica mi distraeva troppo. Credo che ci fosse un problema di corrente nel nostro appartamento, perché tutti i generatori di rumore bianco o i ventilatori che compravo non duravano più di uno o due giorni prima di fare cortocircuito. Di conseguenza, quando Lily mi offrì il suo vecchio letto, accettai. Dopo che mi ebbe fatto pressione, convincendomi che non era strano perché mi dava il suo permesso. Non c'era bisogno di dirlo a Rose, mi aveva detto.

A quel punto, era da una settimana che non chiudevo occhio. A mali estremi, eccetera.

Quella prima notte, quando mi intrufolai mentre lei era al lavoro, l'appartamento era così tranquillo che dormii come un sasso. Da quel momento, non riuscii più a tornare indietro.

Tenerlo segreto fu abbastanza semplice. Rose tornava tardi, di solito intorno alle tre, alla chiusura del bar, molto dopo che mi ero addormentato. E non si svegliava mai prima di mezzogiorno, quando me ne ero già andato.

Fino a oggi, almeno.

Percorsi il corridoio in silenzio e aprii la porta del mio appartamento, trovando West e Lily seduti a tavola con davanti due ciotole di porridge, intenti a guardarsi come se non esistesse nessun altro al mondo.

Non potei trattenere un sorriso.

Quando chiusi la porta alzarono gli occhi verso di me.

«Ehi, Tricky», disse West, sorridendo dietro alla sua barba scura.

«C'è la colazione sul fornello, se hai fame», aggiunse Lily, rivolgendomi anche lei un sorriso, e spingendosi i lunghi capelli biondi sulla schiena prima di mangiare un boccone.

«Grazie». Attraversai la cucina e afferrai una tazza, assaporando il segreto ancora per un attimo prima di rivelarlo con disinvoltura. «Insomma, Rose mi ha appena beccato».

Scese il silenzio, e io sorrisi, continuando a rivolgere loro la schiena mentre mi versavo un po' di porridge nella tazza.

«Cazzo», disse Lily. «Cos'è successo?»

«Ha cercato di spaccarmi la testa con il tuo vibratore». Aggiunsi una cucchiaiata di zucchero di canna e mi voltai, scoprendo che entrambi mi stavano fissando. «Cosa?», chiesi in tono innocente, e andai a sedermi.

Lily era arrossita. «Sei serio». Non era una domanda.

«Serissimo», dissi con un sorrisetto. «È un affare davvero notevole, Lil».

«Dio mio», gemette lei.

Io ridacchiai. «In ogni caso, ci siamo spaventati a morte a vicenda. Lo stava brandendo come un manganello. Non so se avrebbe potuto fare dei veri danni, però».

Lei rise, cercando di nascondere l'imbarazzo. «Saresti sorpreso dell'effetto devastante che può avere un cazzo di silicone con la batteria carica». Appoggiò il cucchiaio e prese la sua tazza di caffè, avvolgendoci intorno le lunghe dita prima di portarsela alle labbra. «Cosa ti ha detto?».

Sollevai un sopracciglio e mescolai la mia colazione. «A parte "Cosa cazzo ci fai qui"?».

Alzò gli occhi al cielo. «Sì. A parte quello».

Io scrollai le spalle. «Voleva solo sapere perché ero lì, perciò le ho spiegato il perché e le ho chiesto se potevo restare per un po'».

Lily mi guardò, in attesa. «E?»

«Ha detto che ci avrebbe pensato».

West si appoggiò allo schienale della sedia con un sorriso. «Be', è una vittoria. Meglio che essere ammazzati da un vibratore».

Lily sbuffò. «Dipende da come lo usi». Il suo sorriso si spense, e si strinse il labbro inferiore tra i denti. «Quanto è arrabbiata con me?»

«Non so se sia arrabbiata, ma di certo non è contenta. Ti avevo detto che avremmo dovuto chiederglielo», dissi mangiando un boccone.

Lei assunse un'espressione saccente. «Be', se lei non fosse così permalosa quando si tratta di te, sì, avremmo potuto chiederglielo. Io non uso il mio letto, e tu non riesci a dormire. Ha senso. Comunque, a volte è meglio chiedere perdono, non trovi?»

«Speriamo che mi lasci restare».

Lily mi rivolse un sorriso rassicurante. «Cercherò di convincerla».

Ricambiai il sorriso. «Grazie, Lil». Immersi il cucchiaio nel porridge. «Allora cosa fate oggi?».

West appoggiò il tovagliolo sul tavolo e fece un sospiro soddisfatto. «Assolutamente niente».

«Non è meraviglioso?», aggiunse Lily con un'espressione altrettanto soddisfatta. «Il mese prossimo inizierò le prove per la stagione estiva del Saratoga, ma a parte quello non ho niente da fare. Sto ancora aspettando di andare negli Hamptons. Sarà meglio che Cooper non si rimangi la parola». Sorrise e si alzò, prendendo la sua tazza.

West ridacchiò. «Non c'è furia all'inferno pari a una donna arrabbiata».

Lei gli fece una smorfia, continuando a sorridere mentre prendeva anche la tazza di lui.

Lui la interruppe e si alzò, facendo per afferrare entrambe le tazze. «Faccio io, tesoro».

Lily gliele porse e si alzò in punta di piedi per baciarlo su una guancia. «Vado a vestirmi. Vi lascio chiacchierare. Devo prepararmi per la ramanzina di Rose».

«Sono sicuro che non andrà così male», disse West senza convinzione, sciacquando i piatti.

Lei sbuffò. «Sì, certo. Sono pronta a farmi sbranare la faccia come se fosse un piranha».

Lui le lanciò un'occhiata oltre la spalla. «Sembra spaventoso».

Ma lei agitò una mano. «No, me la caverò. In più, me lo merito». E detto questo, si voltò e si diresse verso il bagno.

Presi un altro boccone mentre West metteva le ciotole ad asciugare. Si voltò e si appoggiò al ripiano con uno strofinaccio su una spalla, scuotendo la testa e sorridendomi fiero. «Restare da Rose. Come ti sembra?»

«Calma West. Non ha ancora detto di sì».

Lui incrociò le braccia: «Sì, ma lo farà».

«Come fai a esserne così sicuro?». Sollevai le sopracciglia.

«Perché non ha nessun buon motivo per dire di no».

Ridacchiai e giocherellai con la colazione. «Sono sicuro che Rose potrebbe trovare uno o due motivi».

«O tre o quattro, ma in fin dei conti sono tutti finti, e lei lo sa. Non preoccuparti».

«Potrei sempre provare a dormire nel mio letto», scherzai. «Sbattere fuori voi due, mandarvi a inaugurare il letto di Lily e a tenere sveglia Rose».

West rise. «Come se qualcosa potesse tenere sveglia Rose quando è nascosta nella sua tana».

«Perfetto. Allora quando vi trasferite?»

«In realtà ne abbiamo parlato. Voglio dire, aveva molto più senso quando c'era Maggie. Non dormirei con Lily a due metri di distanza da mia sorella minore per tutto l'oro del mondo. In più, io ho un letto a due piazze, e Lily a una piazza. Potremmo spostare i letti, ma sarebbe… be', vorrebbe dire *trasferirsi*. Non so ancora esattamente cosa stiamo facendo, capisci?»

«Sì, capisco. Non c'è problema. Io continuerò a pagare l'affitto qui, Lily può continuare a pagare l'affitto di là, e troveremo una soluzione quando sarà necessario».

Lui annuì. «Va bene. Rose capirà. Forse più di una cosa».

Io sollevai le sopracciglia. «Chissà perché, ma ne dubito».

West fece un sorrisetto. «Oh, uomo di poca fede. Io e Lily abbiamo una teoria».

«Davvero?». Divertito, mandai giù un boccone.

«Già. L'unica cosa che vi separa, siete voi due». Sembrò fiero di sé stesso.

«Be', mi fa piacere che tu abbia la risposta», dissi in tono piatto. «Dovrebbe essere facile da risolvere».

«Dico solo che forse vi farà bene, convivere. E se non è così, puoi trovare un modo per uscirne e iniziare una nuova storia».

Mi augurai con tutto il cuore che fosse vero. «È più complicato di così».

Lui fece una smorfia. «Non siete le uniche persone al mondo che si sono lasciate».

Annuii e presi un boccone di porridge, interrompendomi per un attimo.

«È vero. Ma con lei ho tagliato i ponti. Non vuole perdonarmi».

Inarcò le sopracciglia scure. «E te l'ha detto lei?»

«Sì, dopo avermi visto con Veronica al bar». Misi giù il cucchiaio e appoggiai la schiena alla sedia. «Senti, il punto è questo. Capisco le sue ragioni. Stare con lei era come...». Spostai lo sguardo, mettendomi a fissare il vuoto. «Era come vedere le cose a colori per la prima volta dopo una vita in bianco e nero. Era tutto troppo intenso, la lasciai perché avevo paura dei miei sentimenti. E dopo la storia con Veronica... be', non era più possibile tornare indietro. *Lei non vuole perdonarmi*. Mi tollera a stento».

West si asciugò la mano sul canovaccio con un'espressione di disapprovazione sul viso. «E allora, vuoi mollare?»

«Sono solo realistico».

«Rose può essere convinta. Lily lo fa tutto il tempo».

Io ridacchiai. «Sì, l'ho visto. Ma i meccanismi tra *Lily* e Rose non funzionano tra *me* e Rose».

Appese il canovaccio e tornò a sedersi. «Non ti sto consigliando di trasformarti in un principe azzurro e provare a riconquistarla, ma puoi almeno trovare un modo per ricordarle perché una volta non si limitava a tollerarti».

«Se ti dico di sì, smetterai di insistere?». Mangiai un ultimo boccone della colazione e mi alzai.

Lui sorrise. «Probabilmente no. Oggi facciamo le gambe. Ci vediamo in palestra dopo il lavoro?»

«Dovrei incontrare Rose per parlare della situazione, quindi forse salto», dissi mentre lavavo la mia tazza e la mettevo ad asciugare.

Mi puntò un dito contro. «Non fare la fighetta. Finirai per avere delle gambe da gallina».

«Chi ha bisogno di un allenatore quando ci sei tu?»

«Esatto. Buona fortuna con Rose, Tricky».

Io ridacchiai. «Grazie. Ne avrò bisogno».

Attraversai l'appartamento e andai in camera mia, sentendomi… fuori posto era la parola giusta, suppongo. Era casa mia, l'unico posto che avessi mai chiamato così, ma negli ultimi tempi mi sentivo un estraneo. Seppur non ufficialmente, Lily si era trasferita e, nonostante fossi felice per loro, passavo la maggior parte del tempo a sentirmi un guardone. Come se fossi un intruso, anche se loro non lo dicevano né mi trattavano come una seccatura. Semplicemente, all'improvviso mi sembrava che fosse *il loro* spazio. Il che sottolineava la mia solitudine.

Ero stato solo per tutta la vita, ma non mi ero mai sentito solo veramente, almeno finché non avevo trovato l'affetto dei miei amici. Perché una volta che hai una cosa, puoi perderla. Ti chiedi se non sia più semplice restare soli.

La solitudine era sempre stata parte della mia identità, ed

era qualcosa che mi dava conforto. Quando ero un bambino, passavo ore da solo a disegnare, dipingere, imparare altri mezzi di espressione. Solo io e le mie cuffie. Ero abituato a quell'isolamento, lo sfruttavo per ricaricarmi. Per trovare il mio centro.

Entrai nella mia stanza, più simile a un atelier che a una camera da letto. Un materassino di gomma copriva quasi tutto il pavimento di legno, e vicino alla finestra c'era il mio cavalletto con sopra un disegno a carboncino incompleto. Su ogni centimetro libero di parete erano accatastate delle tele, la maggior parte delle quali erano ricoperte di colore, e il mio letto e la cassettiera erano addossati all'unico muro disponibile.

Aprii un cassetto, frugando alla ricerca di un paio di jeans, poi mi diressi verso il minuscolo armadio, grande appena per appendere qualche camicia, e scelsi quella a quadretti con le maniche corte, pensando a Rose.

Del resto, pensavo a Rose in continuazione.

Come fai a voltare pagina se lei è l'unica cosa che ti sembra giusta? Avevo cercato la risposta per sette lunghi mesi, da quando ci eravamo separati.

Solo che non ci eravamo mai separati davvero.

Rose era ovunque. Da Habits. In fondo al corridoio. Ogni giorno, sempre. Viveva nei miei pensieri, nel mio cuore, era presente in quasi ogni momento della mia vita. Lei era il fantasma che mi perseguitava, e io non potevo scappare. Non sapevo nemmeno se volevo farlo.

Era il mio castigo.

Fissai il mio riflesso allo specchio del bagno, con la mascella decisa mentre mi pettinavo i capelli all'indietro. Il viso era praticamente l'unica parte del mio corpo che non era coperta dai tatuaggi, e vedevo la durezza nella mia fronte, nei miei occhi. Come se i tatuaggi fossero un'etichetta di avvertenza: “Merce danneggiata. Attenzione. Stare alla larga”. Erano quasi un promemoria di tutto quello che avevo passato, anche se sapevo che in parte servivano a tenere lontana la gente. Ti dicevano cosa avresti ottenuto, se avessi osato correre il rischio. E la maggior parte delle persone non era disposta a rischiare.

Forse West aveva ragione. Forse io e Rose potevamo trovare una via d’uscita, se avessi accettato di vivere nel purgatorio in cui ci trovavamo. Forse c’era un modo. Forse avevo un’opportunità.

Sentii un barlume di speranza.

Non avrei sprecato quell’occasione.

3
Carne e inchiostro

Patrick

L'estate di New York era al culmine, anche se era ancora presto e non avevamo raggiunto l'umidità insopportabile che faceva fuggire la maggior parte dei newyorkesi a Long Island. Sorrisi mentre mi avvicinavo al Tonic, il salone di tatuaggi in cui lavoravo da quasi dieci anni. L'insegna sopra la porta era in filigrana bianca e nera, come una vecchia etichetta di medicinali; aprii la pesante porta nera e fui accolto dalla musica dei Nirvana che risuonava dalle casse in alto.

Feci un cenno a Shep che stava dietro la cassa mentre camminavo sul pavimento di assi verso la mia postazione, vicino alla parte anteriore del negozio.

Il Tonic era uno dei negozi più prestigiosi di Manhattan, aperto già dalla fine degli anni Novanta. Grazie al loro talento, Joel e suo fratello minore Shep avevano vinto una moltitudine di premi, ed eravamo tutti prenotati con settimane di anticipo.

Era stata una fortuna incredibile che Joel avesse scommesso su un tossico diciottenne, magrolino e silenzioso. All'epoca non me ne ero reso conto, ma ero alla ricerca di qualcosa di più, di vero, e l'avevo trovato quando ero entrato nel Tonic. Se riuscite a immaginare una figura paterna, un fratello maggiore e un migliore amico, concentrati in una sola persona, quello era Joel. Impossibile dire che fine avrei fatto se non fosse stato per lui.

Appoggiai il mio borsone e presi posto sullo sgabello di pelle rossa, afferrando un paio di guanti neri di lattice per iniziare a prepararmi. Mi girai verso l'armadio d'epoca in cui tenevo gli strumenti per prendere l'inchiostro, gli aghi e i tappini, usando lo schizzo che avevo fatto – una farfalla color cobalto, incorniciata da una serie di linee geometriche – come guida per le misure. Lanciando un'occhiata al vecchio specchio macchiato vicino al mobiletto, vidi Shep che fingeva di suonare la batteria sulle note di *Smells Like Teen Spirit*, e scossi la testa sorridendo.

Le nostre postazioni erano allineate da un lato del salone, separate da muretti bassi, in modo da far sembrare il negozio più ampio. I muri erano neri o coperti di carta da parati di velluto damascato fino al soffitto di mattoni e alle tubature a vista, e ogni postazione era decorata secondo la personalità dell'artista, anche se tutto aveva un'aria tetra, vittoriana. Nella mia avevo sistemato un dipinto a olio di un teschio fatto da me, dei corvi imbalsamati, uno specchio rococò e una serie di miei acrilici più piccoli in elaborate cornici ovali, che rappresentavano delle ragazze vittoriane con indosso dei corsetti.

Joel arrivò dal retro e si appoggiò al mio muretto con un sorriso. Aveva trentotto anni ma, se non l'avessi saputo, avrei pensato che avesse più o meno la mia età, ovvero dieci anni di meno. Portava una barba fitta e scura, i capelli lunghi in cima alla testa e rasati ai lati; era coperto di tatuaggi dal collo alla punta dei piedi, e aveva degli occhi lucenti e un sorriso rassicurante.

Mi rivolse un ghigno, l'espressione che assumeva per la maggior parte del tempo. «Come va, Tricky?».

Io sorrisi. «Non mi lamento». Passai il cavo della mia

macchinetta attraverso un tubo di plastica e lo agganciai al mio vassoio. «E tu? Sei andato a vedere quello spettacolo ieri sera?»

«I Paper Fools, sì». Intrecciò le dita mescolando le lettere che vi erano tatuate sopra, che così mostravano TSHHAIT invece dei soliti THIS e THAT. «Dean mi manda sempre dei biglietti quando sono in città. I vantaggi di essere un tatuatore».

«I vantaggi non sono mai male». Presi la mia impugnatura ed esaminai gli aghi.

«Be', non quelli di questo tipo, in ogni caso. Sì, lo spettacolo è stato fantastico. Sono venuti anche Shep e Ramona, e Ramona ha portato una tipa per me. Tara, credo. No... Tina». Non sembrava ancora sicuro del nome.

«Te la sei scopata?».

Joel sbuffò. «Certo che me la sono scopata. Sono vivo, no?». Mi guardò attentamente, continuando a sorridere. «Allora, cosa fai giovedì sera?».

Gli rivolsi uno sguardo inespressivo. «Non ho programmi».

«Fantastico. Andremo da Habits per il tuo compleanno, perché sai che non me ne sono dimenticato».

«Certo che non te ne sei dimenticato». Dissi mentre piegavo l'ago che avrei usato per fare le linee di base e lo attaccavo all'impugnatura.

«Perfetto. Mi fa piacere che l'idea ti piaccia. Vedi? Non è stato così terribile, no?»

«Solo per la mia anima, Joel. Solo per la mia anima».

Lui rispose al mio disagio con una gran risata, rassicurante e molto divertita. «Invita West e tutti gli altri, e assicurati che Rose non lavori così può stare con te». Ammiccò con le sopracciglia.

Afferrai un paio di elastici e li avvolsi intorno alla macchinetta prima di coprirla di plastica. «Sei proprio come West e Lily, sai? Siete un branco di ruffiani del cazzo».

«Ti intrufoli ancora a dormire da lei?».

Sospirai mentre appoggiavo la macchinetta e iniziavo a riempire di inchiostro i tappini di plastica. «Sì, ma la festa è finita. Stamattina mi ha beccato».

Trasalì con aria fintamente drammatica. «Ti ha sbattuto fuori?»

«Non ancora. Vuole pensarci, perciò ne parleremo stasera. Voglio dire, non è come se non avessi un posto in cui andare. Tipo casa mia».

«Puoi sempre dormire da me, se ne hai bisogno», disse, improvvisamente serio.

«Lo so. Grazie, Joel. Ma hai già fatto abbastanza per me in questi anni».

«Averti lasciato dormire sul mio divano per un paio d'anni non fa di me un santo».

Incontrai il suo sguardo. «No, ma avermi salvato da me stesso sì».

Lui alzò le spalle, guardando altrove. «Tu avresti fatto lo stesso. In ogni caso, speriamo che Rosie veda la luce e ti lasci restare. Dio solo sa se non avete bisogno di chiudervi in una stanza finché non avrete fatto pace». Sollevò le sopracciglia. «Ehi, ho una nuova idea per il tuo compleanno».

Scoppiai a ridere.

Il campanello sopra la porta suonò, e Penny, Ramona e Veronica entrarono ridendo. Ecco un altro motivo per cui il nostro studio era conosciuto: tre belle ragazze che facevano piercing e tatuaggi. Tutte e tre erano apparse su riviste e calendari del settore. Erano coinquiline e migliori amiche – Penny, che questo mese aveva i capelli color verde trifoglio, Ramona, alta e bionda, e Veronica, la mora delle tre.

«'Giorno, ragazze», disse Shep da dietro la cassa.

«Ehi, Shep», risposero all'unisono, poi scoppiarono a ridere.

Le ragazze si dispersero; Penny andò verso la sua postazione per i piercing mentre Ramona andava impettita da Shep.

Lui si piegò e si diede un colpetto sulla guancia. «Dammi un bacio, splendore».

Lei gli rivolse un ampio sorriso e lo accontentò. Dopodiché si appoggiò una mano sul fianco. «Ehi, Joel, hai intenzione di chiamare Tricia dopo ieri notte?».

Il suo viso si illuminò come una lampadina, e schioccò le dita. «Tricia. Ecco come si chiamava. E no, probabilmente no».

Lei alzò gli occhi al cielo. «Sei incorreggibile, Joel».

Lui fece spallucce.

Veronica ci passò di fianco e andò nella postazione dietro la mia, mentre io e Joel la seguivamo con lo sguardo. Era stupenda – capelli nerissimi raccolti dietro la testa in un nodo che sembrava essere uscito da un vecchio film, occhi verdi sempre truccati. Il suo grazioso nasino era forato da sottili anelli dorati, due su una narice e uno nel setto, con un altro al centro del labbro inferiore, proprio sul rigonfiamento. Aveva le braccia interamente tatuate e dei tatuaggi più piccoli dietro l'orecchio, lungo la clavicola, sulle cosce, visibili attraverso le calze strappate che indossava sotto gli shorts.

Come ho detto: stupenda. Dura e morbida allo stesso tempo, aveva modificato il suo corpo per farlo apparire come un'opera d'arte vivente. Peccato che non fossi neanche lontanamente interessato a lei. Anzi, anche peggio – l'avevo coinvolta nel casino con Rose, nonostante sapessi perfettamente che lei non mi piaceva davvero.

Non guardatemi così. Pensavo di sapere quello che stavo facendo.

Ci sorrise posando la borsa. «Come va, Tricky? Joel? Sembrate in forma».

Joel le rivolse un cenno. «Anche tu non sei messa male, Ronnie». Si allontanò dal bancone e si diresse verso il centro della stanza. «Ascoltate tutti», annunciò.

Drew, Max ed Eli, gli altri artisti, uscirono dal retro, e tutti rivolsero la loro attenzione a Joel.

«Allora, il compleanno di Tricky è tra un paio di giorni, e mi ha detto che la sola cosa che vuole *davvero* è una festa. Una festa in cui tutti sono lì solo per lui. Preferibilmente una in cui gli cantiamo *Buon compleanno* in pubblico».

Tutti gridarono e risero e io scossi la testa, sorridendo.

«Andiamo da Habits per festeggiare. Se lo metterete in imbarazzo per bene, il giorno dopo offrirò il pranzo a tutti. D'accordo?».

Tutti risposero: «D'accordo».

Lui mi fece un sorriso da bastardo e andò verso la sua postazione, che era di fronte alla mia, appena dietro la finestra in modo che la gente potesse vederlo lavorare dalla strada. Tutti si dispersero ed entrarono un paio di clienti, diretti da Shcp alla cassa.

Veronica era occupata a coprire il suo vassoio di pellicola trasparente, ma mi rivolse un'occhiata mentre lavorava. «Allora, Habits, eh?»

«A quanto pare».

«Non hai voce in capitolo?»

«L'ho mai avuta?». Ci guardammo, e lei ridacchiò.

«Tipico di Joel». Mi osservò con circospezione. «Dunque immagino che Rose sarà lì?».

Io annuii e tornai al mio tavolo, appoggiandoci sopra i gomiti. «Probabilmente».

«Perché io non la vedo da...».

«Sono sicuro che non ci saranno problemi», dissi, sperando fosse la verità. «Le va bene».

Sbuffò. «Ti credo sulla parola».

Io sollevai un sopracciglio, e lei imitò la mia espressione. «Cosa?». Prese le salviette di carta e iniziò a strapparle e piegarle in pezzi, accatastandole in un angolo del vassoio. «Non posso biasimarla per essere stata scostante quando ci siamo incontrate. Quella sera avresti dovuto dirmi cosa stava succedendo, prima di portarmi lì».

Rimorso. Eccolo che emergeva di nuovo in superficie senza alcun preavviso. «Sì, be', ci sono parecchie cose che avrei dovuto fare».

Il suo viso si addolcì. «Si dice che è così che si impara. Chi cazzo lo dice, però?».

Ridacchiai.

«Allora cosa vuoi per il tuo compleanno?». Infilò il cavo della sua macchinetta in un tubo di plastica e lo appese al bordo del vassoio.

Incrociai le caviglie con un sospiro. «Immagino che essere lasciato in pace sia fuori discussione».

«Se questo ha qualcosa a che fare con Joel, direi di sì».

Ci riflettei un po', e poi mi venne in mente una risposta semplice. «Che ne dici del tuo libro preferito?».

Lei sorrise raccogliendo i materiali e allineandoli sul vassoio. «Leggi molto? Chi l'avrebbe detto».

«Sì, be', non puoi vivere con uno studente di Lettere per quattro anni senza imparare ad amare la lettura».

Lei scosse la testa. «Tricky Evans, pieno di sorprese».

Il campanello suonò di nuovo, e quando mi voltai vidi entrare la mia prima cliente della giornata. Applicai il modello e la feci sedere sulla sedia, appoggiando le mani sulla sua pelle e impugnando la macchinetta mentre disegnavo e ombreggiavo le linee e i punti, lento e sicuro. Aghi e sangue, carne viva e inchiostro, il tutto accompagnato dal ronzio regolare dello strumento nella mia mano, lasciavano la mia impronta in modo che sarebbe durata quanto il corpo che stavo toccando.

4
Una fila di salsicce

Rose

Dire che fu una lunga giornata sarebbe stato un eufemismo.

Trascorsi delle ore seduta in vestiti scomodissimi su una sedia dura, in una stanza estremamente silenziosa e affollata. La mia unica arma contro la noia era il libro che mi ero portata, solo che non riuscivo a *concentrarmi* per colpa di Patrick.

Cercai di non pensare al suo petto nudo, o alla curva delle sue labbra mentre mi chiedeva di restare, o ai suoi occhi che riducevano in cenere la mia determinazione come avevano sempre fatto. Ma io ero Rosie, Estintore di incendi. In particolare, degli incendi di Patrick. Ero diventata una professionista nel corso degli ultimi mesi. L'insuperabile Regina dei ghiacci. Fredda da far paura. Quello che era successo tra noi era ormai acqua passata. Roba vecchia. Mi aveva chiesto di restare, e io ci avrei pensato in modo razionale.

Potevo essere ragionevole e lasciare da parte i miei sentimenti. Forse.

Poi mi ricordai che per un mese intero il suo petto nudo aveva dormito a sei metri da me, proprio lì, dall'altra parte del corridoio, e diventai "assolutamente irrazionale che si fotta".

Ovviamente, la colpa di quella stronzata non era solo sua. Lily gli aveva dato il permesso senza parlarmene. Aveva concesso al mio ex di dormire nel mio appartamento a mia insaputa, il che era inquietante e disgustoso e assolutamente sbagliato. Non riuscivo a capire cosa l'avesse convinta a dirgli di sì. Sarei andata fino in fondo alla questione, ma prima l'avrei fatta soffrire. Non le avevo mandato neanche un messaggio, e sapevo che era al corrente di tutto, *anche* del fatto che ero incazzata.

A volte il silenzio è il modo migliore per esprimere quello che si prova.

Misi da parte il libro e lo sostituii con un taccuino e una penna. Prima scarabocchiai una serie di immagini che rispecchiavano il mio umore: una mano che mostrava il dito medio, una pistola che sparava una bandierina con scritto NO, delle fiamme da fumetto e un brontosauro con la testa in un secchiello di popcorn. Lanciai un'occhiata all'orologio. Era passato un quarto d'ora.

Quindi voltai pagina e fissai le linee blu finché non diventarono sfocate.

Stasera avrei visto Patrick e gli avrei dovuto dare una risposta. Non ci sarebbe stato tempo per discuterne con Lily. Dovevo decidere da sola.

Scrissi due parole sul margine superiore della pagina: PRO e CONTRO.

Poi mordicchiai a lungo la penna.

Per quello che mi riguardava, i pro erano pochi. Forse vederlo ancora mezzo nudo. Non avrei dovuto incontrarlo se avesse continuato a intrufolarsi come aveva fatto finora. In fondo non faceva niente di male.

In realtà c'era un solo contro, ma era estremamente pericoloso.

Non mi fido di me stessa quando sono con lui.

Anche se mi sarebbe piaciuto fare finta di essere andata avanti, la verità era che mi mancava. Mi mancava il mio amico. Mi mancava l'uomo che mi svegliava con un bacio e mi salutava con un sorriso. Mi mancava il suo tocco. Le sue parole. La sua presenza.

Ma sentire la sua mancanza non mi era concesso. Non dopo che mi aveva scaricata e aveva portato la ragazza più bella che avessi mai visto nel *mio* bar mentre lavoravo. E poi aveva cercato di fare marcia indietro. Gli dispiaceva, mi aveva detto. Mi aveva implorato di capire che aveva fatto un errore.

Il dolore era stato indescrivibile. Lui aveva ragione. Aveva fatto un errore, ma non potevo tornare a fidarmi di lui, cosa che gli avevo detto prima di ordinargli di andarsene.

Non ne avevamo più parlato.

Passarono delle settimane prima che riuscissi a guardarlo di nuovo negli occhi.

Perché ero stata così fredda, volete sapere? Lui era devastato e bello e *dispiaciuto*, no? Sì, lo era. Ma mi aveva ferito abbastanza in profondità da farmi capire che non potevo dimenticare. Non era possibile riparare la nostra storia, non con tutto quello che ci portavamo dietro entrambi.

Capite, io non concedo seconde occasioni. Avete letto bene. Se volete riprovarci, avete una possibilità, solo una. Se Patrick fosse tornato da me prima di Veronica e avesse cambiato idea, l'avrei accolto a braccia aperte. Certo, la seconda volta sarei stata più diffidente, ma l'avrei perdonato in un batter d'occhio. In realtà, dentro di me sentivo che sarebbe tornato. Ma poi aveva deciso di sfoggiare un'altra ragazza davanti ai miei occhi, neanche ventiquattr'ore dopo che ci eravamo lasciati.

Ci sono cose che perdono, ma l'umiliazione non è una di

queste. E la freddezza era l'unico modo che conoscevo per proteggere il mio cuore spezzato.

Diedi un'occhiata alla lista, rendendomi conto che non avevo un solo motivo per dirgli di no, niente su cui avrei potuto basarmi, almeno. Non era la mia stanza. Non era il mio letto. Di conseguenza, dovevo mettere da parte i miei sentimenti e comportarmi da adulta, invece di dire di no solo perché lui mi irritava.

Chiusi il taccuino con un sospiro, sentendomi meglio solo perché avevo preso una decisione. Che decisione fosse era un altro discorso, ma la mia mente era abbastanza tranquilla da permettermi di riprendere in mano il libro e di addentrarmi nella lettura. Almeno lì avrei trovato un lieto fine.

Per fortuna non venni scelta per far parte della giuria, e tornai a casa nel traffico dell'ora di punta, grata di non avere un lavoro "normale". La metro era affollatissima da una parete all'altra; alcuni erano abbastanza fortunati da avere un posto a sedere, mentre la maggior parte di noi erano condannati a stare in piedi in uno spazio ristretto che puzzava di metallo, evitando a ogni costo il contatto visivo. Le porte si aprivano e chiudevano a ogni fermata e fiumi di gente si riversavano dentro e fuori prima che ripartissimo.

Quando iniziai a salire le scale del mio palazzo, il mio umore aveva raggiunto un'acidità di livello epico. Avevo ancora un'ora prima che Patrick arrivasse, quindi almeno potevo cambiarmi e bere qualcosa nell'attesa. Mi sentii un po' meglio al pensiero, ma brontolai comunque mentre aprivo la porta e lasciavo cadere la borsa, richiudendola con più energia di quello che volevo.

Patrick fece un salto sul divano, e io portai la mano al petto, spalancando gli occhi. «Cristo, Tricky!».

Lui sbadigliò e si strofinò la mascella liscia, in apparenza imperturbabile. «Scusami. Avevi detto che volevi parlare, quindi eccomi qui».

Ero furiosa. Mi tolsi le scarpe con un calcio, facendo un respiro profondo per far sbollire la rabbia. «Avevi detto che finivi alle sei».

«Il mio ultimo appuntamento è stato annullato». Era dispiaciuto. E stupendo. «Non volevo spaventarti».

«Va bene».

Si spostò a un capo del divano aspettando che io mi sedessi vicino a lui, e così feci, nonostante il nervosismo e il cuore martellante. Colsi una folata del suo profumo, un odore fresco di sapone e bucato, e mi ritrovai a piegarmi verso di lui per inspirare più a fondo.

Mi bloccai, girandomi in modo da appoggiare la schiena al bracciolo mentre osservavo il bel bastardo e desideravo di non trovarmi in quella situazione. «Okay. Ecco l'accordo».

Lui si rilassò leggermente, cosa che per un qualche motivo mi irritò.

Cercai di non imbronciarmi. «Non riesco a pensare a una sola ragione per cui tu non possa restare, quindi sento di doverti dire di sì».

Lui annuì, con aria un po' meno tranquilla per come mi ero espressa.

«A Lily va bene, ed è il suo letto e la sua stanza. Io accetterò, ma a tre condizioni».

Patrick si mosse sul divano. «Sentiamo».

«Quando io sono qui, cerca di non esserci o di dormire, okay? Non voglio preoccuparmi di avere un reggiseno addosso o no, o di andare in bagno e trovarti lì».

Lui fece un ghigno. «Va bene».

«Non portare qui la tua roba. Tu dormi qui, e basta. Capito?»

«Capito».

«Non siamo coinquilini, okay? Quindi niente...». Agitai la mano, pensando a come spiegarmi. «Non lo so. Non dobbiamo passare del tempo insieme, o roba del genere. Insomma: sei un fantasma».

Lui annuì. «Considerami invisibile».

Io sospirai, sperando che non si sarebbe rivelato un enorme disastro. *Puoi farcela. Va bene. Va tutto bene. Hai stabilito le regole.* «Ecco tutto. Tra poco vedo Lily, devo cambiarmi. Se non tolgo subito questi vestiti vado fuori di testa».

Lui fece un sorrisetto, e io socchiusi gli occhi.

Gli puntai un dito contro. «Non fare una battuta di cattivo gusto, Tricky».

Patrick sollevò le mani. «Chi, io? Mai». Sorrise, e l'impulso di dargli uno schiaffo si insinuò in me. Schiaffeggiarlo e poi baciarlo, perché era affascinante anche quando volevo odiarlo. «Allora, so che sono invisibile e tutto il resto, ma vengo qui comunque per la TV. È ancora permesso se non stiamo», fece lo stesso gesto con la mano che avevo fatto io prima, «passando del tempo insieme?»

«Va bene», risposi, facendo del mio meglio per non farla sembrare un'altra parola con la V, prima di alzarmi per tornare in camera mia.

«Rose?», mi disse.

Mi voltai. «Sì?».

Il suo sguardo mi trafisse, ardente e intenso. Penso che non se ne rendesse nemmeno conto – era semplicemente in uno stato costante di combustione. «Grazie».

Sorrisi, sperando che le ginocchia non mi cedessero sotto il peso del suo sguardo. Poi aprii il congelatore. «Prego».

Uscire da quella stanza diventò la mia priorità numero uno. Cercai di non correre, esalando un altro respiro pesante appena la porta della mia camera si chiuse alle mie spalle e tra di noi ci furono legno e cartongesso.

La priorità numero due era togliermi di dosso tutto quel poliestere.

Sul serio: non avrei mai voluto fare un lavoro in cui le parole "tailleur" e "camicetta" facessero parte del mio vocabolario. Piegai con cura i pantaloni neri e la camicia. Erano un po' stropicciati – i nostri armadi erano così piccoli che era impossibile appenderci davvero i vestiti. Ma quella mattina niente al mondo mi avrebbe convinto a stirare.

Io e Lily saremmo andate da Habits, la mia seconda casa, uno dei miei posti preferiti in cui passare il tempo, anche se ci lavoravo. Alcune persone odiano andare nel loro posto di lavoro nel tempo libero, ma per me non era mai stato così. Forse era l'atmosfera. O forse c'era qualche magia nel bar che mi faceva sentire come se fossi nel posto giusto. In ogni caso, non era mai un problema.

Non avevo la minima intenzione di vestirmi bene per l'occasione, soprattutto perché sapevo che avrei fatto il culo a Lily. Quindi mi infilai un paio di leggings neri con una fantasia che somigliava a delle macchie di candeggina, un maglione nero con lo scollo a V e la mia camicia a quadri preferita. Cotone. Meraviglioso cotone e girovita elastici.

Mi sedetti ai piedi del letto e infilai gli anfibi, sospirando mentre mi scostavo i capelli dal collo.

Così va meglio.

Quando uscii dalla stanza mi sentii molto più me stessa, e andai dritta a prendere la mia borsa cercando di non incrociare lo sguardo di Patrick.

«Divertiti», disse con la sua voce profonda e vellutata.

Afferrai la borsa e feci finta di cercare qualcosa. «Non sederti troppo vicino alla TV o ti rovinerai la vista».

Lui ridacchiò.

«A dopo, Tricky», dissi educatamente e lasciai l'appartamento prima di rendere la situazione ancora più imbarazzante.

Dopo tre passi nel corridoio mi ricordai che ero arrabbiata con Lily – ero stata troppo distratta da Patrick. Dopo un'altra mezza dozzina di passi stavo picchiando alla porta, quasi come un avvertimento, prima di aprirla con uno sguardo torvo, pronta a esplodere.

Lily era seduta in braccio a West sulla poltrona, con le lunghe gambe di lato e le braccia intorno al collo di lui. Sembrava che stessero solo parlando e sorridendo – ed erano assolutamente perfetti. Sapevamo tutti che *sarebbero stati* perfetti insieme, molto prima che loro se ne rendessero conto.

Quando li vidi la mia rabbia si placò. Non del tutto, ma abbastanza perché mi sentissi più pungente e meno minacciosa.

«Ehi, stronza», dissi a Lily, chiudendo con decisione la porta. «Pronta ad andare? Perché sono sicura che mi devi un drink, o forse più di uno».

Lei arrossì guardandomi dal basso. «Se migliorerà la situazione, ti comprerò una bottiglia». Tornò a rivolgere l'attenzione a West, giusto il tempo di scambiarsi un bacio e una lunga occhiata prima che lei si alzasse.

«Sei arrabbiata con noi, Rosie?», disse West con il suo solito sorriso amichevole.

Gli mostrai il medio, e lui ridacchiò.

«Oh, sai che abbiamo buone intenzioni».

«Ed è proprio per questo che vi ho mandato a quel paese invece che all'inferno».

Lui ridacchiò.

Lily sospirò prendendo la sua borsa. «Vieni a cercarmi se

tra un'ora non ti ho mandato un messaggio. Non ci sono garanzie che non sia armata».

Alzai gli occhi al cielo. «Ti odio».

«Bugia». Salutò West con la mano, e uscimmo in corridoio. «Allora», iniziò, con un tono eccessivamente allegro, «quanto sei arrabbiata? In una scala da uno a omicidio?».

Le lanciai un'occhiataccia. «Da qualche parte tra mutilazione e smembramento».

«Be', allora le cose potrebbero andare peggio», scherzò, ma il suo sorriso si spense. «Mi dispiace non averti detto che lui dormiva da noi».

«Cioè… che cazzo, Lil?»

«Be', pensavamo che tu…»

«Sì, sì. Pensavate che avrei dato di matto, giusto? Be', eccoci qui, e ti dirò che *questo* sclero è di gran lunga peggiore di quello che avrei fatto se me l'aveste chiesto».

«Ma avresti detto di no, e lui aveva bisogno di dormire, capisci?»

«Be', *forse* potreste smettere di scopare come conigli tutta la notte, così potrebbe dormire».

Lei sollevò le mani mentre scendevamo le scale. «Sul serio, non siamo *così* rumorosi. E comunque, che importa se dorme da te?»

«Importa. Voglio dire, qual era il vostro scopo? Pensavate che non l'avrei scoperto?».

Lei arricciò il naso e tirò su. «Non lo so. Per un mese ha funzionato».

Io feci un verso vago.

«Un po' speravo che ti sarebbe andato bene».

«Cioè, cazzo. Avreste dovuto farmi ubriacare e convincermi, semplicemente. Almeno in quel caso non avrei cercato di picchiarlo con il tuo vibratore».

Lei scoppiò a ridere, e non riuscii a trattenermi – risi anch'io.

«Cristo, è stato davvero ridicolo. Aveva gli occhi che sembravano due palle da biliardo, cazzo». Spalancai gli occhi e misi la mia faccia a due centimetri da quella di Lily.

Stava ancora ridendo quando aprì la porta del nostro palazzo. «Avrei pagato per vederlo».

«Quasi vorrei averlo colpito. Una bella impronta a forma di cazzo sulla fronte. Bum». Battei le mani.

Lily espirò, cercando di non ridacchiare. «Dio. Mi dispiace davvero non avertelo detto».

Io alzai le spalle. «Non importa. Ormai è fatta, e avevi ragione riguardo alla mia reazione».

«Alla fine cosa gli hai detto?»

«Cosa potevo dirgli? Gli ho detto che poteva restare e gli ho dato delle regole. Che lui ha subito infranto chiedendomi se poteva rimanere a guardare la TV», mi resi conto.

«Beh, non è una novità».

«Lo so, ma non voglio passare il mio tempo con lui, Lil. Ho bisogno che mi stia lontano».

Lily annuì e disse: «Giusto», come se non lo pensasse sul serio.

Le lanciai un'occhiata. «Cosa?»

«Niente». Aveva la voce un po' acuta. «Cioè, finora tenerlo lontano non ti ha fatto bene, ma solo tu sai cosa è meglio per te».

La guardai stringendo gli occhi. «Ugh, non iniziare a fare la passivo-aggressiva. Dimmi quello che pensi».

Lei alzò le spalle. «Voglio solo dire che se vivete insieme forse ti passerà, è tutto».

Io sbuffai. «Sì, certo. Mi passerà. Sicuro».

«Comunque, nuovo argomento, visto che questo è spiacevole ed esaurito. Com'è stato fare la giurata?»

«Divertente come sigillarmi le labbra con le graffette», dissi camminando verso Habits. «Almeno non sono stata scelta».

Lei annuì. «Pensiero positivo. Mi piace».

«E voi cosa avete fatto tutto il giorno?»

«Niente. È stato fantastico. Secondo te è strano che non abbia mai capito perché la gente va in vacanza?».

Le rivolsi un'occhiata inespressiva. «Sì».

Lei ridacchiò. «Cioè, in teoria lo capisco, ma tutto quello che ho fatto nella vita è ballare, ventiquattr'ore su ventiquattro, da quando ho memoria. In più, non ho mai incontrato nessuno con cui andare in vacanza, con cui condividere una cosa del genere».

Sventolai una mano. «Ehi? E io chi sono?».

Rise di nuovo. «Certo, perché tu vai sempre in vacanza».

Alzai le spalle. «Voglio solo dire che io sarei venuta con te».

«Be', grazie. Buono a sapersi».

Risi e la spintonai leggermente.

«In ogni caso, questa vacanza ha dato a me e West la possibilità di passare un sacco di tempo insieme».

Le sorrisi. «Dio, sei proprio persa».

«Lo so», mi rivolse un sorriso smagliante. «È così strano. Cioè, lui era il mio migliore amico…».

La guardai male.

«… *A parte* te…»

«Grazie».

«… Ma è come se non lo conoscessi davvero. Non come adesso».

Sbuffai. «Oh, intendi a livello sessuale?».

Lei arrossì. «Sì, quello, ovviamente, ma anche… non lo so. Ogni cosa. È tutto diverso e uguale, come se avessi liberato una parte di lui e lui avesse fatto lo stesso con me. Ha senso?».

Questa volta le rivolsi un sorriso d'intesa, anche se sapevo che c'era una traccia di tristezza. «Sì».

«In ogni caso l'aspetto sessuale è molto interessante di per sé. Di certo non mi posso lamentare».

«Ah. Ne sono sicura, visto che ci date dentro ogni notte. Tricky non riesce più a sopportare le vostre scopate super rumorose».

Fece una faccia disgustata. «È imbarazzante».

Sollevai le sopracciglia. «Be', forse se vi ridimensionaste un po', io non avrei il mio ex che mi implora di dormire nella tua vecchia stanza».

Mi guardò dall'alto in basso con aria drammatica. «Senti, abbiamo delle necessità che devono essere soddisfatte. Non posso dire che mi dispiace. Per Tricky è un bel problema, ma non mi importa farlo dormire nel mio letto se tu sei d'accordo. Io non lo uso».

Le rivolsi un'occhiata dura, come a dirle "che cazzo dici".

«Cosa?», mi chiese, come se la pazza fossi io. «Lo so, è il tuo ex, ma voi due siete rimasti amici».

«Possiamo dire "amici" tra virgolette? Perché per me non è proprio così. Per me è più un "siamo amici che sono usciti insieme e hanno rovinato tutto ma provano comunque a essere amici, però è una cazzata"».

«È un nome bello lungo. Io non vi chiamo così».

Feci una pausa pesante, poi parlai a bassa voce. «È una cosa seria, e lo sai».

Lei annuì. «Lo so. Vorrei che non lo fosse». Camminammo in silenzio per un po'. «Sinceramente, penso che vi farebbe bene. Penso che devi solo andare oltre la fase imbarazzante del "mi manca il tuo pacco" e arrivare alla fase "siamo a posto"».

Ci pensai un attimo. «Forse hai ragione».

Lei assunse un'aria compiaciuta. «Certo che ho ragione. Io ho sempre ragione».

Sorrisi astutamente e mi raddrizzai un po'. «So come uscire dalla fase "mi manca il tuo pacco"».

«Ah sì?». Sollevò le sopracciglia.

«Ho solo bisogno di trovare un altro pacco da venerare».

Lei rise fragorosamente. «Ti ho appena immaginata mentre fai un rito di magia nera davanti a un tempio del cazzo».

«Devi smetterla di frugare nelle mie cose. Sei così impicciona».

La sua risata si trasformò in una specie di belato.

Sbuffai. «Dio mio. Sembra che tu venga da una fattoria».

Mi spintonò. «Chi si somiglia si piglia. La tua risata da asino vince il primo premio».

La spintonai a mia volta. «Non ho una risata da asino».

«Sì invece». Mi puntò un dito contro. «Ti faccio ubriacare di whisky e ti registro, così posso ricattarti. In ogni caso, io la trovo adorabile». Mi diede un buffetto su una guancia. «Insomma, ho capito bene? Inizierai a frequentare altri ragazzi?».

Alzai le spalle. «Perché no? Forse mi aiuterà a sbloccarmi».

Lei scosse le spalle mentre ci avvicinavamo al bar. «Oh, sono sicura che troverai qualcuno che ti aiuterà a *sbloccarti*».

«Lily, sei proprio in vena». Le aprii la porta.

«Be', me le offri su un piatto d'argento», disse scrollando le spalle. «Allora, vuoi andare su Tinder a cercare una fila di salsicce?»

«Se la metti così, come potrei non volerlo?». La mia voce era totalmente priva di entusiasmo.

Alzò gli occhi al cielo mentre attraversavamo il bar. «Non so, Rose. Io ho saltato tutta la parte degli appuntamenti.

So solo che è impossibile conoscere gente nuova a New York, per cui ha senso usare un sito di incontri, anche se è come il Far West».

Salutai con un cenno Shelby quando le passammo davanti e indicai i tavoli sul retro. «Sono una barista, quindi non è difficile trovare qualcuno che ci provi con me, ma non mi va di uscire con loro, mi tocca troppo da vicino. Non voglio che un ragazzo sappia dove lavoro prima del nostro primo appuntamento, sai? E se fosse un maniaco? Poi potrebbe seguirmi quando sono qui e non potrei scappare».

«Mi sembra giusto. Va bene, allora nessuno che frequenta Habits. Quindi… Tinder?», mi chiese con voce speranzosa.

Risi mentre ci sedevamo a un tavolino alto in fondo al locale. «Forse. OKCupid? Ugh, non so. Tutta questa roba mi rende nervosa».

Il suo viso si illuminò e mi agitò l'avambraccio. «Scarica l'applicazione e andiamo a caccia di ragazzi».

«Non so se sono pronta».

«Smettila di fare la bambina. Non devi mica sposarti. Se non altro, potresti avere un po' d'azione».

Alzai gli occhi al cielo. «"Un po' d'azione"? Cosa sei, un'adolescente degli anni Novanta?».

Lei mi ignorò. «Fatti un profilo così possiamo dare un'occhiata. Senti, non sei obbligata a rispondere a nessuno».

«Ovviamente. Ma anche solo creando un profilo, sto accettando che mi mandino foto di cazzi e proposte da maniaci».

«Benvenuta nel mondo degli appuntamenti. Dai. Scarica l'applicazione e facciamo la spesa».

Io sospirai. «Ho bisogno di alcol».

Lei mi fece un gran sorriso e saltò giù dallo sgabello.

«Okay. Meglio che quella applicazione sia sul tuo telefono quando torno, o terrò il tuo whisky in ostaggio».

«Prepotente».

«Pappamolla».

Mentre aspettavo che l'applicazione si scaricasse avevo un'espressione schifata, e sono quasi certa che peggiorò appena la aprii.

Benvenuto su OKCupid. Scegli il tuo nome utente.

WhiskyRose9er. Il timore iniziò a invadermi, seguito dall'apprensione quando il mio istinto "combatti o scappa" si attivò, ma non mollai, motivata dal whisky.

Non ne vado fiera. Era stata una giornata talmente di merda.

Completai il processo di iscrizione e, quando Lily tornò, mi restava solo il terribile compito di scegliere una foto.

Lily appoggiò i bicchieri e si sedette accanto a me, allungando il collo per sbirciare lo schermo del mio telefono. «Oh, la foto profilo. Quale vuoi usare?»

«Non so. Scegli tu».

Afferrò il telefono. «Speravo che me lo dicessi». Aprì la cartella con le foto, e io presi il mio bicchiere per bere un lungo sorso. «Questa. È sexy *ed* elegante. Equilibrio perfetto tra scollatura e sguardo da "scopami"». Mi restituì il telefono.

Sospirai. «Va bene. E adesso?»

«Adesso, cerchiamo!». Aveva un sorriso a trentadue denti.

«Sei troppo eccitata». Selezionai le opzioni di ricerca, e aspettammo – io ero nervosa, invece Lily saltellava – mentre l'applicazione trovava delle corrispondenze. Lo schermo si riempì con una lunga lista di ragazzi molto più attraenti di quello che mi aspettassi.

Lily sbatté le palpebre. «Wow. Sono quasi sbalordita».

«È così difficile incontrare qualcuno. Dobbiamo ricorrere a un catalogo». Iniziai a scorrere la lista.

Lei ne indicò uno. «Che ne dici di questo? *TylerStack88*?»

«Troppo "ehi amico"». Continuai a scorrere.

«Oh, mio Dio. *SerpenteSacro*? Ti prego, dimmi che non è un'allusione al suo cazzo».

Guardai la foto più da vicino. «Considerando gli schizzi di sperma sullo specchio del suo bagno, probabilmente lo è».

«Mmm», mormorò bevendo un sorso. «Ooh, e che ne dici di lui? *SkateTreason*? È carino, la foto è bella e guarda, fa skateboard. Clicca su di lui».

Lo feci e leggemmo il suo profilo. Era ben scritto e sembrava interessante, ma mi fermai. *Troppo bello per essere vero.* «Lo salvo per dopo. Vediamo cos'altro nasconde Cupido». Continuai a scorrere i profili. «Guarda questo. *ArteImmortale*. Mi piace la foto, è carina. Bella mascella. Tatuaggi».

«Wow, Rosie», disse lei, con voce piena di sarcasmo. «Un artista tatuato con una bella mascella?».

Le sorrisi dolcemente. «Vaffanculo, Lil. È il mio tipo. In ogni caso, è biondo, quindi è completamente diverso da Tricky». Aprii il suo profilo e lessi la biografia, scritta con cura. «Qui dice che fabbrica mobili».

«Un uomo che lavora con le mani. Può costruirti un letto e poi sbattertici sopra».

Ridacchiai. «Mi incuriosisce».

«Scrivigli».

Feci di nuovo una smorfia. «Non dovrei, non so, pensarci un attimo? Continuare a cercare?»

«Scrivigli e chiedigli di uscire per un caffè. Se ne trovi uno migliore, chiedi anche a lui di uscire».

Io storsi il naso.

«È solo un caffè, per amor del cielo. Non gli stai chiedendo il DNA».

Tornai a osservare il profilo, non del tutto sicura di me stessa. Sentite, anche se facevo la dura, e volevo andare avanti, non era così facile. Ma dovevo fare qualcosa. Era ora che voltassi pagina, soprattutto se Patrick avesse abitato con me. Dopo tutto questo tempo, per tornare a essere amici dovevo cambiare, comportarmi in modo diverso. Era la cosa migliore da fare, mi dissi.

«A quanto pare l'operazione "dimenticare il pacco di Tricky" sta iniziando bene».

Alzai gli occhi al cielo. «Sei crudele».

«Sei tu che non fai niente. Forse non sei pronta».

«Lo sono».

Lei incrociò le braccia con sfrontatezza. «Provalo».

Le risposi a tono. «Va bene, rompipalle». Cliccai il pulsante dei messaggi e aspettai un lungo istante, indecisa tra saltare e scappare.

«Fifona».

La fulminai, poi tornai ai messaggi. *Via il dente, via il dolore, Rose.* Digitai un messaggio, sperando di non sembrare disperata o sfigata, e lo rilessi attentamente una volta.

Mi piacerebbe incontrarti per un caffè, sei libero domani?

Breve, semplice, dritto al punto. Cliccai invio e lanciai il telefono sul tavolo. «Ecco. Contenta?».

Lily sorrise. «Contentissima. Vuoi cercare ancora?».

Presi il mio bicchiere. «Voglio sbronzarmi e sprofondare sottoterra».

Lei rise. «C'è un sacco di gente che usa questi siti».

«Allora perché mi sembra così patetico? Cercare un appuntamento online è come comprare dei preservativi. Stai lì a esaminare otto confezioni diverse cercando di sbrigarti perché un po' ti vergogni, e in più hai paura che qualcuno ti veda. Cioè, quali scegli? Quelli con i rilievi? Ultrasottili? Effetto caldo e freddo? Non sai se ti piacciono finché non li provi, quindi corri il rischio e prendi il tipo "caldo e freddo", e poi finisce che è un incubo e ti brucia tutto».

Lily scoppiò a ridere.

«Sul serio, chi ha avuto la brillante idea di mettere del ghiaccio bollente sui genitali? Sono abbastanza sicura che venga citato in tutti i film per adolescenti come esempio da evitare». Bevvi un sorso. «Come ho detto prima: lo stesso vale per i siti di incontri. Non voglio l'effetto caldo e freddo nelle mie parti basse. Ho solo bisogno di un uomo attraente, normale, senza fregature, e che non mi farà restare incinta».

Il telefono mi vibrò in mano.

Rimasi a bocca aperta quando vidi il messaggio. «Oh, mio Dio. È *ArteImmortale*. Dice che domani è libero».

Strillò come un'adolescente che ha appena trovato nella cassetta della posta l'ultima copia della sua rivista di gossip preferita. «Cosa vuoi rispondergli?»

«Be', sarebbe strano se dicessi di no adesso», dissi mentre gli rispondevo proponendo un posto, e lui accettava quasi subito. Avevo le farfalle nello stomaco. «Ci vediamo da Roasted domani pomeriggio». Appoggiai il telefono e le sorrisi. «Un appuntamento con un artista carino».

«Come ti senti?».

Feci un cenno con la testa, rigirandomi la sensazione in testa. «Bene, penso. È stato molto più facile di quello che pensassi, e più veloce. Pensavo che per trovare qualcuno con cui uscire mi ci sarebbero voluti più di quattro secondi e mezzo».

«Be', nessuno direbbe mai che sei indecisa».

Sollevai il bicchiere. «Questo, mia cara, è verissimo».

5
Spazio negativo

Patrick

Non ero sicuro di quanto tardi fosse, ma era passato abbastanza tempo perché la voce nella mia testa mi dicesse che probabilmente sarei dovuto tornare a casa o andare a letto prima che Rose arrivasse. Tuttavia non riuscivo ad andarmene, e incrociai di nuovo le caviglie senza staccare gli occhi dal blocco da disegno, dicendomi che era solo perché ero comodo. Che la prossima volta che mi fossi alzato sarei andato a dormire. Che non stavo affatto aspettando che lei tornasse per vederla.

Dalla sua cassa portatile proveniva una musica sommessa, un ritmo che guidava la mia mano mentre muovevo il carboncino sulla pagina in tratti decisi. Una curva e una linea per le sue labbra. I suoi capelli arruffati. La curva della mascella. Un sorriso appena accennato agli angoli della bocca mentre lei distoglieva lo sguardo.

Conoscevo ogni dettaglio del viso di Rose, ogni espressione.

La ritraevo in momenti impressi in modo indelebile nella mia mente. Distesa vicino a me nel letto, una mattina come tante. Dopo che l'avevo baciata per la prima volta. Quando le avevo detto che volevo farla finita, il suo viso inespressivo e sereno come il vetro. Avevo pensato che non le importasse.

Mi sbagliavo.

Quello che era successo tra noi non era colpa sua. Semplicemente, io non sapevo come gestire quello che provavo per lei. Non sapevo nemmeno quali *fossero* i miei sentimenti. Almeno finché non fu troppo tardi.

E adesso mi ritrovavo a convivere con la ragazza che non riuscivo a dimenticare. Allontanai il pensiero che questa sarebbe stata la mia occasione, perché non volevo sperarci. In base alla mia esperienza, la speranza portava alla delusione. Ma, se non altro, io e Rose avremmo potuto riappacificarci da un certo punto di vista. Io avevo mandato tutto all'aria, quindi probabilmente toccava a me trovare il modo di rimettere insieme i pezzi, uno alla volta. Anche una semplice amicizia sarebbe stata meglio di niente, di quello che avevamo passato negli ultimi mesi.

Sapevo com'era quel niente, e non avrei mai voluto ritornarci.

La vita con me avrebbe potuto essere molto più dura di quanto lo fosse stata. Non avevo mai sofferto la fame. Non ero mai stato picchiato o maltrattato. Avevo sempre avuto un tetto sopra la testa e dei vestiti. Ma non mi ero mai sentito amato o desiderato. Non che io me ne ricordassi, in ogni caso.

Mio padre – il Sergente, come lo chiamavamo – era nell'esercito, e quel lavoro gli calzava a pennello. A volte mi chiedevo se l'uomo silenzioso e indurito che conoscevo, che considerava l'ordine e la disciplina più importanti di ogni altra cosa, sarebbe sopravvissuto alla vita da civile, a un lavoro normale. Suppongo fosse per quello che non vedemmo mai le cose allo stesso modo – grazie a mia madre, io avevo ereditato il gene ribelle.

A volte mi sembra di rivivere alcuni momenti della mia infanzia, anche se in parte penso che sia solo la ricostruzione di una vecchia foto, una storia raccontata attraverso i ricordi di qualcun altro, più che i miei. Lo ricordo come un periodo felice, anche se è una sensazione fuggente – appena la sfioro, l'immagine svanisce. Ripenso a quando ridevamo, tenendoci per mano mentre osservavamo le giraffe con le lunghe lingue nere e i colli allungati a raggiungere le foglie verdi vicino alla piattaforma panoramica.

Avevo nove anni quando lei ci lasciò, e penso che si portò via la parte migliore di lui. Forse in qualche modo lei lo rendeva più normale, o forse era l'intermediario che faceva sembrare che tutto andasse bene. In ogni caso, lui non fu più lo stesso, dopo. Credo che non sapesse cosa fare con me, e non ci capimmo mai. Avevamo un carattere molto simile – da perfetti stoici, evitavamo i problemi che non sapevamo come gestire, lasciandoli irrisolti. Io gli stavo fuori dai piedi, e lui faceva lo stesso.

L'arte era la mia unica costante, l'unico posto in cui potevo essere aperto e onesto. Nel corso degli anni riempii album dopo album, senza mai frequentare alcun corso né aspettarmi di raggiungere qualche risultato. Era solo una cosa che facevo per riempire la mia anima e il silenzio della mia vita. Non passavamo mai più di un anno nello stesso posto prima di trasferirci da un'altra parte, il che voleva dire che non ebbi mai la possibilità di farmi degli amici. Ero il ragazzino strano e silenzioso che si vestiva quasi esclusivamente di nero e aveva le dita sporche di carboncino e lo sguardo duro, che fumava nascosto dietro la palestra.

Quando compii sedici anni, il Sergente annunciò che ci saremmo trasferiti di nuovo e all'improvviso capii una cosa. Non volevo partire. Non volevo vivere con lui. Avevo intenzione di andare a New York e iniziare una vita per conto mio.

Quando glielo dissi non oppose alcuna resistenza, si limitò a darmi duemila dollari e mi chiese di chiamarlo se fossi finito nei guai.

Non lo chiamai mai. E neanche lui lo fece.

Da allora erano passati più di dieci anni. A volte mi chiedevo che fine avesse fatto. Se avesse trovato una nuova moglie, o avuto altri figli. Se fosse felice. A volte mi chiedevo se si domandasse come stavo. Ma di solito non pensavo a lui.

Presi l'autobus da Fort Rucker, in Alabama, fino a New York, portando con me solo il vecchio zaino di tela verde militare di mio padre; usai i soldi per affittare una stanza in un ostello per un mese e trovai lavoro come aiuto cameriere in un ristorante italiano.

Fu lì che incontrai un ragazzo biondo allampanato, che aveva un paio di anni più di me, un sorriso scintillante come il sole e la capacità di farmi ridere come nessuno prima. Seth fu il mio primo amico, la prima persona che mi fece sentire amato. Per la prima volta nella vita ero davvero felice. Viveva con degli amici, Danny e Sarah, e mi disse che c'era posto anche per me se volevo restare. E ovviamente io volevo. Volevo restare per sempre.

Ma quella che pensavo fosse una fortuna in realtà era solo un'illusione. Seguii comunque Seth nella tana del coniglio.

Mi ero già drogato prima – erba, qualche fungo – ma niente a che vedere con quello in cui mi trascinò Seth. Molly – l'ecstasy – fu il primo passo, la spinta facile, qualcosa che mi dava la sensazione che tutto sarebbe andato bene, un sovraccarico di serotonina che faceva sembrare piccoli e irrilevanti tutti i miei problemi, passati o presenti. Poi toccò alla ketamina, il corpo pesante e le lunghe nottate di sballo. E in tutto quello, mi sembrava di avere finalmente una casa. Una famiglia. Un posto mio. Ed ero così innamorato di quell'idea che sacrificai me stesso per non perdere quella sensazione.

Una notte Jared, il nostro spacciatore, venne e ci portò un set di aghi. Campioni gratuiti di "China White". Non avevamo mai provato una roba così, ci disse, e aveva ragione. Non provai mai più niente del genere, anche se lo cercavo ogni volta che mi infilavo l'ago nel braccio.

I due anni successivi mi apparivano sfocati, i giorni si susseguivano uno dopo l'altro, come colore che gocciolava. Noi quattro dividevamo l'affitto di un bilocale di merda a Hell's Kitchen, lavorando per poterci sballare. Poi Seth iniziò a spacciare per Jared, e il circolo continuò a girare e girare, più veloce, più profondo, più oscuro – finché non ci perdemmo tutti.

Ricordo il giorno in cui mi *svegliai* – in tutti i sensi. L'odore metallico di corpi non lavati aleggiava nell'aria pesante, immobile e stagnante a causa dei nostri respiri lenti e delle porte e finestre chiuse. Quando aprii le palpebre avevo la bocca impastata, non sapevo che ora e che giorno fosse. Diedi un'occhiata a Seth che era steso a metà sul suo letto sfatto, sfiorando il pavimento con le nocche di una mano. Aveva il viso rivolto verso di me, gli occhi chiusi, cerchiati di ombre scure, e i capelli più gialli che biondi, scuri e spessi per lo sporco. Sul letto accanto a lui c'era il suo set di aghi, una scatola di sigari aperta con il contenuto sparso intorno.

Non lo riconobbi. Non riconobbi me stesso. E in quel momento capii che avevo bisogno di più dalla vita di quello che mi stavo dando.

Non avevo un diploma, perciò le mie possibilità di lavoro erano limitate. Ma sapevo disegnare. In una rivista vidi un articolo sul Tonic e mi chiesi se fosse possibile diventare un tatuatore. Non c'era bisogno di un diploma o di una laurea, dovevi solo fare l'apprendistato, fare pratica e *diventare* ciò che volevi essere.

E fu esattamente quello che feci. Entrai nel negozio dove – lo scoprii più tardi – era quasi impossibile ottenere un lavoro. Mostrai a Joel un paio dei miei album, e lui mi assunse all'istante. In più, mi offrì un posto in cui vivere e mi aiutò a restare pulito.

La gente mi chiama Tricky, "furbo", ma nella vita le cose migliori mi sono capitate per pura fortuna.

La porta si aprì alle mie spalle e io chiusi l'album, voltandomi per vedere Rose che entrava con la borsa nell'incavo del gomito e un piede sulla porta mentre tirava fuori la chiave dalla serratura.

«Sei ancora qui». Non era un'accusa o una domanda, anche se non riuscivo a interpretare il suo tono di voce, come se fosse felice e arrabbiata insieme.

Mi stiracchiai. «Sto per andare a letto. Com'è andata da Habits?».

Appoggiò la borsa sul tavolo e si sedette sulla poltrona, appoggiando gli stivali sul tavolino basso. «Bene. Il solito».

La guardai mentre si legava i capelli e notai che si stava concentrando un po' troppo per fare una cosa così semplice, stringendo il labbro tra i denti e socchiudendo gli occhi. Mi resi conto che era ubriaca.

«Non mi aspettavo di vederti stanotte», disse, mettendosi comoda.

Mi piegai in avanti per appoggiare l'album sul tavolo vicino ai suoi piedi, seguendo con lo sguardo la linea delle gambe fino a incontrare i suoi occhi. Rimasi a fissarli. «Sì, scusa. Era tardi, quindi ho pensato che non aveva senso andare via e poi tornare subito dopo».

«Domani ho un appuntamento», esclamò con un'aria nervosa e decisa allo stesso tempo.

Mi si fermò il cuore per un lungo istante, anche se il mio viso rimase impassibile mentre appoggiavo di nuovo la schiena sul divano. «Okay».

Lei arrossì, togliendo una briciola invisibile dal bracciolo della sedia. «Non che abbia bisogno del tuo permesso o roba del genere. Ho solo pensato che dovresti saperlo, sai? Nel senso che il fatto che sei qui non significa…».

Le rivolsi un sorrisetto, nascondendo il fatto che mi avesse scoperto. «Stai cercando di convincere me o di convincere te stessa?».

Aprì la bocca e la richiuse, e il mio sorriso si ampliò. Avevo preso alla sprovvista Rose "cuore di pietra". Mi chiesi se fosse il mio giorno fortunato.

«So cosa *non* significa, Rose. È divertente che tu supponga che io non lo sappia, però», scherzai.

Arrossì ancora di più. «Non è vero. Volevo solo dirtelo ad alta voce».

«Ti capisco. Non avevo intenzione di provarci».

Era vero. Non ne avevo l'intenzione, ma non avrei ignorato un'opportunità se si fosse presentata. Però non l'avrei mai ammesso con lei, e aveva bisogno di essere rassicurata del fatto che non avrei complicato la situazione. Quindi fu esattamente ciò che le dissi. «Senti, abbiamo passato abbastanza tempo a girarci intorno. Forse possiamo tornare alla normalità. Andare avanti».

Lo dissi come se fosse semplice, ma era solo un'altra bugia per tenerci in sospeso.

Cambiai argomento e le chiesi l'ultima cosa al mondo che avrei voluto sapere. Ma dovevo stare al gioco, fare finta che mi andasse bene. Ebbi la sensazione che avrei dovuto fingere parecchio nei prossimi giorni. «Insomma, un appuntamento, eh? Sei emozionata?».

Alla menzione dell'appuntamento lei si rilassò sulla sedia

con aria un po' stanca. «Non ne ho idea, Tricky. Più che altro, sono nervosa. È passato un bel po' di tempo». I suoi occhi sfrecciarono verso i miei, come se per un attimo si fosse dimenticata di stare parlando con me.

Fissai il labbro inferiore che stringeva tra i denti – le labbra che erano state mie. Labbra che avevano detto parole che mi auguravo pronunciassero ancora. Labbra che avevano sorriso solo per me, che avevano baciato le mie.

Labbra che mi avevano salvato.

Labbra che forse tra meno di ventiquattr'ore avrebbero baciato un altro uomo.

Le rivolsi un sorriso rassicurante ignorando il fuoco che mi ardeva nel petto. «Conosco la sensazione. Che tipo è?», chiesi, senza volerlo sapere davvero.

«È un artista che si chiama Steve. Non so molto altro».

«Che arte?», ero sinceramente interessato, solo perché speravo fosse qualcosa per cui avrei potuto avercela con lui.

«Non ne sono sicura, anche se penso che fabbrichi dei mobili».

Annuii, colpito mio malgrado. «Serve un sacco di matematica, motivo per cui non mi sono mai interessato».

Lei rise. «Vero? Il mio professore di matematica delle superiori era un cazzo di bugiardo. Da adulta non ho mai dovuto risolvere un problema di algebra».

«Prova a imparare da sola. Era esilarante avere Joel che cercava di aiutarmi mentre passavo il diploma da privatista». Ridacchiai al ricordo.

Di nuovo quelle labbra sorridenti. Non riuscivo a distogliere lo sguardo. «Dio mio. Posso solo immaginare le bestemmie».

Io risi e appoggiai le braccia sullo schienale del divano con un sospiro. «In realtà è Shep il matematico della famiglia, così ci ha salvato lui quando le equazioni quadratiche stavano per avere la meglio su di noi».

«Allora», disse piegandosi in avanti per slacciare gli stivali. «Penso che tutti vengano da Habits dopodomani sera. Ci saranno anche Maggie e Cooper». Fece una faccia fintamente stupita.

«È un miracolo».

Aveva gli occhi fissi sulle sue dita mentre apriva il primo stivale quel tanto che bastava per tirare fuori il piede. «Ultimamente è tutto così strano. Sono sempre… occupati».

Insieme, era la fine della frase. «Già. Mi sembra di non vedere Cooper e Maggie da settimane».

«Perché sono passate settimane». Mosse le dita del piede prima di dedicarsi all'altro stivale. «Non li abbiamo quasi più visti da quando sono andati a convivere, dopo che stavano insieme da tipo quattro secondi».

«Chi l'avrebbe mai detto?».

Lei ridacchiò e si sfilò l'altra scarpa, facendola cadere con un tonfo. «Di certo non West. Sono stupita che abbia messo Cooper al tappeto solo una volta per essersi scopato sua sorella».

«Ci sono due cose che fanno incazzare West: Lily e Maggie».

«Vero. Sarà bello vederli, visto che si prenderanno tutti una pausa dalla loro vita da adulti, o roba del genere». Arricciò il naso.

Scossi la testa, pensando a quanto fossero cambiate le cose negli ultimi mesi. «Mi sconvolge che Cooper, il playboy, quello che non prendeva mai niente sul serio, abbia una ragazza con cui convive e un lavoro vero. In un'azienda di investimenti, in cui ogni giorno si veste in giacca e cravatta».

«Da playboy a professionista. Almeno ha un posto in cui usare tutti quei completi eleganti».

Io ridacchiai. «Come se Coop avesse bisogno di una scusa».

«Vero. E poi Lily e West stanno insieme tutto il tempo. Mi sembra così strano essere qui sempre da sola», aggiunse, in parte parlando tra sé.

«Da me è il contrario. È strano non avere un posto in cui andare. Anche se ci sono già passato. Almeno stavolta non sono un ragazzino, e non è come se non ce l'avessi davvero». La guardai per un attimo. «Grazie ancora per avermi fatto rimanere, Rose».

Il suo viso si addolcì. «Di niente. Mi fa piacere aiutarti, anche se sei comunque uno stronzo perché non me l'hai chiesto prima».

Sollevai le mani in segno di resa. «Ehi, incolpa Lily».

«Oh, fidati. Lo faccio». Si stiracchiò e gemette. «Uff, sono a pezzi. Alzarsi alle otto di mattina è una vera merda».

Scoppiai a ridere. «Ci si abitua».

«Chi ha detto che voglio abituarmi?», mi chiese alzandosi.

Afferrai la mia roba e la seguii verso le camere. «Ehi, non escluderlo a priori. Ti stupiresti di quante cose puoi fare se sei sveglio durante il giorno».

Rose sbadigliò allungando la risposta: «Passo». Si voltò sulla soglia e mi guardò con occhi scuri, in parte nascosta nell'ombra della stanza buia. «Dormi bene». Parlò con dolcezza, mostrando la traccia di una qualche emozione che non riuscii a individuare. Sapevo solo che volevo attraversare lo spazio che ci separava e baciarla fino a toglierle il fiato.

Invece entrai nella camera di Lily. «Anche tu», dissi a bassa voce. E chiusi la porta mentre lei chiudeva la sua, innalzando un muro tra noi, come facevamo sempre.

6
Salvami

Rose

Il mattino dopo fui svegliata di nuovo dai quei gatti infernali, anche se questa volta almeno non interruppero dei sogni illeciti di un certo ex che dormiva nella stanza accanto.

Non che me ne importasse qualcosa. Avevo un appuntamento con un bel ragazzo, ed ero ottimista. Forse non era attraente come Patrick Evans, ma chi lo era? Ero sicura che Patrick fosse una specie di superuomo, lontanissimo dai comuni mortali come me. Veniva da un altro pianeta, da un altro universo. Completamente irraggiungibile.

Sapevo che era ancora attratto da me – era discreto come un allarme antincendio – ma non sapevo se provava qualcosa di più profondo.

Quell'uomo era enigmatico. Pensavo di capirlo per quanto riguardava le cose che non avevamo bisogno di dire. Ma per il resto era impenetrabile. Nei suoi occhi potevo scorgere dei frammenti dei suoi pensieri, ma il loro significato mi sfuggiva. L'attrazione fisica era l'unica cosa semplice. L'unica cosa che aveva senso.

E oggi mi sentivo meglio e peggio allo stesso tempo. La notte precedente avevamo avuto la nostra prima vera conversazione da quando ci eravamo lasciati.

Sentite, lo so che è da pazzi. Ci vedevamo tutto il tempo.

Ma mi ero allenata a ignorarlo, cosa che forse gli aveva fatto aumentare l'intensità. Non so nemmeno se ne fosse consapevole, quello era semplicemente il suo aspetto. Lily lo chiamava "faccia ardente a riposo".

Io lo chiamavo guai.

Il mio appuntamento era tra poche ore, ed ero nervosa. Era il tipo di mattina in cui di solito avrei cercato Lily e mi sarei rannicchiata addosso a lei come un gatto per farmi coccolare, ma lei non era a casa. Quindi, senza togliermi il pigiama, mi trascinai fuori dall'appartamento e lungo il corridoio, bussai alla porta per avvisarli e la aprii quando non sentii nessuna protesta.

«Lil?», chiamai.

«Sono qui», mi rispose dalla camera da letto.

Chiusi la porta e camminai verso la loro stanza. «Siete presentabili?»

«Per ora», disse West, e Lily rise.

«Non farla scappare. Entra pure».

Sorrisi entrando. Erano distesi a letto con indosso il pigiama anche se erano le dieci, che per loro avrebbero potuto anche essere le quattro del pomeriggio.

«Ahhh, ecco i due scansafatiche», dissi in tono mieloso.

West aveva un letto matrimoniale, e Lily mi fece posto vicino a lei, spingendo West contro il muro. «Vieni nel mucchio, Rosie».

Salii sul letto e mi infilai sotto le coperte.

West si appoggiò un braccio sulla testa e sorrise. «Vado a preparare la colazione, così voi due potete limonare».

Scoppiai a ridere. «Che gentiluomo».

«Assicuratevi solo di fare un bello spettacolo per la telecamera nascosta lì dietro, okay?». Esagerò i gesti, indicando con un dito la libreria e piegando la testa per studiarla.

Noi ridacchiammo, e West baciò Lily sulla guancia e uscì

dal letto, dopodiché stiracchiò il suo corpo snello e si raccolse i capelli scuri in un nodo.

«Grazie, boscaiolo», gli dissi. «Per me uova e pancetta, per favore».

«Va bene». Ci fece l'occhiolino e se ne andò.

Lily aveva le guance rosa, il sorriso tenue e dolce. Sembrava una principessa – grandi occhi azzurri, lunghi capelli biondi, pelle bianca come il latte. E non l'avevo mai vista così felice da quando l'avevo conosciuta.

«Mi manchi». Mi sfuggì – non avevo intenzione di diventare sdolcinata. Ma non riuscii a trattenermi. Mi mancava davvero, e mi sentivo sentimentale. Forse avevo anche la sindrome premestruale o, come la chiamavo a volte, la "distruggi filtri".

«Anche tu mi manchi, Rosie».

«Avrei voluto che fossi stata a casa ieri quando sono tornata. Tricky era seduto in salotto quasi come se mi stesse aspettando».

Sollevò un sopracciglio. «Ah sì? E com'è andata?».

Sospirai mentre lei si spostava sul cuscino di West, cedendomi il suo. Ci diedi un bel pugno per sprimacciarlo prima di appoggiarmi. «Be', gli ho detto che ho un appuntamento, e non è stato affatto strano».

«È andata così male?»

«Be', immagino che sarebbe potuta andare peggio. Mi ha fatto delle domande educate con la faccia di una statua o un robot, o roba del genere. Poi abbiamo parlato un po' e siamo andati a dormire».

Lei sollevò gli occhi al cielo. «Che noia».

«Sei pessima. Cosa volevi che facessimo? Ci baciassimo?»

«Togliti i vestiti e sfoggia le tue grazie», disse allegramente.

«Preferirei non andare a letto con il mio ex, Lil». Avevo un tono piatto come la mia espressione.

Mi lanciò un'occhiata.

Io la guardai socchiudendo gli occhi. «Non sei d'aiuto».

«Lo so. Mi dispiace», disse con un sospiro. «È solo che ci tenete l'uno all'altra, e siete tutti e due importanti per me. Voglio che tu sia felice. E il pensiero di fare delle uscite a quattro con voi due mi fa impazzire di gioia».

Ridacchiai. «Be', non contarci troppo».

«Non dirmi cosa devo fare, Rose Fisher». Tirò su le coperte in modo che fossimo avvolte fino al collo e poi mi rivolse un sorriso innocente. «Allora quando vedi Steve il Bello?».

Sentii un brivido di nervosismo al pensiero di incontrare uno sconosciuto per un appuntamento. «Tra un paio d'ore».

«Vedi, stai ricominciando a frequentare uomini».

«Mi spaventa. Non ho dei precedenti spettacolari».

Lei ridacchiò. «E chi ce li ha?»

«Che cazzo ne so. Giuro, la sfortuna con i ragazzi deve essere tipica delle Fisher. Tipo mia cugina Ellie: ogni ragazzo con cui è uscita si è rivelato una carogna. Mi ha chiamata l'altro giorno, l'ultimo è un vero stronzo. Crede che la tradisca».

«Che schifo».

«E poi ci sono io. I ragazzi con cui sono uscita sono o irraggiungibili o degli egomaniaci. Metti Jack, per esempio. Non puoi dire di aver toccato il fondo finché il tuo ragazzo e la tua coinquilina non lasciano la città rubandoti qualsiasi cosa non fosse inchiodato al pavimento di casa tua».

Lei sollevò un sopracciglio. «No, ma io non sono riuscita a resistere al più grande pezzo di merda del New York City Ballet».

«Bel tentativo. Almeno per colpa di Blane hai West».

Lei sorrise. «E Jack, scappando con Liz, mi ha portato da te».

Ridacchiai. «Dio, sono contenta che abbia risposto tu al mio annuncio e non qualche psicopatico».

«Mi hai convinta con quel "Solo vagine. Vietato l'ingresso ai peni"».

«Sul serio, avresti potuto essere un serial killer», dissi ridendo. «Limitiamoci a concordare sul fatto che il 90% degli esseri umani sono degli stronzi. Secondo le statistiche».

«Sei così cinica».

«Lo so. Non posso farne a meno. Crescere a Los Angeles mi ha rovinata, e gente come Jack e Liz mi ha dato il colpo di grazia. Cioè, io mi sono trasferita qui *per* Jack, e poi lui mi ha fregata». Imitai il suo tono da coglione. «"Dai, bella. A Los Angeles non c'è niente da fare". All'epoca sembrava un'avventura. E poi quando fu scelto da quell'etichetta indipendente di Burbank voleva fare marcia indietro e ripartire. Mi sentivo un elastico».

Lei scosse la testa. «Jack era un coglione».

«È vero. Ma era così carino», dissi con nostalgia.

«I solisti delle band sono merde ricoperte di brillantini. Ce li hanno dappertutto. Non puoi vedere la merda per colpa dei capelli e del talento musicale».

«Sinceramente, non penso sarebbe stato un dramma se la mia migliore amica non fosse partita con lui».

«Sì, perché chiaramente era un'amica fantastica».

«Che rubò tutta la mia roba».

Lei annuì. «Che rubò tutta la tua roba, esatto. Non mi stupisce che mi ami. Il tuo standard era parecchio basso».

Risi. «Era solo un promemoria del fatto che la gente fa schifo. Anche se probabilmente non ne avevo bisogno. Dico, sono cresciuta a Los Angeles. Penso che alla motorizzazione distribuiscano delle magliette con scritto FOTTETEVI TUTTI a ogni abitante della California».

«Sembra che New York e LA non siano così diverse, dopotutto».

Io ridacchiai. «Ssh, non dirlo troppo forte. Non vogliamo scatenare una rissa».

«Be', consideriamo la situazione da questo punto di vista: forse hai esaurito le tue quote di ragazzi di merda. Forse è ora che la fortuna delle Fisher cambi. Oggi hai un appuntamento con un uomo attraente e, se le cose non dovessero andare bene, ce n'è un altro che dorme a casa tua».

«Ah, ah».

«Sai come vestirti?»

«Ovvio. Ci ho pensato mentre cercavo di addormentarmi ieri notte». *Quando non stavo pensando a Tricky a sei metri di distanza. Senza maglietta.*

«Quindi aspetti il terzo appuntamento per scopare? Deve pagarti una cena prima che tu gli conceda le tue grazie?».

Esplosi in una risata fragorosa.

«Cosa? Devi avere una strategia. Non è Tinder, quindi almeno non c'è l'aspettativa implicita che vi vediate solo per scopare».

«Sono disperata, ma non così tanto. Posso sopravvivere senza dover fare ricorso a Tinder: ho un sacco di porno su Internet e dei vibratori carichi. Penso anche di essere nella fase dell'ovulazione, perché ho gli ormoni impazziti. Sai quanto è orrendo avere la sindrome premestruale? L'altra sera stavo guardando un *anime* e mi sono eccitata. Guardando un *anime*. Che cosa mi è successo?»

«I personaggi degli *anime* sono sexy, ovulazione o no. Non so dire che cos'hanno di speciale».

«L'inaccessibilità emotiva?».

Alzò le spalle. «Probabilmente».

«Non so, ma a quanto pare ho più voglia di scopare del solito, il che è un disastro perché Tricky è una bomba a orologeria».

Lei ammiccò con le sopracciglia. «Sì, è vero. Proprio una bomba».

Alzai gli occhi al cielo.

«Scusa».

«Ma quante stronzate spari?».

Lei ridacchiò. «Lo so. Torniamo a *Steve*».

«Sì. Steve. Grazie. In effetti, penso che aspettare il terzo appuntamento sia una buona idea. Per assicurarmi che non sia pazzo. A meno che non sia abbastanza normale ed estremamente attraente. In quel caso non prometto nulla, perché è passato troppo tempo».

«Approvo».

La mia mente esplorò i possibili scenari dell'appuntamento, aumentando il mio nervosismo. «Mi piacerebbe poterti mettere in tasca e portarti con me. Non voglio andare da sola».

Lei mi sorrise. «Andrà tutto bene, Rose. È come andare in bici».

«Se lo dici tu. Sarai qui quando tornerò a casa?»

«Non penso... Abbiamo programmato di pranzare tardi e andare al cinema».

Mi imbronciai. «Be', uffa».

«Mandami un messaggio e fammi sapere come va. Possiamo anche parlare da Habits stasera», mi rassicurò.

«Sicuro. Non vedo l'ora di vedervi tutti insieme».

«E se con Steve dovesse andare male, saremo pronti a prenderlo in giro con te. E poi puoi scegliere il prossimo ragazzo. Un lavoro di squadra».

Sollevai un sopracciglio. «E se non volessi trovarne un altro?»

«Oh, e dai, Rose. Non fare la guastafeste».

Ridacchiai.

«La pancetta è pronta», gridò West dall'altra stanza.

Sgusciai fuori dal letto. «*Questo* è qualcosa per cui mi alzo dal letto senza discutere».

Rose

Un paio d'ore dopo mi stavo dirigendo da Roasted, strofinandomi i palmi delle mani sui jeans. Il mio ultimo appuntamento risaliva a più di un anno fa ed era stato con uno dei miei migliori amici, cosa che non lo rendeva molto valido come "primo appuntamento". E nonostante il passo sicuro e l'espressione indifferente, ero nervosa.

Parecchio nervosa.

ArteImmortale, altrimenti noto come Steve il Bello, si alzò sorridendo quando entrai. Era un bel ragazzo, alto e biondo, con i capelli accuratamente pettinati. Aveva le maniche della maglia sollevate sugli avambracci muscolosi.

Notai che indossava una sciarpa. Era giugno. A quanto pare su OKCupid non c'era una categoria *hipster*.

«Rose?», mi disse, speranzoso.

Sorrisi e allungai la mano per salutarlo. «Ehi, Steve».

Invece di stringermi la mano, mi afferrò per le spalle e mi tirò a sé in un abbraccio. Spalancai gli occhi, il naso irritato dal profumo chimico e pungente che emanava. Mi allontanai per prima, e lui mi lasciò andare con riluttanza.

Mi rivolse una specie di sorrisetto. «Scusa. Dico sempre che si può capire molto di una persona da come abbraccia. Test numero uno». Mi fece l'occhiolino e io gli risposi con un sorriso impacciato.

Non voglio mentirvi: ero estremamente a disagio. Non

ero una di quelle persone che abbracciano gli sconosciuti, soprattutto gli sconosciuti che profumano come un'agenzia di pompe funebri. I miei occhi sfrecciarono verso la porta.

«Vuoi sederti qui?», mi chiese.

«Certo». Sperando che la mia reazione fosse dettata dal nervosismo, lo seguii a un tavolo vicino alla finestra, pronta a dargli il beneficio del dubbio, anche se rimpiansi di non aver organizzato una chiamata d'emergenza con Lily.

Steve si sedette e si appoggiò allo schienale, incrociando le braccia sul petto. «Non ti ho neanche chiesto se vuoi un caffè o qualcos'altro. Forse una barretta al limone? So che ti piacciono».

Un brivido mi risalì il collo. «Come lo sai?».

Lui agitò una mano. «Oh, ho passato un paio d'ore a controllare il tuo profilo Facebook. Hai fatto una foto a una barretta l'ultima volta che sei stata qui. Il tuo profilo è pubblico, lo sapevi?».

Il brivido mi arrivò al viso. «No. No, non lo sapevo».

Steve ridacchiò. «In ogni caso, dimmi se vuoi qualcosa. E scusami se puzzo di formaldeide. Giuro, non riesco a lavare via l'odore».

Sollevai un sopracciglio per la sorpresa, sentendomi in parte sollevata dalla spiegazione dell'odore, e in parte contenta di aver incontrato Steve in un luogo pubblico. «Pensavo che ti occupassi di arredamento».

«Esatto. Mobili *imbalsamati*. Sedie, letti, divani fatti di animali imbalsamati, hai presente?».

Ero stata impaziente di dire a Patrick di che tipo di arte si occupasse Steve. Adesso avevo cambiato idea. «Wow, è… affascinante», dissi con voce piatta.

Steve annuì, molto fiero. «Ho sempre amato le cose morte. Mia madre fece impagliare il suo cane, Mitzi, quando morì, e Dio, mi piaceva così tanto. La tenevo nella mia stanza. Adoravo l'idea di poter preservare qualcosa per sempre».

Attinsi alle mie doti di barista, che sono principalmente delle doti di finzione, cercando di trovare una scusa per andarmene. «È bello che tu abbia l'opportunità di fare qualcosa che ami come lavoro».

«Vero? Non tutti riescono a fare un lavoro che amano, sai? Ma io posso lavorare con le mani. Creare un'opera che comunichi qualcosa». Mi guardò con leggera malizia. «In più, chi sapeva che un divano fatto con un maiale si può vendere per tremila dollari? Il mercato è in crescita, e io sono un passo avanti. I Kardashian si stanno interessando ai miei pezzi. La settimana scorsa me ne hanno comprati tre».

Sbattei le palpebre e mi schiarii la gola, morbosamente curiosa e allo stesso tempo scioccata che un uomo in apparenza normale potesse essere così inquietante. «Quindi, ehm... Come te li procuri? Gli animali morti?».

Lui scrollò le spalle. «Dappertutto. Non sai quante cose si scoprono. Tipo, sai quanto è difficile trovare un grizzly morto? Le spedizioni dall'Alaska hanno dei prezzi folli, in particolare per i materiali pericolosi. Sicuramente te lo puoi immaginare. Ho appena ricevuto un carico di armadilli morti dall'Arizona per fare delle borsette su misura. La gente sembra non stancarsene mai». Mi sorrise, ed era un bel sorriso per un serial killer.

«Quindi, chi compra queste borse?»

«Texani, soprattutto, ma anche degli *hipster* carnivori». Si appoggiò allo schienale della sedia. «E tu sei una barista?».

Cercai di rispondere senza reagire in modo fisico. «Sì, da un sacco di tempo, ormai».

«Studi?».

La domanda che mi piaceva di meno. Mi agitai sulla sedia. «No, non studio. Tu?».

Lui scosse la testa. «Ho una laurea in economia alla New York University. Voglio dire, tutti dovrebbero avere una laurea, no? Se non ce l'hai, finisci per lavorare in un cinema o in un supermercato, o cose così. Devi dimostrare che puoi finire ciò che inizi, no?». Non aspettò che gli rispondessi, né sembrò accorgersi di avermi appena detto che ero un'idiota. «In ogni caso, la mia arte è tutto quello di cui ho bisogno. Immagina come deve essere lavorare in un cubicolo a Wall Street… è il posto in cui i sogni si infrangono».

Feci una specie di risata. «Sì, ma… mobili alla moda? Non può durare per sempre, no?».

Mi guardò come se fossi pazza. «Perché no? La tassidermia è un'arte antica. Non va da nessuna parte».

«Non so. Mi sembra solo un po' irresponsabile farci affidamento come fonte di reddito», risposi onestamente, facendo prendere alla conversazione una brutta piega.

Lui fece un verso di scherno. «E fare la barista cos'è… stabile?».

Assottigliai gli occhi per la critica, ma sorrisi. «Finora lo è stato. Cioè, non guadagno tremila dollari al colpo versando shottini, ma almeno non puzzo di morte».

Sembrò confuso. «Be', e cosa ti appassiona?»

«"Il whisky" è una risposta accettabile?», scherzai.

Steve il Serial Killer non rise. «No».

E poi la mia bocca si aprì senza paura né prudenza. «E invece i film per teenager degli anni Novanta? Non è eccitante quanto passare tutto il giorno con la mano ficcata nel culo di un grizzly morto, ma possono valere, no?»

Fece una smorfia, cogliendo finalmente il mio sarcasmo. «Non intendevo in quel senso».

«Sì invece. Non hai neanche aspettato di capire se scherzavo».

«Lo stavi facendo?».

Incrociai le braccia. «È importante?».

Lui scrollò le spalle. «Penso solo che sia triste, è tutto. Non riesco a immaginare di vivere senza fare qualcosa che mi appassiona».

Lo guardai per un attimo con le guance arrossate, immaginando di dargli un calcio in faccia. Invece gli rivolsi un sorriso tirato. «Be', è stato bello incontrarti, ma...»

«Aspetta un attimo. Non scopiamo?». Sembrava deluso.

Mi venne la pelle d'oca e mi alzai con un sorriso sardonico sulle labbra. «Senti, *Steve*, mi piacerebbe continuare l'appuntamento nella tua sala omicidi, così potresti mostrarmi la tua collezione di coltelli, ma ho bisogno di lavarmi i capelli, visto che puzzo come un obitorio. Ti auguro davvero di vivere felice insieme alla tua *passione.*».

Alzò gli occhi al cielo. «Be', almeno non ho sprecato soldi per pagarti un caffè».

«Incredibile», borbottai, e poi corsi fuori da Roasted come se i miei stivali avessero preso fuoco.

7
Tutto torna

Patrick

Feci aderire l'ultimo pezzo di nastro adesivo sulla scapola della ragazza, coprendo il tatuaggio che avevo appena realizzato, mentre lei mi guardava oltre la spalla.

«Per le prossime quattro ore non toccare la protezione, poi toglila. Non coprirlo di nuovo, okay?». Le porsi un foglio di istruzioni. «È meglio lavarlo tre volte al giorno con un sapone delicato senza profumo. I saponi per bambini sono ottimi. Tra un paio di giorni inizierà a prudere, ma non grattarti, okay? Dai solo degli schiaffetti».

Lei sollevò un sopracciglio mettendosi seduta e sistemandosi la camicia.

Le feci un sorrisetto. «Fidati. Funziona». Spinsi la mia sedia fino al mobiletto e afferrai un vasetto di medicinali. «Quando lo lavi usa questo unguento per mantenerlo idratato».

Lei sbatté le ciglia e lo prese. «Va bene».

«Domande?»

«Posso, ehm, chiamarti?». Si morse un labbro. «Sai, se ho bisogno di qualcosa? Voglio dire, per il tatuaggio?».

Io sorrisi, scegliendo con cura le mie parole. «Certo, puoi chiamare il negozio se hai delle domande».

«Grazie, Tricky», tubò lei.

Stavo già smontando la mia postazione. «È fatta, Cherice».

Si avviò verso la cassa mentre dagli altoparlanti del negozio risuonava *Siamese Dream*, con Billy Corgan che ululava il suo lamento. Stavo sfilando la pellicola di plastica dal mio vassoio quando lei tornò indietro e si appoggiò al muretto, offrendomi un'ampia visuale della sua scollatura.

«Grazie ancora», disse con un sorriso, porgendomi un paio di biglietti da venti.

«Quando vuoi».

Mi diede un'ultima occhiata prima di voltarsi e uscire ancheggiando. Guardai Joel, che la stava osservando da dietro la cassa. Scosse la testa e mi fece un sorriso.

Il campanello sopra la porta suonò, e io mi voltai, aspettandomi di vedere di nuovo Cherice. Mi bloccai con la macchinetta in mano.

Non vedevo Seth da quasi un anno, da quando mi aveva chiamato l'ultima volta per chiedermi aiuto. Aveva bisogno di soldi, ragione per la quale mi aveva cercato. Ma soprattutto sapevo che aveva bisogno di disintossicarsi. Erano anni che cercavo di salvarlo, ma in quel momento lui non aveva accettato il mio aiuto. Aveva solo bisogno di qualcuno per procurargli una dose. Era stato strafatto per tre giorni. E avevamo litigato. L'avevo lasciato dove l'avevo trovato, nel suo appartamento, cercando di non pensare alle articolazioni nodose delle sue braccia, alla pelle grigia deturpata dai lividi e dalle iniezioni.

Non ci parlavamo da allora. Non sapevo nemmeno se fosse ancora vivo, e non mi ero reso conto di quanto mi fosse pesato finché non lo vidi entrare nel negozio tutto intero, e provai un'ondata di sollievo.

Assomigliava di nuovo al ragazzino che avevo incontrato tanto tempo prima e che non vedevo da anni – pulito e sorridente, con i capelli biondi pettinati e gli occhi verdi luminosi. Penso che la sua camicia fosse addirittura stirata.

Lanciai un'occhiata a Joel, i cui occhi si erano assottigliati osservando Seth che veniva verso di me. Appoggiai la macchinetta e mi alzai, aggirando il muretto per salutarlo.

Lui rise, abbracciandomi. «Cazzo, Tricky. Che bello vederti».

Ricambiai l'abbraccio, stringendo il suo corpo caldo tra le braccia. «È passato troppo tempo».

Mi lasciò e fece un passo indietro, studiandomi. «Davvero troppo». Lanciò un'occhiata in direzione di Joel. «Ehi, Joel. Il negozio va alla grande».

Joel ebbe la buona educazione di sorridere e stare al gioco, anche se sapevo che non approvava. «Grazie. Anche tu non sembri messo così male».

Lui ricambiò il sorriso, con aria fiera e compita. «Sì, be'. Sono successe parecchie cose».

«Sembra proprio di sì».

Seth si voltò verso di me. «Ero nei paraggi, volevo vedere se c'eri. Hai un minuto?».

Io annuii. «Sì. Vieni con me da Roasted, prendiamo i caffè per il negozio».

«Certo».

Mi sfilai i guanti e li buttai da una parte. «Joel, mandami un messaggio con quello che vogliono gli altri».

«Subito, Tricky», disse, esaminando Seth come un cane da guardia.

Inspirai, senza sapere cosa aspettarmi quando uscimmo dal negozio alla luce del sole, combattendo lo shock di rivederlo e la diffidenza che provavo sempre quando si trattava di Seth. Ero diffidente, ma anche protettivo. Perché, nonostante tutto quello che era successo tra noi, gli volevo bene. E se io ero riuscito a smettere, anche lui poteva farlo.

Diedi un'occhiata al mio più vecchio amico. Credevo che fosse impossibile da salvare, ma adesso eccolo di fianco a me con dieci chili in più, il passo sicuro, gli occhi non cerchiati e l'aria di chi non fa uso di droghe da tempo.

Sembrava lucido.

Seth si infilò le mani nelle tasche dei jeans e si guardò le Converse. «Come ti va la vita, Trick?».

Alzai le spalle. «Non mi lamento. Sembri in forma, Seth».

«Grazie. Sono pulito. Per davvero, stavolta. Niente più scimmia».

Annuii. «Da quanto?»

«Sei mesi. Non ci ero mai riuscito per così tanto tempo». La sua voce era un po' assente, leggermente meravigliata. «È una bella sensazione. Capisco quello che mi hai ripetuto per tutti questi anni. L'altro lato». Fece un gesto come se mostrasse i titoli di un film.

Sorrisi. «Finalmente. Sei andato in un centro di disintossicazione?»

«Nah, non potevo permettermelo. Narcotici Anonimi, e ho fatto la scelta. Quante volte ne abbiamo parlato? Mille?»

«Minimo. Come hai gestito il crollo?».

Lui scosse la testa. «È stata… è stata dura. Sono passate due settimane prima che mi sentissi come se non stessi per morire. Ho buttato via la mia scorta e rotto il telefono, in modo da non poter chiamare nessuno. Per la maggior parte del tempo sono stato così male da non riuscire neanche a uscire dal letto, o sarei andato da Jared o qualcun altro, da chiunque. Non so come hai fatto a smettere di punto in bianco».

«Se non avessi avuto Joel a prendersi cura di me, non so neanch'io come avrei fatto».

Aveva gli occhi tristi. «Sì. Sei fortunato. Ma comunque, prima non ero pronto, capisci?». Seth sospirò, scuotendo la testa. «Ero lì disteso, a tremare e sudare, almeno quando non stavo vomitando nel cestino vicino al letto, e ho fissato il soffitto e mi sono reso conto che non volevo morire, e che avevo passato anni a uccidermi. Solo che non lo sapevo. Alla fine ho capito quello che mi hai sempre detto. Devo farlo per me stesso».

«Sì, lo so». E lo sapevo. Quella scelta aveva cambiato il corso della mia vita. A volte ti trovi a un bivio, e il cammino che scegli determina tutto – quando trovi o perdi un amore, se vivi o muori. La scelta che avevo fatto, resa possibile da Joel, era qualcosa per cui ogni giorno mi svegliavo pieno di gratitudine.

Fece un respiro profondo e continuò. «E quindi, sì. Mi sono disintossicato e ho trovato un lavoro vero: programmo le consegne per una compagnia di spedizioni. In pratica, ascolto la radio e urlo tutto il giorno ai corrieri. La vita potrebbe andarmi molto peggio».

Ridacchiai.

«Non che fare il cameriere da Bartalotti non fosse chic da far schifo. Ti ricordi la figlia di Bartalotti?»

«Come potrei mai dimenticarmi di Gia?»

«Vero? Le sue curve». Seth scosse la testa e sospirò, sorridendo. «Non puoi dire di aver vissuto finché non ti sei scopato Gia Bartalotti nella dispensa».

«Vicino ai barattoli di ragù», aggiunsi.

«Trick, quanto mi manca il pane gratis».

Gli lanciai un'occhiataccia. «Sono abbastanza sicuro che non fosse gratis».

Lui alzò le spalle. «Gratis per me. In ogni caso, il mio finanziatore mi ha trovato questo lavoretto. Mi sembra di ripartire da zero. Come un biglietto per uscire di prigione. Lo faccio da sei mesi – credo sia il lavoro che ho svolto più a lungo dall'epoca di Bartalotti».

Gli sorrisi. «Sono fiero di te».

Ricambiò il sorriso, ma nei suoi occhi c'era un'ombra di dolore. «Diventa più facile?».

Ci pensai per un attimo mentre camminavamo. «Sì e no. Non ci penso più così tanto. Ma a volte...». Esalai un respiro. «A volte non puoi nasconderti. Fa parte di quello che sei. Devi semplicemente voler restare pulito più di quanto vuoi drogarti».

Lui annuì mentre attraversavamo la strada. «È di quello che ho paura. Ho smesso di bere e tutto, però. Non esco nemmeno, il che è una merda. Praticamente guardo Netflix ogni sera».

«Hai trovato la normalità».

Seth rise. «Cristo. E tu che novità hai?»

«Sempre il solito. Lavoro tanto. Dipingo».

«Sei ancora nella nostra vecchia casa con West?».

Mi sembrò di cogliere un po' di amarezza al nome di West, ma quando lo guardai, era scomparsa. Dopo aver lasciato casa di Joel, Seth mi aveva detto di volersi disintossicare, perciò eravamo andati a vivere insieme. Nel giro di un anno avevo dovuto sbatterlo fuori, e fu a quell'epoca che West venne ad abitare con me. Seth non aveva mai dimenticato che io mi ero costruito una nuova vita senza di lui e senza le droghe. «Sì, ancora nel solito posto. Più o meno».

Sollevò un sopracciglio. «Come va?»

«È una storia lunga. Sto dormendo da Rose».

Fece un sorrisetto. «Oh, Rosie Fisher. Non dirmi che te la stai scopando».

Sospirai. «Non più».

Mi fissò a bocca aperta. «Non scherzare, Trick... sei serio? Che bastardo. Mi ricordo di quando usciva con quel tipo, Jackie, quello stronzo». Scosse la testa, sorridendo malinconico. «È come se allo stesso tempo fosse ieri e un milione di anni fa. È tutto confuso, soprattutto gli ultimi anni». Si interruppe per un istante. «Ti ricordi di quel gatto che avevano Sarah e Shane?».

Ridacchiai. «Sua Maestà? Come potrei dimenticarmelo?»

«Era il gatto più grasso che avessi mai visto, cazzo. Il miglior gatto che abbia mai incontrato». Seth si ficcò le mani in tasca e si schiarì la gola. «Shane mi ha chiamato. Sarah… se n'è andata».

Sentii un gelo nel petto. «Sì. Ha chiamato anche me. L'hai visto?»

«Non da prima di disintossicarmi. Eravamo sbronzi. Sembrava messa male, anche allora. Anche Shane».

Annuii, sentendomi triste. «Quando ti fai così tanto e così a lungo, non puoi pensare di uscirne tutto intero. È quello che cercavo di dirti».

«Sembrava già morta. Le sue braccia erano così sottili, e il suo viso…». Abbassò le sopracciglia, corrugandole. «Ho passato metà della mia vita circondato da tossici, ma vedere Sarah e Shane in quelle condizioni, dopo averli conosciuti quando avevamo iniziato… quando eravamo giovani e… non so. Mi sono guardato allo specchio e non mi sono riconosciuto». Parlava a bassa voce. «Mi dispiace, Patrick. Per tutto quello che ti ho fatto passare, per tutto quello che ho fatto. Non mi devi niente, e non pretendo niente da te. Vorrei solo cercare di sistemare le cose».

Camminammo in silenzio. Non sapevo cosa dire.

«Tu sei il migliore amico che abbia mai avuto, e io ti ho deluso, ancora e ancora. Adesso sono pulito. Posso essere l'amico che sei stato tu per me. Volevo solo che lo sapessi, in caso ne avessi bisogno».

Guardai Seth, il ragazzo che avevo conosciuto a sedici anni, a New York, quando non avevo nessuno al mondo.

Ero solo, e avevo trovato lui. L'amico che avevo cercato di salvare per quasi dieci anni.

Non potevo dirgli di no. Non c'ero mai riuscito.

«Certo. Sai che io ci sono sempre».

Lui mi sorrise con gli occhi lucidi. «Non ti deluderò. Non stavolta».

Ricambiai il sorriso. «Tra un paio di giorni andiamo da Habits per il mio compleanno, se vuoi passare».

«Cazzo, sì. Hai ancora lo stesso numero?»

«Sì». Annuii. «Chiamami».

«Lo farò».

«Tricky?».

Alzai lo sguardo e vidi Rose che sfrecciava verso di noi con aria incazzata. «Ehi. Tutto bene?».

Lei sbuffò e alzò gli occhi al cielo fermandosi davanti a noi. «Sì, sono appena tornata dal mio…». Diede un'altra occhiata per vedere con chi ero, e fece una faccia confusa. «Seth?»

«Ehi, Rosie», disse Seth con un sorriso, e lei ricambiò, inclinando la testa.

«Ehi, è da una vita che non ci vediamo. Stai benissimo». Si avvicinò per salutarlo, lanciandomi un'occhiata stupita oltre la sua spalla mentre si abbracciavano.

«È bello vederti», le disse lui allontanandosi.

«Sì… anche per me. Cosa state facendo?», chiese lei.

Era una domanda importante, lo sapevo. «Prendiamo un caffè», le risposi. «E tu?»

«Me ne sono appena andata. Dal mio "appuntamento". Che è stato una catastrofe, in caso te lo chiedessi».

Me lo stavo chiedendo. Sorrisi. «Hai preso le barrette al limone, almeno?».

Lei sbuffò. «No, è quella la parte peggiore. Lui era strano da paura, quindi non ho preso il caffè *né* le barrette al limone, che erano praticamente l'unico motivo per cui sono venuta da Roasted».

«Be', noi ci andiamo adesso. Te ne prendo una».

Lei sorrise, apparentemente di umore migliore grazie alla mia proposta. «Grazie. Oh, senti questa. Sai cosa fa il tipo? *Tassidermia*. Mobili fatti con animali morti».

Scoppiammo a ridere, e feci una smorfia. «Wow».

«Sì. È stato un incubo». Ci fu un momento di pausa nella conversazione, e lei osservò me e Seth; i suoi occhi color nocciola, che sembravano più verdi del solito, erano pieni di domande. Scosse la testa solo una volta, un poco, e sorrise. «Be', sarà meglio che vada. Divertitevi, ragazzi. Ci vediamo dopo, Trick».

Avevo gli occhi fissi su di lei. «A dopo, Rose».

Lei arrossì appena. E poi ci separammo.

Seth scosse la testa e si guardò alle spalle. «Cazzo. Non posso credere che tu e Rose siate stati insieme. Mi è sempre sembrata… non so. Irraggiungibile».

Alzai le spalle. «La gente dice lo stesso di me».

Lui ridacchiò. «Perché lo sei».

«Forse è per questo che funzionavamo. Per un periodo, almeno. Era facile essere amici».

«Sì. Be', anche io e lei eravamo amici, ma pensavo che ci tenesse tutti a distanza. Che fosse disponibile solo per i pezzi di merda tipo Jackie, e a quanto pare per gli artisti introversi come te».

Sbuffai mentre ci fermavamo fuori dal bar.

Seth fece un cenno con il pollice alle sue spalle. «Devo tornare a lavorare, ma è sempre bello vederti, cazzo».

Sorrisi, provando della speranza per Seth per la prima volta dopo molto tempo. «Anche per me».

Mi abbracciò di nuovo e ci salutammo dandoci delle pacche sulle spalle. «Ci vediamo».

Entrai nel locale e mi diressi al bancone, ordinando i caffè per il negozio e restando ad aspettare mentre li preparavano e montavano la schiuma per i caffellatte, scosso da quello che era appena successo, con nessun altro pensiero in mente se non quello di aver visto Seth sobrio.

Era pulito. Era quello che avevo sempre desiderato per lui. Solo che non sapevo se questa volta avrebbe retto. Forse non avevo *mai* provato così tanta speranza, anche se tenue, e meditai su cosa significasse per lui. Cosa poteva significare per me, avere l'amico che avevo sempre pensato potesse essere.

Ero ancora perso nei miei pensieri quando tornai al negozio e trovai Joel al bancone, con le braccia incrociate e le labbra piegate verso il basso.

«Ho visto bene?». Era molto serio.

Sospirai e appoggiai il vassoio porta-caffè sul bancone della cassa. «Certo che sì».

«Che cosa voleva? Soldi?».

Mi strofinai una mano sul collo. «Una nostra vecchia amica è morta».

La sua espressione si ammorbidì alla notizia. «Patrick, mi...».

Sollevai una mano. «Va tutto bene. Non la vedevo da anni. Era Sarah, la ragazza con cui vivevamo. Sono sorpreso che il suo ragazzo sia stato abbastanza sobrio da chiamarmi».

«Non lo rende più facile».

Tolsi i caffè dal vassoio, allineandoli sul bancone. «No, ma ho tagliato i ponti molto tempo fa. Era troppo difficile vederli vivere così, ma allo stesso tempo non potevo farci niente. Non puoi aiutare qualcuno che non vuole essere aiutato. Non litigo con i muri. Se Seth mi ha insegnato una cosa, è proprio questa».

«Era tutto quello che voleva?»

«È tutto, ha detto. È pulito da sei mesi». Mi appoggiai al bancone e afferrai la mia tazza, ruotando il rivestimento di cartone.

Scosse la testa e mi guardò con durezza. «Sai che inizia sempre così».

Ma ricambiai la sua occhiataccia. «Lo so. Questa volta sembra diverso, ma non abbasso la guardia».

Joel si strofinò il collo e sospirò. «Mi dispiace, Tricky. Non voglio fare lo stronzo, ma lui fa sempre così. Torna e ti fa a pezzi appena ti si avvicina. Seth ha il potere di fotterti più di chiunque altro. Perfino più di Rose».

«Sì, lo so».

«So che vuoi aiutarlo. Sappi solo che io voglio aiutarti. Deve essere colpa dei tuoi occhioni da cucciolo». Scosse la testa. «Il giorno in cui entrasti nel negozio, a diciotto anni, magro e sporco, e apristi il tuo album da disegno proprio su questo bancone per mostrarmi i tuoi lavori, sapevo che avrei passato un bel po' di tempo a rimetterti in sesto. Però non dovetti pensarci due volte per decidere di prenderti. Sapevo che ti saresti impegnato. Sapevo che avevi talento. Sapevo che eri in gamba, Patrick. L'ho sempre saputo».

Sorrisi, con il cuore pieno di gratitudine per essere riuscito a trovare qualcuno che credesse in me. «Siamo proprio due sfigati, lo sai?».

Gli sfuggì una risata nasale. «Eccome».

8
Stretta mortale

Rose

A parte l'appuntamento, non fu una giornata tanto orribile.

Dopo il calvario, tornai a casa infastidita e mi cambiai mettendomi dei pantaloncini, una maglietta e le mie Vans, per poi uscire con la mia *longboard* sottobraccio e la musica a tutto volume negli auricolari. Era una giornata stupenda, con un cielo luminoso e color blu fiordaliso senza una nuvola, e tutto sembrava perfetto mentre giravo sul mio skate a Central Park, felicemente sola con i miei pensieri.

Steve si era rivelato un disastro, ma un brutto appuntamento non mi avrebbe fermata. Non con indosso i miei occhiali da sole e il vento tra i capelli.

Pensai a Patrick, nuovamente stupita per quell'incontro inaspettato. Forse il mio cervello attenuava la sua bellezza, perché vederlo mi coglieva sempre di sorpresa, come se la versione reale avesse più forza e grazia di quanto la mia mente potesse ricordare.

Mi resi conto che di recente l'avevo visto spesso nei momenti più inaspettati. Una parte di me sperava che non diventasse un'abitudine. L'altra… be', le dissi di tacere e mettersi da parte, diciamo così.

Ma quello a cui non riuscivo a credere era l'incontro con Seth. Erano passati anni, ed era veramente cambiato in meglio – oggi era la prima volta che non mi era *sembrato* un tossico, ed era evidente che Patrick fosse meravigliato. Ma Seth portava guai, da sempre. Circa ogni sei mesi veniva perché aveva bisogno di soldi o di un lavoro o di un posto per dormire – quando Seth era nei guai, chiamava Patrick. Non aveva una vera famiglia, nessun amico che non si drogasse, e Patrick era sempre lì per lui, a volte a scapito di sé stesso. Come un paio d'anni fa: aveva passato una notte in prigione insieme a Seth. Colpevole fino a prova contraria. Per associazione. Ma era stato rilasciato senza imputazioni, uno sfortunato errore. Al posto sbagliato nel momento sbagliato.

Dopodiché, Patrick aveva cercato di prendere le distanze il più possibile.

Il pensiero che Seth fosse nei paraggi mi rendeva nervosa. Patrick aveva già sofferto abbastanza nella vita senza che qualcuno come Seth si approfittasse della lealtà e dell'affetto di Patrick. Mi immaginai che in qualche modo si rivedesse in Seth e volesse salvarlo. Curarlo. Ma alcune persone erano impossibili da salvare.

Quando tornai a casa quella sera, fui felice di trovare l'appartamento vuoto, senza Patrick in vista. In un certo senso dovetti ammettere che era bello avere intorno qualcuno – non mi ero resa conto di quanto fossi stata sola – e per la prima volta dopo molto tempo mi sentivo positiva per la situazione con lui, per *noi*. Come se ci fosse un barlume di speranza per la nostra amicizia. Desiderai solo che ci fosse una soluzione che non implicasse averlo a casa mia ogni giorno.

Ma per adesso era tutto tranquillo, e io ero beatamente sola, proprio come desideravo. O almeno fu ciò che dissi a me stessa, come se ripetere il mantra l'avrebbe fatto diventare vero.

Accesi la radio, mi preparai degli spaghetti del mio negozio cinese preferito e mi sedetti a tavola con il libro che stavo leggendo, che era un romanzo d'amore. Ero preparata a una lunga serata di lettura, senza discorsi seri ed ex ragazzi. Aprii il libro vibrante di eccitazione – l'eroe custodiva un enorme segreto, e l'eroina stava per scoprirlo, il che voleva dire che tra poco ci sarebbe stata una rivelazione esplosiva.

Era sempre la parte migliore.

Siete sorpresi? Solo perché sono cinica non significa che non mi piaccia l'amore. È che non penso di esserci portata o che mi capiterà mai. A un certo punto con Patrick ci avevo sperato. Avevo pensato che lui fosse il mio lieto fine, ma in realtà era solo un altro capitolo di merda.

Vedete, il motivo per cui amo un bel romanzo è che la vita fa schifo. È brutta e difficile e crudele. Solo la gente fortunata ha un lieto fine, come i miei genitori, o Lily e West. Ma io dall'amore mi aspettavo quello. Non volevo che fosse una favola. Non mi aspettavo la perfezione. Volevo solo rispetto. Il problema è che la maggior parte della gente non ti rispetta. E io ero già stata presa in giro abbastanza.

Quindi preferivo leggere romanzi sull'amore invece di cercarlo.

È davvero soddisfacente quando i buoni vincono e i cattivi perdono. Quando il ragazzo conquista la ragazza e tutti vivono felici per sempre. Leggere è l'evasione più grande. La vita è ingiusta, ma la narrativa può essere perfetta. È un piacere infinito, ed è per questo motivo che leggo tre romanzi a settimana. Se non posso avere l'amore, almeno posso immaginarlo.

Aprii il libro e iniziai a leggere mentre ruotavo la forchetta per arrotolare gli spaghetti, soffiandoci sopra prima di infilarmeli in bocca.

La porta si aprì, e Patrick entrò. Mi incupii e il mio cuore accelerò i battiti. Solitudine: distrutta.

«Ehi», disse e fece cadere le sue chiavi nella ciotola come se fosse casa sua.

«Hai bisogno di qualcosa?», gli chiesi con un sopracciglio alzato e gli occhi fissi sul libro.

Si sfilò la giacca e la gettò sullo schienale della sedia. «Ho appena finito di lavorare. Ti ho portato le barrette al limone».

Mi sentii uno schifo per essere stata una stronza mentre lui mi aveva portato il mio dolce preferito, e alzai lo sguardo. Lui sorrise e mi passò una borsetta dall'altra parte del tavolo.

Patrick aveva una dozzina di sorrisi che corrispondevano a vari sentimenti, di cui solo un paio mostravano i denti. C'erano i ghigni storti e i sorrisetti in cui sollevava appena gli angoli della bocca, mostrando una piccola percentuale di quello che era disposto a condividere. Ma quando rideva – quando rideva sul serio, lasciandosi andare – emanava una luce abbagliante. In questi rari momenti gli si trasformava il viso, e i suoi tratti affilati si riempivano di gioia pura.

Misi da parte le riflessioni e gli sorrisi con gratitudine. «Grazie. Ho passato tutto il giorno a pensare di tornarci».

Si sedette. «Che cosa hai fatto oggi?»

«Sono andata al parco a fare skate. Sono tornata poco fa». Guardai nella mia ciotola e ruotai la forchetta negli spaghetti, evitando il suo sguardo e sentendomi un po' in trappola. Come se non potessi sfuggirgli. «Allora, non posso fare a meno di notare che ogni volta che sono a casa ci sei anche tu. Un po' di compagnia non mi dispiace, ma quando ti ho detto che non eravamo coinquilini parlavo proprio di questo ».

Lui mi fece un sorrisetto, appoggiando la schiena alla sedia e incrociando le braccia. «Quindi, ventiquattr'ore e ti sei già stancata?».

Diventai seria. «Dico solo che sei *sempre* qui. Come ieri sera».

«Mi avevi chiesto di venire per parlare».

Abbandonai la forchetta nella ciotola. «Sì, ma non sapevo che saresti stato qui al mio ritorno. Per far funzionare il nostro accordo, ho bisogno di privacy. Non è un segreto che questa storia non mi entusiasma, e ti ho chiesto una cosa. Solo una. Tu dormi qui. Non vivi qui».

Mi osservò con occhi blu ardenti, pieni di onestà. «Sì, lo so. Ma Rose… quando torno a casa, ci sono sempre Lily e West. Non fraintendermi – non potrei essere più felice per loro. È solo che…».

«Ma come mai devo gestire io le conseguenze delle loro azioni e quello che provi tu?»

«Lo so che è una merda, fidati. Pensi che mi piaccia dormire nel letto di Lily invece che nel mio? O che io voglia stare qui, a casa tua, dopo che ti sei sforzata di ignorarmi per mesi? Non sto cercando di obbligarti, perciò se vuoi che me ne vada, lo farò. Basta che tu me lo dica».

Feci un respiro pesante e rigirai la mia cena con la forchetta, sentendomi di nuovo una stronza, perché in effetti lo ero. Non era giusto per nessuno di noi due. «No. Mi dispiace, hai ragione. È solo che… è un po' stressante».

«Lo so».

«Ma se i ruoli fossero invertiti, se loro fossero a casa mia, anche senza sesso rumoroso, so che sarebbe strano. Tipo, anche solo a entrare e vederli insieme mi sembra di intromettermi. Anch'io vorrei avere un altro posto in cui andare, se fossi in te. Gli voglio bene, e sono contenta che stiano insieme. Ma mi ricordano che io sono da sola, e non riesco a sopportarlo. In più, adesso che sono tutti e due in vacanza, questo è quasi l'unico posto in cui possiamo stare da soli. Quindi mi dispiace reagire così. È solo che… non è facile, ecco tutto». *Perché ti odio, e ti amo, e odio il fatto che ti amo.*

Mi rivolse un piccolo sorriso con una traccia di tristezza.

Fallo, Rose. È la cosa giusta da fare. Accettalo e trova un modo per sopportarlo. Presi fiato e feci del mio meglio per lasciar perdere, o almeno per allentare la mia stretta mortale sulla questione. «Be', hai il mio permesso di andare e venire quando vuoi. Non che lo stessi aspettando», dissi con un sorrisetto mentre prendevo una forchettata di cibo e me la portavo alla bocca. «Com'è andata la tua giornata?». Diedi un morso, ansiosa di cambiare argomento.

«Piena di sorprese. Come il fatto che Seth sia venuto al negozio».

Mandai giù gli spaghetti come se fossero fatti di segatura. «Sì. Perché è venuto?».

Si guardò le dita sollevando il bordo della tovaglietta sul tavolo di fronte a lui. «Una nostra amica è morta. Voleva sapere se ne ero al corrente».

Abbassai la forchetta, studiando il suo viso. «Mi dispiace», dissi a bassa voce.

Lui scosse la testa, senza alzare lo sguardo. «È okay. Lui sembrava a posto, però, vero?»

«Sì. Insomma, cosa voleva?».

Patrick ridacchiò. «Sembri Joel».

Alzai una spalla. «Be', Joel è sveglio. Seth vuole sempre qualcosa».

«Non penso. Non stavolta. È pulito, ha un lavoro vero. Tra un paio di giorni verrà da Habits per il mio compleanno».

Feci una faccia offesa. «Grazie dell'invito».

«È stata un'idea di Joel», si difese.

«E hai invitato Seth prima di me. Vedo qual è il mio posto nella catena alimentare. Forse cambierò la serratura, dopotutto».

Lui sorrise. «Mi ero dimenticato della festa. Non penso mai al mio compleanno. Per quanto mi riguarda, è un giorno come gli altri».

«Ma non lo è. È il *tuo* giorno. Non mi importa se il Sergente non lo festeggiava. Noi lo tratteremo come una cosa importante. Sempre».

I suoi occhi erano di nuovo ardenti. «Non ti può mancare qualcosa che non hai mai avuto».

Respirai debolmente e tornai a dedicarmi ai miei spaghetti. «Chi ci sarà?»

«Di sicuro i ragazzi del Tonic. Spero anche voi».

«E Seth».

Mi guardò, giocherellando ancora con la tovaglietta. «E Seth».

Appoggiai la forchetta, cercando di non essere insistente. Ma non potevo restare seduta e guardarlo mentre si infilava in un altro casino. «Pensi che sia una buona idea ricominciare a farti coinvolgere da Seth?»

«Non mi faccio coinvolgere in niente», disse con semplicità, appoggiandosi al tavolo. «È il mio più vecchio amico. Non puoi non capirmi».

«Ti capisco, ma ti ha portato solo dolore e drammi».

Lui scosse la testa. «Non è vero. Mi ha dato speranza in un momento della mia vita in cui non avevo nessuno».

«Anche Joel lo ha fatto».

«E farei di tutto anche per lui». Era la semplice verità.

Aggrottai le sopracciglia, poco incline ad accettare la sua logica. «La differenza è che Joel non si approfitterebbe di te. Seth sì».

«Non ho nessuna aspettativa riguardo a Seth. Non manderò tutto a puttane, Rose. Ma è venuto da me, mi ha detto che si è disintossicato e si è scusato per tutto. Non lo lascio entrare nella mia vita, ma non lo sbatto neanche fuori. Fidati di me, okay? Non mi faccio fregare. So come funziona, e sono sveglio abbastanza da non fidarmi a lui».

Annuii con riluttanza. Cos'altro potevo fare? «Okay. Mi dispiace».

Il suo viso si addolcì, e mi sorrise. «Non dispiacerti. Grazie di esserti preoccupata per me».

«Hai già mangiato?»

«Sì, ho preso qualcosa prima di tornare. Stasera lavori?».

Scossi la testa. «No, oggi no. Che programmi hai?»

«Nessuno. Volevo solo rilassarmi, forse disegnare, ma non lo so. West e Lily sono accampati in salotto».

Maledetti. Sospirai di nuovo, rassegnata. «Be', puoi restare qui».

«Prometto che sarò bravo e silenzioso».

Io risi. «Nessuna festa scatenata?»

«Solo se tu la vuoi». Si alzò dal tavolo. «Vado a prendere la mia roba. Torno tra poco».

«Okay», dissi mentre usciva, lasciandomi sola.

Sospirai di nuovo e abbandonai il libro, con la mente in subbuglio. Se prima avevo pensato che le cose fossero complicate, non era niente in confronto alla piega che stavano prendendo adesso, e sentivo che stavo perdendo il controllo. Non potevo dirgli di no, e una parte di me non volevo farlo. Però la parte più rumorosa e insistente non era così ingenua. Sapeva che per ogni centimetro che concedevo, il pericolo aumentava. Non potevo ricaderci – non ero ancora guarita dall'ultima volta.

Finii di cenare e pulii, sistemandomi sul divano con il mio libro proprio quando lui tornò e prese posto vicino a me.

La musica in sottofondo riempiva il silenzio, la tranquillità rassicurante di essere insieme, semplicemente. Aveva i piedi sul tavolino da caffè, e io mi appoggiai al bracciolo del divano, con le gambe allungate tra di noi, cercando di non pensare a lui, anche se quando potevo lo sbirciavo di soppiatto. Avevo sempre amato osservarlo mentre disegnava – gli occhi puntati sulla pagina, i muscoli delle braccia che si contraevano, creando delle onde nei suoi tatuaggi.

Dopo un po' il mio nervosismo si placò, e mi ritrovai totalmente assorta nel libro. Allungai progressivamente le gambe finché le mie dita e il dorso dei piedi non furono appoggiati dietro al suo bicipite e a parte della sua schiena. Poi lui mosse il braccio per appoggiarlo sul mio polpaccio, attirando la mia gamba contro il suo fianco. Nonostante fossi cosciente della sua presenza, mi sembrò facile, naturale, senza secondi fini o aspettative, e poco dopo, ero così rilassata e a mio agio che non mi accorsi nemmeno di essermi addormentata accanto a lui.

9
Quando vuoi

Rose

Qualcuno bussava alla porta, ma era un rumore talmente lontano, e io ero così comoda. Strofinai il naso contro il collo di Patrick e sospirai, e lui strinse le braccia intorno a me.

Spalancai gli occhi.

Patrick.

Mi strappai da lui come se fossi stata fulminata, agitando le gambe e le braccia mentre rotolavo giù dal divano e finivo a terra con un tonfo, colpendo il pavimento con il gomito.

«*Cazzo*», sibilai mentre il bussare ricominciava.

Mi guardai intorno con occhi assonnati, strofinandomi il gomito, con il cuore che martellava, e diedi un'occhiata a Patrick – le sue palpebre erano semiaperte mentre si guardava intorno confuso. Era giorno da poco, e mi resi conto che avevamo dormito sul divano. Insieme. Tutta la notte. In qualche modo, avevamo finito per avvinghiarci come edera l'uno all'altra.

«Rooooooooose? Ehiiiii? C'è nessuno?». La voce proveniente dall'altro lato della porta era smorzata, ma la riconobbi e, mentre mi trascinavo fino alla porta, cercai di far capire alla mia mente assonnata quello che stava succedendo.

Dopo aver aperto la porta, il mio stupore si placò mentre metabolizzavo la presenza nell'atrio di mia cugina Ellie, che mi rivolgeva un sorriso innocente sul suo viso a forma di cuore.

Ellie Fisher era alta poco più di un metro e mezzo, con una pelle di porcellana e un corpo soffice e formoso. Ad appena ventuno anni aveva un corpo da adulta, un viso da adolescente e un cervello da bambina di seconda elementare, oltre a un cuore enorme, che Dio la benedica.

«Rose!». Si lanciò su di me, abbracciandomi con più energia di quanto mi aspettassi.

«Ellie?», balbettai allontanandomi. «Cosa fai qui?».

Lei sorrise e si spinse i lunghi capelli color rame dietro la spalla. «Sono venuta a trovarti!»

«Lo vedo. Ma perché sei qui? E alle...», diedi un'occhiata all'orologio, «... sei del mattino?».

Lei ammiccò con le sopracciglia. «Hai detto che potevo venire quando volevo, quindi l'ho fatto». Sollevò le mani in aria. «Sorpresa!»

«Ma...», iniziai, cercando di trovare un senso. «Non ho visto che mi hai scritto. Cioè, non mi hai lasciato un messaggio in segreteria, vero? Perché sai che non li ascolto».

«No, hai detto quando volevo, quindi eccomi qui». Stava ancora sorridendo dolcemente mentre afferrava la maniglia della valigia e mi passava accanto.

Io sospirai. «Forza, entra».

«Grazie, Rosie». Ellie si bloccò appena varcata la soglia e rimase a bocca aperta alla vista di Patrick.

Lui si alzò e si strofinò una mano sul viso, sorridendole e sbattendo le palpebre. «Ehi».

Lei spalancò gli occhi. «Oh mio Dio, Rose. È questo il ragazzo con cui uscivi una volta che a letto faceva quella cosa che...».

Risi fortissimo per coprire qualsiasi cosa stesse per dire e la afferrai per le spalle per presentarla a Patrick. «Patrick, lei è mia cugina Ellie. A quanto pare starà con noi per un po'».

La sua mascella era una linea dura, l'angolo della bocca sollevato in un sorrisetto. «Piacere di conoscerti».

Le sopracciglia di Ellie si aggrottarono per la confusione. «Aspetta, lui vive qui? Stavate dormendo insieme? Pensavo che vi foste lasciati…».

Avevo le guance in fiamme, e pregai in silenzio che lei riuscisse a capire il linguaggio del corpo, in particolare il mio che le diceva di smettere di parlare. «Ah, lui è qui solo per un po'».

«Ma dov'è Lily?»

«Da West, quindi ci siamo scambiati temporaneamente i coinquilini. Tricky dorme nella vecchia stanza di Lily».

Lei rise sotto i baffi. «Non mi sembra. Posso dormire sul divano, se voi non lo usate». Sollevò le sopracciglia.

Patrick scosse la testa. «Non preoccuparti. Puoi prendere la stanza di Lily. Ho un letto a casa mia».

«A me va bene tutto», disse lei con un'alzata di spalle.

«Prendi la stanza, insisto». Sorrise, ma mi accorsi che era scocciato, e lo ammetto: odiavo vederlo così, sapendo che stava immaginando altre notti insonni. Tuttavia, non abbastanza da insistere che dormisse sul mio divano. Glielo avrei proposto, ma non avrei mai insistito per farlo restare. Soprattutto dopo ieri notte, o stamattina, o in qualsiasi momento avessimo iniziato ad abbracciarci sul divano. Come se avessi bisogno di Patrick seminudo a casa mia più dello stretto necessario.

Cercai di non pensare a quanto era stato bello stargli vicina. Tra le sue braccia, la sua pelle contro la mia, il suo…

Smettila, cazzo.

Sorrisi. «Il divano è sempre libero, Trick».

«Grazie, Rose».

Mi voltai verso mia cugina e presi fiato, ancora allibita. «Sono solo stupita di vederti, El».

«Bene, l'idea era quella». Stava ancora sorridendo come se avesse passato la migliore notte di sonno della sua vita. «Ho preso il volo notturno da Los Angeles e ho dormito in aereo, quindi sono pronta per una giornata a New York! Cosa dobbiamo fare per iniziare?».

Sbattei le palpebre. «Non ne ho idea».

«Okay, be', allora prenditi un minuto per pensarci e svegliarti mentre io e Valentino ci sistemiamo».

Mi bloccai e la guardai, rendendomi conto che attaccato alla valigia c'era un piccolo cesto. «Valentino?».

Ellie sorrise, alzando gli occhi al cielo con aria teatrale. «Il mio gatto, stupidina».

Piegai la testa. «Per quanto pensi di restare, El?».

Lei alzò le spalle e si diresse verso la camera di Lily. «Sai, per un po'», mi disse in tono vago.

Ellie scomparve nella stanza, e io mi voltai per guardare Patrick, che scosse la testa.

«Non ho idea di cosa stia succedendo», borbottai.

«A quanto pare hai una nuova coinquilina».

«E un gatto».

Lui sorrise. «E un gatto».

«Proprio quello che non ho mai voluto».

E in quel momento, un gatto molto grasso ed elegante emerse dalla stanza di Lily, squadrando me e Patrick con critici occhi verdi. Aveva il pelo nero, ma le zampe e il petto erano bianchi con un segno nero proprio sotto al collo, come se indossasse uno smoking. Saltò sopra il tavolo e si sedette, avvolgendosi la morbida coda nera intorno alle zampe.

Allungai una mano per grattargli il collo. «Ehi, ciao, Valentino».

Lui sollevò il mento, guardando dall'altra parte con un miagolio, come se mi stesse concedendo il permesso di accarezzarlo.

Non riuscii a trattenere una risata. «Questo gatto è snob da far schifo».

Valentino non sembrava interessato a gente come me e Patrick.

Patrick andò in cucina a fare il caffè, e io mi sedetti a tavola, sentendomi sopraffatta.

Passai una mano sulla schiena setosa di Valentino, e lui si inarcò contro il mio palmo mentre, vagamente in preda al panico, osservavo Patrick che versava l'acqua nella caraffa, metteva il filtro e versava il caffè.

Mi ero appena svegliata tra le braccia di Patrick Evans.

Erano parole che pensavo non avrei pronunciato mai più, neanche nella mia mente.

Non riuscivo a ricordare come fosse successo, chi si fosse addormentato per primo. Era proprio come una volta, ci eravamo avvinghiati – dormivamo sempre così, *prima*. Una parte di me si chiedeva se lui l'avesse programmato, se volesse fregarmi o qualcosa del genere. Ma lo guardai: era nel mio appartamento e sembrava che fosse casa sua mentre preparava il caffè, e mi faceva sentire come una volta. Rendeva più difficile tenere a bada i miei sentimenti.

Ti ha ferita, Rose. Non dimenticarlo.

La verità era che quella notte non significava niente. Non cambiava il fatto che non stessimo insieme. Non cambiava quello che era successo tra noi. Non voleva dire che io l'avessi perdonato, o che lui mi desiderasse.

Non cambiava niente.

C'era solo una soluzione: fare finta che non fosse successo niente.

Quindi, invece di pensarci, mi dedicai a programmare la giornata di Ellie.

Mi alzai e andai verso il divano, frugando tra i cuscini finché non trovai il mio telefono per mandare un messaggio a Maggie.

"Ehi, spero che non sia troppo presto per scriverti di sabato, ma mia cugina è appena venuta a trovarmi all'improvviso, e mi chiedevo se avevi ancora la tua lista di posti da visitare".

Lei mi rispose dopo un minuto. Patrick si sedette vicino a me, appoggiandomi davanti la tazza di caffè.

"Ehi, non c'è problema, siamo svegli. Ho ancora la lista, e se volete posso venire con voi. Fammi sapere!".

Sospirai per il sollievo. «Grazie a Dio c'è Maggie». "Sarebbe fantastico. Che ne dici di incontrarci da Genie e fare un programma?"

"Mi sembra ottimo. Ci vediamo lì".

«Ehi, Ellie», gridai in direzione della stanza, «hai fame?»

«Sto morendo».

«Okay». Cercai Lily tra i miei contatti e invitai anche lei, poi appoggiai il telefono e presi il caffè, appoggiando la schiena sul divano con un sospiro.

Vicino a Patrick.

Lui sbadigliò, per cui sbadigliai anch'io.

Sorseggiai il caffè, nervosa, stanca e confusa, e mi ripetei che non era cambiato niente, proprio niente. Mi accorsi che mi stava guardando e mi voltai, incrociando il suo sguardo.

Il tempo sembrò rallentare. Non sapevo cosa fosse… qualcosa nei suoi occhi mi chiamava, mi spaventava. Perché in quel momento, se mi avesse chiesto qualunque cosa, gli avrei risposto di sì.

Ellie entrò, e ci voltammo di scatto a guardarla. Lei sorrise come se ci avesse appena scoperti a fare qualcosa di più che stare seduti in una stanza tranquilla. «Allora, colazione?»

«Sì», dissi alzandomi dal divano. «Dammi cinque minuti per prepararmi». E corsi fuori dalla stanza, augurandomi di poterlo cancellare dal mio cuore altrettanto facilmente.

Patrick

Salutai Ellie e Rose nel corridoio, incontrando lo sguardo di Rose per un lungo istante, chiedendomi se sapesse quello che pensavo, che desideravo. Se avesse capito che non avevo più intenzione di aspettare in silenzio dietro le quinte.

Per tutto questo tempo avevo pensato che lei non mi volesse. Avevo pensato che non avrei mai potuto riaverla. Ma questa mattina, con il suo corpo contro il mio, avevo capito. Quando mi aveva guardato a occhi spalancati, ne avevo avuto la certezza. Lei mi voleva quanto la volevo io, e questa volta non mi sarei fermato. Non finché non fosse stata di nuovo mia.

Quella determinazione echeggiò in ogni battito del mio cuore, in ogni passo e ogni pensiero mentre mi facevo una doccia, mi cambiavo e camminavo fino al lavoro. Avevo bisogno di un piano, perché non potevo arrivare sparando all'impazzata e portarla via. Non ancora. Se non avessi fatto attenzione avrei rovinato tutto, e questa sarebbe stata la fine. Il mio ultimo proiettile.

Avrei riconquistato la sua fiducia e, appena avessi avuto l'occasione giusta, ci avrei provato.

Quando entrai nel Tonic, mi sentii più sicuro di prima,

forse più di quanto fossi mai stato. Il negozio era quasi vuoto – facevo parte del gruppo dei mattinieri – anche se Joel era alla sua postazione. Alzò lo sguardo e mi studiò sollevando un sopracciglio.

«Cosa ti ha fatto correre qui?».

Sorrisi. «Rose».

«Cosa hai fatto?»

Andai da lui e mi appoggiai al suo muretto. «Niente, per ora».

«Be', non tenermi sulle spine. Cos'è successo? Dimmi tutto».

«La riconquisterò».

Per un attimo aspettò che continuassi e sbuffò quando non lo feci. «Smettila di fare il misterioso, per Dio, e dimmi cosa sta succedendo».

Il mio sorriso si ampliò, anche se feci fatica a trovare le parole. «Non so nemmeno come spiegarlo, Joel. Quando ci siamo svegliati stamattina, ho capito che ho una possibilità. Mi sono sentito così stupido per non essermene accorto prima, ma...». Mi strofinai il mento. «Pensavo che lei non mi volesse, ma non è così. Posso riaverla. Devo solo provarle che può fidarsi di nuovo di me».

«Aspetta, ricomincia da capo. Quando vi siete svegliati? Insieme?»

«Sì. Ieri notte ci siamo addormentati sul divano, e stamattina lei mi ha guardato e ho capito. È stato solo un barlume, ma c'era».

«Be', allora cosa vuoi fare? Chiederle di uscire?».

Il mio sorriso si spense un po'. «Sta usando un sito di appuntamenti. L'ho incrociata ieri dopo che aveva incontrato un tipo».

Incrociò le braccia e scosse la testa. «Tricky, ti avevo detto che prima o poi sarebbe successo. Adesso sarà ancora più difficile riconquistarla, te ne rendi conto, vero? Incontrerà l'uomo dei suoi sogni e si dimenticherà di te».

«Non lo farà».

«Come lo sai?».

Gli feci un sorrisetto e mi piegai in avanti. «Perché l'uomo dei suoi sogni sono io».

Scoppiò in una risata sonora. «Non si può obiettare a una risposta simile, Tricky. Proprio non si può».

«Stavolta non posso mandare tutto a puttane».

«Decisamente no. Temo sia l'ultima possibilità. Come l'ultimo giro in un bar».

«L'ultimo giro», echeggiai io, sapendo che era la verità. Dovevo farmi avanti e ordinare, o uscire. E non ero pronto ad andarmene.

10
È Tricky

Rose

Dopo aver fatto colazione aprii la porta di Genie, e le ragazze uscirono dopo di me.

«Allora», iniziò Lily, «prenderemo un abbonamento mensile della metropolitana per Ellie, e andremo in metro fino a Times Square. Dopodiché, cammineremo da lì al Rockefeller Center, poi alla Grand Central Station e torneremo a Saks in treno».

«Perfetto, mamma», dissi allegramente. «Hai stampato delle cartine per tutti?».

Lei mi fece una linguaccia.

«Mi sembra ottimo», aggiunse Ellie, guardando i palazzi che ci circondavano mentre andavamo verso la metropolitana. «Adesso che abbiamo deciso tutto, possiamo parlare del fatto che stamattina quando sono arrivata stavi dormendo insieme a Tricky?».

Lily e Maggie si voltarono di scatto con due espressioni identiche, e io mi sentii arrossire.

«Uh, che cosa hai detto?», chiese Lily.

«Niente, non è niente. Ieri sera era da me, e ci siamo addormentati sul divano. Fine della storia».

Ellie rise. «A me sembrava più di così».

Feci una smorfia. «Eravamo vestiti».

Nessuna parlò.

«Non ci siamo neanche baciati!», aggiunsi, frustrata.

«Volevi baciarlo?», mi chiese Maggie.

«No, certo che no», mentii.

«Di sicuro sembrava che lui volesse baciarti», disse Ellie scendendo dal marciapiede.

«Grazie tante, Ellie. Non è importante, ragazze. Sono attratta dal mio ex, e lui dorme a casa mia perché *qualcuno* si fa scopare ogni notte come una pornostar».

Lily alzò gli occhi al cielo.

«Ci siamo addormentati sul divano. Non è come se avessimo fatto sesso».

Lily scosse la testa. «Mi stai dicendo che hai passato tutta la notte con Tricky, hai dormito con lui e non ti senti combattuta? Cioè, *nada*? Zero sentimenti?»

«Sì, certo, è stato strano, ma non significa nulla. Non ne abbiamo nemmeno parlato, e io sto uscendo con altra gente, te lo ricordi?».

Maggie mi osservò. «Quindi non sai se per lui è stata una cosa seria, giusto?».

Io sbuffai. «Certo che non lo è stato. Sinceramente, penso che lui si senta solo in colpa per come sono andate le cose tra noi e che probabilmente vorrebbe trombarmi tanto quanto lo voglio io. Ecco tutto. Non c'è altro». Lo dissi come se dovesse essere vero per forza, perché altrimenti mi sarei ritrovata nella merda più di quanto pensassi.

Lily rise sotto i baffi. «Vuoi scopartelo».

«Chi *non vuole* scopare Tricky?», chiesi, agitata. «L'hai *visto*?».

Rise. «Bel tentativo. Puoi dire che ti piaceva andare a letto con lui, sai».

«Certo. Era piacevole. Fantastico, perfino. Ha un profumo divino, e le sue braccia sono così sexy, dovrebbero avere una loro pagina Facebook. Ma lui non è mio, e io non lo voglio».

Lily sollevò un sopracciglio.

«Okay, mi rifiuto di volerlo». Scendemmo le scale della metropolitana, rimanendo in silenzio per qualche secondo prima che continuassi. «Sul serio, non cambia niente, okay? È solo successa una cosa strana. Più tardi sceglieremo un altro ragazzo con cui potrò uscire, perché io sto *frequentando altra gente*. Troverò un uomo e lo frequenterò così tanto che gli verrà un colpo di frusta. La storia con Tricky per me è finita, e anche per lui. È *finita*, okay?». Parlai a raffica, prendendo fiato appena finii.

«Va bene», disse Lily, a quanto pare a nome di tutte, mentre camminavamo verso la macchinetta che vendeva i biglietti.

«Grazie», ansimai.

Ellie corrugò la fronte ispezionando la macchina. «Come funziona?».

Lily sorrise e si avvicinò. «Lascia, faccio io».

Sospirai, sentendo che la tensione si stava sciogliendo, e mi voltai verso Maggie. «Come stai? Non ti vedo da secoli».

Lei mi rivolse un sorriso abbagliante, allontanandosi dal viso i capelli biondi e ricci. «Oh, sto bene». Il suo accento del Mississippi era denso come il miele. «Sono solo un po' indaffarata. Al ricovero il lavoro è stato assurdo. Sono felice per la promozione, ma mi fanno lavorare come una pazza. Sto preparando il programma di promozione della lettura per tutti i ricoveri per senzatetto della città».

Le sorrisi, piena di orgoglio. «È meraviglioso, Mags».

Le sue guance lentigginose diventarono rosse. «Grazie. È il lavoro dei miei sogni».

«Ecco fatto», disse Lily. «Abbiamo finito. Andiamo».

Ci dirigemmo verso i tornelli. «Com'è andata in Grecia?»

«Oh, Rose, è il posto più bello che abbia mai visto. Siamo partiti da Atene e abbiamo navigato fino a Mykonos, a Rodi e a Santorini, che è stata la mia preferita. Sarei potuta restare per sempre», disse con un sospiro sognante. «In ogni caso, anche Coop sta bene, è solo che sta lavorando un sacco come me. Giuro, di sera torniamo a casa, ordiniamo da mangiare a domicilio, guardiamo un po' la TV e crolliamo. Però mi mancate tutti. Tu stai bene?»

«Sì, sto bene. Come al solito, sai. Lavoro. Dormo. Non faccio molto altro».

«E Tricky sta da te. È una novità».

Ci fermammo sulla banchina. Lily ed Ellie stavano chiacchierando tra di loro, e io abbassai un po' la voce. «Sì. È la cosa giusta da fare e voglio aiutarlo, ma non è semplice».

«Posso immaginarlo. Sul serio, il modo in cui ti guarda... non so come fai a non svenire».

Ridacchiai. «Certi giorni me lo chiedo anch'io».

Il treno si fermò e, quando le porte si aprirono, entrammo. Era abbastanza presto, quindi riuscimmo a trovare dei posti vicini.

«Dunque», disse Ellie, voltandosi verso di noi sul sedile, «non mi è tanto chiaro come vi conoscete tutti. Per un po' Maggie ha vissuto da te, vero Rose?»

«È come il gioco delle sedie», disse Lily con una risata.

Risi anch'io. «Sul serio. Tutti hanno vissuto con me tranne Cooper e West». Mi voltai verso Ellie. «Okay, è un po' complicato, quindi dimmi se ti perdi».

Lei si sistemò sul sedile e mi guardò con l'espressione che assumeva sempre quando si concentrava. «Okay».

«Bene. Allora, il primo a trasferirsi nel palazzo fu Tricky. Visse con il suo amico Seth per circa un anno. E a metà di quell'anno, io mi trasferii con Jack e Liz».

Assottigliò gli occhi, riflettendo. «Capito. E vaffanculo a Jack».

Sollevai una mano per farmi dare il cinque, e lei me lo diede. «Sì, vaffanculo a Jack. Perciò, quando Seth se ne andò, arrivò West».

«Aspetta». Arricciò il naso. «Com'è che Cooper conosce Patrick?»

«Si incontrarono all'inaugurazione di non so che locale e andarono subito d'accordo. Appena scoprì che Tricky era un tatuatore, mandò West al negozio perché sapeva che lui voleva un tatuaggio e, quando iniziarono a parlare, venne fuori che Tricky aveva bisogno di un coinquilino. E anche West, perché lui e Coop stavano lasciando lo studentato della Columbia, e West non voleva vivere nell'East Side, attico o no».

Lei ridacchiò. «Penso che io sceglierei l'attico».

Lily rise. «Be', West è molto concreto».

«Okay», continuai, disegnando un diagramma in aria con le mani. «Quindi West si trasferì da Tricky, e poi Jack e Liz partirono. Poi arrivò Lily».

Lily sollevò una mano in segno di solidarietà. «Flower Power».

Ellie annuì. «Finora ti seguo».

«Poi Maggie si trasferì a New York qualche mese fa e rimase da noi per un po'. O da me, suppongo, visto che Lily non stava più dormendo a casa. Ed è la sorella di West».

«Giusto. Okay». Si fermò per un secondo, e potevo vedere le rotelle che le giravano in testa. «Okay. Forse ho delle domande, ma per adesso ho capito». Schioccò le dita. «Aspetta, anche Lily ha una sorella, giusto?».

Lily si aggrappò al palo davanti a sé mentre il treno si fermava. «Sì, Astrid».

Ellie spalancò gli occhi. «Ah, giusto. Astrid Thomas. La modella. Come se non l'avessi mai vista su "Us Weekly"».

«Esatto, mia sorella», intervenne Lily. «Oggi voleva venire, ma Times Square di sabato è strapiena di paparazzi. Stasera verrà da Habits, però».

Ellie si illuminò ancora di più. «Non vedo l'ora di vedere questo bar, dopo tutto quello che ho sentito».

«E…», aggiunse Lily, «… stasera sceglieremo il prossimo appuntamento di Rose, visto che l'ultimo è stato un disastro».

Avevo un'espressione scazzata. «Mi ha spiata su Facebook e mi ha sorpresa dicendomi cose su di me».

«Ommioddio». La bocca di Ellie formò una "o". «No».

«Oh, sì». I miei occhi guizzarono verso Lily. «Lil, dimenticavo di dirti che ho incrociato Tricky quando sono uscita da Roasted, ed era con Seth».

Lei spalancò gli occhi. «Sul serio?».

Annuii.

Ellie e Maggie ci guardarono senza capire. «È una cosa brutta?», chiese Ellie.

Annuii di nuovo. «Molto brutta. Tricky è un ex tossicodipendente, e Seth ha cercato di disintossicarsi per anni. Senza successo».

«Oh».

«Cosa voleva?». La preoccupazione era evidente sul viso di Lily.

Sospirai. «Niente, secondo quanto ha detto, ma chissà. Verrà alla festa di compleanno di Tricky».

«Oh, Dio. Forse Habits dovrebbe assumere un buttafuori per quella sera? Quando Seth beve…».

Lily non finì la frase e si limitò a lanciarmi un'occhiata.

«Lo so. Tricky dice che è pulito, perciò nessuno finirà con il naso sanguinante, perlomeno».

«A meno che qualcuno non faccia incazzare mio fratello», aggiunse Maggie, cercando di risollevare l'atmosfera.

Lily ridacchio. «Sì. A meno che non succeda quello».

La metro si fermò alla stazione di Times Square, e camminammo qualche isolato verso nord finché la strada non si allargò: gli edifici si innalzavano fino al cielo, coperti di luci e pubblicità e schermi. C'erano persone dappertutto, taxi che si fermavano e si muovevano in scie gialle: eravamo al centro di New York, e anche le più ciniche di noi non poterono fare a meno di prendersi un momento tranquillo per ammirare la città che amavamo così tanto.

Rose

Nel pomeriggio tornammo all'appartamento, con i piedi doloranti e leggermente scottate dal sole. Quasi non mi sorpresi nel vedere Patrick che mangiava un panino nella mia cucina.

«Ehi», ci disse. «Stavo per andare da Habits – West e Cooper sono quasi arrivati».

«Oh», disse Lily, sorridendo mentre prendeva a braccetto Maggie. «Vuoi andare?»

«Okay. Ci vediamo lì». Ci salutò con un cenno, e si avviarono.

Ellie si stiracchiò. «Vado a cambiarmi. Torno subito». Sparì dietro l'angolo, diretta in camera sua.

«Penso che verrò con te ed Ellie».

Non era possibile sfuggirgli. Non più. Cercai di sorridere. «Certo».

Il mio umore sprofondò di nuovo, amaramente. Doveva essere la sindrome premestruale, perché afferrai una barretta al limone dalla borsa sul tavolo e la divorai in tre morsi prima ancora di arrivare nella mia stanza. Ciò avrebbe spiegato anche gli sbalzi d'umore. Non che non fosse sufficiente Patrick a far salire e scendere il mio umore come un'altalena, ma probabilmente gli ormoni impazziti non miglioravano la situazione.

E si poteva dire lo stesso per la visita a sorpresa di mia cugina. Le volevo bene, ma in quel momento, stanca e con addosso la puzza di New York, mentre il mio stupendo ex era seduto in cucina, non riuscivo proprio a occuparmi di tutto.

Mi ricordai che io e Patrick eravamo nella stessa barca. Lui era tollerabile. Forse anche un po' piacevole. Mi ricordava di come erano le cose. Una volta.

Allontanai quei ricordi prima che mettessero radici.

Qualche minuto dopo emersi dalla mia stanza con dei jeans neri, gli anfibi e una canottiera nera scollata, sentendomi un po' più me stessa. Avevo gli occhi truccati con la matita. Labbra rosse. Collane scintillanti. Capelli voluminosi. Ed era il momento di spaccare.

Patrick era ancora seduto e, quando alzò lo sguardo verso di me, ci bloccammo entrambi. Tutto si mosse al rallentatore, com'era successo quella mattina. La luce sopra il tavolo proiettava delle ombre profonde sulle linee del suo viso quasi nascondendogli gli occhi, che però scintillavano, fissi nei miei come un'ancora di salvataggio.

Mi schiarii la gola e afferrai la borsa, voltandomi solo quando mi fui ripresa abbastanza da essere coerente. «Mi dispiace. Per il fatto che Ellie ti abbia rubato il letto. Dico sul serio: se di là va male, puoi venire qui».

La sua voce profonda rimbombò dentro di me. «Grazie, Rose».

Presi fiato e cercai di simulare un sorriso accettabile, come se lui non ostacolasse la mia capacità di tenere la testa sulle spalle. «Nessun problema».

Ellie uscì dalla stanza di Lily con un top luccicante, una

gonna cortissima, dei tacchi vertiginosi e un braccio interamente coperto di braccialetti, e Valentino tra le braccia.

Sollevai un sopracciglio. «Ehm, forse sei un po' troppo tirata per Habits, El».

Lei alzò le spalle e baciò il gatto. «A me non importa».

«Si vede che vieni da Los Angeles».

Ellie rise e mise giù Valentino. Lui ci guardò allontanandosi, probabilmente per giudicare la sua nuova casa, mentre Ellie prendeva la borsa. «Sono californiana dentro, Rosie. Una volta ho visto una tipa al supermercato nella San Fernando Valley che aveva addosso una pelliccia lunga fino ai piedi. Los Angeles se ne frega».

«Vero», dissi mentre uscivamo dall'appartamento. «Giuro: Los Angeles è l'unico posto in cui, il martedì mattina alle dieci, potresti vedere un ragazzo che fa la spesa con indosso uno smoking di fianco a una vecchia con calze color arcobaleno, pantaloncini inguinali e un top con la pancia fuori. E la parte migliore è che nessuno ci bada».

Patrick ridacchiò. «Anche New York ha le sue stranezze».

«È vero», dissi io, «ma è un altro tipo di stranezza. C'è un'atmosfera diversa».

Patrick aveva le mani infilate nelle tasche mentre scendevamo le scale. «Non ci sono mai stato. È uno dei pochi posti in cui non ho vissuto».

Ellie agitò i capelli. «Hai girato tanto?»

Lui annuì. «Mio padre era nell'esercito. Sono cresciuto nel Midwest».

«Qual è il tuo posto preferito in cui abitare? A parte New York», gli chiese.

Lui ci pensò mentre giravamo il pianerottolo e imboccavamo l'ultima rampa di scale. «Il Kansas, stranamente. Sembrava avere tutto nella quantità giusta. Le stagioni. Il paesaggio. È il posto più normale in cui abbia mai vissuto».

«E il peggiore?», gli chiesi.

Lui fece una smorfia e ci aprì la porta del palazzo. «Killeen, in Texas. Cioè, sono sicuro che il Texas non sia tutto orribile, ma quella fu l'estate più calda della mia vita. Se devi strizzarti la maglietta per il sudore dopo i dieci metri dalla porta di casa alla macchina, è insostenibile. Giuro su Dio, era come vivere all'inferno».

Ellie rise. «Che merda. Di solito a Los Angeles ci sono due settimane d'estate in cui vuoi morire, ma per il resto non è così male».

«È la prima volta che vieni a New York?», le chiese.

«Sì. Una volta Lily è venuta con Rose, quindi ci siamo conosciute. Di tutti voi ho solo sentito parlare».

Sorrisi. «Io ed Ellie siamo cresciute insieme. I nostri padri sono fratelli. Il suo era quello pazzo».

Lei fece una risatina. «E il tuo era il santarellino».

«Forse rispetto al tuo. Due surfisti di Venice Beach. È stato bello crescere con El al mio fianco, soprattutto visto che io sono figlia unica».

«Io vorrei esserlo. Invece ho due sorelle maggiori, un'ingegnera e una chimica».

Patrick sembrò colpito. «Mica male».

«Ah. Se non sei me. Niente aspettative, giusto? Almeno sono la più piccola, il che vuol dire che potrei anche uccidere qualcuno e mi vorrebbero tutti bene lo stesso». Piegò le labbra in un sorriso.

Scoppiai a ridere. «È vero», dissi a Patrick. «Può fare qualsiasi cosa e i suoi genitori fanno i salti di gioia».

«Pensavo che mi avrebbero ucciso quando ho detto che volevo diventare una modella, invece hanno solo applaudito e pagato una montagna di soldi per farmi fare un portfolio. Sinceramente, penso che siano sorpresi che le mie sorelle siano venute fuori così intellettuali. Mio padre ha fumato così tanta erba nella sua vita che la maggior parte del tempo mi stupisco che si ricordi ancora come si chiama. E mia madre si interessa di più alle scarpe che a tutto il resto».

«Sono brave persone», dissi, sorridendo.

«Vero, cosa che lo rende tollerabile. Le mie sorelle sono rigide. Di sicuro pensano che siamo tutti dei farfalloni».

Io risi. «Oh, bella parola».

Lei ridacchiò. «Lo so. È divertente da dire. *Farfalloni*».

Patrick aprì la porta di Habits, ed entrammo nel bar in cui lavoravo da quando mi ero trasferita a New York. Era ordinato e moderno con delle mattonelle bianche e nere, il pavimento coperto di assi di legno e un bancone lungo e scuro che occupava la maggior parte dello spazio disponibile. Le tubature erano a vista, dato che le mattonelle sparivano per lasciarlo aperto e renderlo più arioso.

Era la mia seconda casa.

Dietro al bancone c'era Shelby, un'elfa dai capelli biondo rossicci e il viso lentigginoso, che mi rivolse un sorriso abbagliante. West e Lily erano già seduti al bancone con Cooper e Maggie, e li salutammo.

«Cooper, West, lei è mia cugina Ellie».

«Ehi», rispose lei agitando le dita.

«Piacere di conoscerti», disse West. «Cosa fai a New York?»

«Sono venuta a trovare Rose», disse lei con un sorriso.

Inarcai le sopracciglia, anche se stavo sorridendo. «Con il tuo gatto».

Cooper guardò alternativamente me ed Ellie. «Allora è una visita breve, giusto?», scherzò.

Ellie alzò le spalle. «Non posso lasciare Valentino con quel bastardo di Darren. Probabilmente sbatterebbe fuori il mio povero bambino. Forse lo butterebbe nel Los Angeles River solo per fare lo stronzo».

Cooper rise. «Sembra che ti serva un drink».

«Appoggio la mia roba e torno subito». Superai Patrick ed entrai nell'ufficio per timbrare il cartellino e riporre la mia borsa. Quando presi posto dietro il bancone erano tutti seduti, ed era arrivata anche Astrid, seduta di fianco a Lily.

Sorrisi alla fila dei miei amici. Il mio era il posto migliore. «Allora, cosa bevete?».

Ordinarono i loro drink, e io li preparai subito. Mi veniva naturale. Bicchiere, ghiaccio, alcol. Conoscevo il bar così bene che non dovevo neanche guardare le etichette, solo allungare la mano in base alla memoria. Il coglione che non avesse messo le cose al loro posto se la sarebbe vista con me.

Astrid si rivolse a Ellie. «Allora, cosa ti ha portata a New York, Ellie?».

Lei bevve un sorso del suo vodka tonic. «Non lo so. Volevo solo andarmene da Los Angeles. Un giorno sono tornata a casa e ho trovato Darren che si scopava quella troia di Sasha, che chiaramente non era mia amica. Sulla *mia* trapunta nuova. Ero sul punto di twittare il suo vero nome, che non avrebbe dovuto dirmi, ma una sera a Hollywood si era ubriacata di martini e l'avevo convinta a rivelarmelo. Sinceramente, io mi sarei tenuta "Susan", ma è solo la mia opinione». Alzò gli occhi al cielo e bevve un altro sorso. «Comunque, stavo cercando di capire dove andare e ho pensato: "Oh. Rose". Perciò eccomi qui». Sorrise.

Io e Lily ci scambiammo un'occhiata. «Quanto pensi di restare?», le chiese.

Ellie alzò le spalle. «Volevo mettermi a cercare un lavoro».

«Quindi ti vuoi trasferire qui?», suggerì Lily.

Lei ridacchiò. «Mi sa di sì». Fece un gesto con la mano. «Se decido di restare mi troverò un'altra casa. Dimmi quando non ne puoi più, Rosie».

Sorrisi, perché cos'altro potevo fare? Se si fosse trattato di chiunque altro sarei già andata in bestia. Lei avrebbe potuto farmi cadere addosso una casa e io le avrei dato le scarpette rosse senza pensarci due volte. «Non c'è problema, Ellie. Cos'ha detto tua madre?».

Ellie alzò gli occhi al cielo. «La conosci. Sta seguendo una dieta a base di succhi di frutta e ha iniziato a vendere prodotti di bellezza per finanziare una collezione di vestiti per il suo Yorkshire Terrier. Andrà in vacanza a Cabo con papà e si è appena comprata un sacco di vestiti che non metterei neanche io. E io sono una puttana».

Maggie rischiò di soffocarsi con il suo drink.

«In ogni caso, non le è importato, soprattutto dopo che le ho detto che sarei venuta da te».

«Be', adesso sei qui», dissi, «e hai finalmente visto Times Square. Cos'altro vorresti fare?».

Guardò il soffitto, riflettendo. «Vorrei uscire, di sicuro. Fare shopping, assolutamente. E ho bisogno di scopare un po'. E poi non so». Strizzò gli occhi. «Magari un piercing».

Risi. «Oh, Ellie. È bello vederti».

Lei sorrise. «Anche per me».

Osservai di nuovo i visi davanti a me, rendendomi conto di quanto mi era mancato vederli tutti insieme. Una volta succedeva sistematicamente, mentre adesso ci volevano vari giorni di messaggi per organizzare un ritrovo collettivo. Ma non mi importava cosa bisognasse fare per ottenere quel risultato, io ne ero felice.

Rivolsi loro un sorriso smagliante. «Mi fa piacere che siate venuti tutti. È passato troppo tempo dall'ultima volta».

«È vero», disse Maggie allontanandosi i ricci dal viso. «Siamo stati tutti così impegnati».

Lily si sporse oltre West e indicò Cooper. «Non troppo impegnati per andare in barca, però. Me l'hai promesso, Cooper. Ho bisogno degli Hamptons».

Lui ridacchiò. «Manterrò la parola. Promesso. Che ne dici del Quattro luglio? Siete tutti invitati».

Gli altri accolsero la proposta con voci entusiaste.

Lily mi fece un cenno con il mento, con un sorriso da traditrice. «Penso dovresti dire ai ragazzi com'è andato il tuo appuntamento di ieri, Rosie, prima che la tribù scelga il prossimo».

Le lanciai un'occhiataccia. «Oh, è stato eccezionale, se vi piacciono i film horror».

«Quanto è andato male?», chiese Cooper, e Lily fece un rullo di tamburi con la bocca. Tutti si piegarono in avanti, e gli occhi di Patrick si fissarono su di me come una lente d'ingrandimento. Mi sforzai con tutte le mie forze di non guardare verso di lui.

«Fidatevi. È stato pessimo. Ha sproloquiato del suo profondo interesse per gli animali morti e della sua "passione" per la tassidermia. Poi mi ha giudicata e insultata perché io non ho una "passione". Ha detto che il whisky non conta, quindi è chiaro che non capisce niente».

«Ben detto!», esclamò Cooper sollevando il bicchiere.

Tutti ridacchiarono e bevvero, e io scossi la testa con un sospiro. «È così stupido. Non so cosa voglio fare, ma perché dovrebbe importare qualcosa? Sono felice così. Non c'è nient'altro che vorrei fare. Quindi cosa importa se il mio lavoro non è la mia passione? Nel senso, quanta gente c'è che può dire di amare ciò che fa?».

Ma poi li guardai, accorgendomi che *tutti* loro lavoravano con passione: Maggie si dedicava al volontariato e

Cooper all'azienda di famiglia, West era uno specializzando in letteratura, Lily una ballerina professionista, Patrick un artista e Astrid una modella. E poi c'ero io. Ed Ellie, probabilmente.

Forse non avere talenti era un difetto genetico dei Fisher.

Scoppiai a ridere forte per colpa di quella realizzazione.

Cooper bevve un altro sorso e appoggiò i gomiti sul bancone. «Be', tutti hanno qualcosa che amano. E tu?».

Mi appoggiai anch'io al bancone. «Non so. Mi piace fare skateboard, ma non posso diventare una professionista a ventisei anni, anche se fossi brava abbastanza. Faccio bene la barista, e mi piacciono gli orari. La paga è buona. Per adesso, nella mia vita, è la cosa giusta».

«Cos'altro ti piace?», mi chiese.

«Guardare film e leggere. Di solito romanzi d'amore, di tutti i tipi».

Sollevò un sopracciglio. «Che ne diresti di gestire una libreria?».

Ci pensai su. «Potrebbe essere divertente, ma non penso che mi troverei bene in una catena. Dovrebbe essere una libreria mia». Sorrisi al pensiero, immaginando come sarebbe potuta essere. «E se fossero solo romanzi d'amore?».

Sollevò ancora di più le sopracciglia. «E se vendessi anche fumetti?».

Spalancai gli occhi. «E se fosse *un bar*?».

Lily sussultò. «Oh, mio Dio. E se organizzassi tipo delle serate per single? Nerd appassionati di fumetti e lettrici di romanzi rosa che trovano l'amore?».

Ero a bocca aperta, con la mente che saltava da un'idea all'altra. «Porca puttana. Sarebbe fantastico».

Cooper inclinò il bicchiere verso di me. «Io ti sosterrei al cento per cento, cazzo».

Risi.

«Dico sul serio, Rose». Si avvicinò un po'. «Sai come gestire un bar – lavori qui da anni. Io conosco i fumetti. Tu conosci i romanzi. Io metterei i soldi, e tu lo gestiresti».

Avevo le orecchie in fiamme, e non smettevo di ridere. «È da pazzi. Ma sarebbe fantastico. Chi non vorrebbe ubriacarsi e stare in mezzo ai libri? Potrei organizzare degli eventi speciali per i gruppi di lettura, oppure un club mensile, alternando romanzi rosa e fumetti».

Lily era entusiasta. «Sul serio, pensa a quanto è difficile incontrare gente in città. Sembra il bar perfetto per combinare degli incontri».

«Come lo chiameresti?», chiese Maggie.

«"Parole e whisky"», esclamò West.

«"Whisky Rose"?», aggiunse Lily.

Scossi la testa. «No, non fa capire che si tratta di libri. "Tagli di carta"?»

«Ooh, mi piace». Astrid sollevò il bicchiere. «Libri e sangue. Lo slogan potrebbe essere: "Succhia quando sanguina"».

«Mmh», borbottai, felice di stare al gioco. «Cosa fa pensare ai romanzi rosa, ai fumetti e all'alcol?»

«"Colpo di Scena"», disse Ellie.

«"Ubriachi di libri"», disse Cooper con una risata.

«"Alcolisti di libri"», gridò Lily. «"Alcolibri"».

«"L'Alcolibrista"», disse Patrick, e i nostri occhi si incrociarono mentre tutto trovava il suo posto, incastrandosi perfettamente.

Gli sorrisi, sentendo il calore del suo sguardo che mi accarezzava. «Sarebbe davvero perfetto».

Cooper fece un sorrisetto. «Be', adesso ha un nome. La parte più difficile è fatta».

Scossi la testa, continuando a sognare a occhi aperti. «È divertente pensarci».

Il suo sorriso si ampliò. «Pensa a quanto sarebbe divertente gestirlo».

Alzai gli occhi al cielo e risi. «Okay, Cooper. Chi vuole ancora da bere?».

Versai un altro giro mentre gli altri parlavano, assaporando l'idea di gestire un'attività tutta mia. Sarebbe stato divertente. Impegnativo, ma divertente. Però non avrei mai permesso a Cooper di scommettere così tanto su di me. Chissà come avrei fatto a ripagarlo. Se ci fossi riuscita senza far fallire tutto.

Tuttavia, era piacevole sognare.

West si appoggiò al bancone, aggirando Maggie per parlare con Patrick, quindi lei scese dallo sgabello e si fece strada verso l'altro capo del bancone per parlare con le ragazze. Naturalmente io feci lo stesso.

Lily mi rivolse un sorriso complice. «È ora di scegliere il ragazzo numero due».

«Non ho avuto nemmeno il tempo di riprendermi dal numero uno».

Lei alzò le spalle. «Devi rimetterti in gioco, Rosie». Allungò la mano e agitò le dita.

Sospirai e tirai fuori il telefono dalla tasca, sbattendoglielo sul palmo.

Lily sorrise e aprì l'applicazione. «Non capisco perché non ti piaccia. È così spassoso».

Io risi. «Forse per te. Non sei tu che devi incontrarli. Dopo Steve il Serial Killer sono un po' diffidente».

Ellie agitò una mano. «Una volta su Tinder ho incontrato uno che aveva tipo tredici cani. Me ne sono andata… chi vorrebbe avere tutti quei cani addosso mentre scopi?».

Astrid sbuffò. «Io non posso neanche usare i siti di appuntamenti. Le riviste di gossip ci andrebbero a nozze. A proposito di cani che ti stanno addosso. Quindi le mie possibilità si limitano ad altri modelli e celebrità, che sono la peggior categoria di gente con cui uscire».

Maggie scosse la testa. «In totale sono uscita con due ragazzi: Jimmy, che non riusciva a tenerlo nei pantaloni, e Cooper. Non ho i mezzi per dare la mia opinione».

Le sorrisi. «L'unico mezzo di cui hai bisogno è una vagina, e tu ce l'hai».

Lily scorse i profili verso il basso, tenendo il telefono in modo che potessimo sbirciare. Patrick sembrava sapere quello che stavamo facendo – ogni volta che guardava verso di noi me ne accorgevo. C'era qualcosa di diverso in lui. Mi aveva fissata dall'altro lato del bancone per mesi, ma adesso era diverso. Più profondo. Come se sentissi che mi chiamava.

Era come un raggio traente. Quindi feci quello che potevo – lo ignorai. Okay, feci finta di ignorarlo. Forse avevo messo il sedere nella posa che mi sembrava più sexy ed ero eccessivamente consapevole di come muovevo le mani, ma vabbè.

«Oh», disse Ellie, puntando un dito sullo schermo. «Aspetta, torna indietro. Chi è questo? *DesignerDan*?»

«Niente più artisti», dissi categoricamente.

Lily ridacchiò. «Che ne dici di *ReTaco*?». Cliccò sul profilo.

«Il nome utente gli dà punti, ma come hobby ha messo "andare in palestra"».

«Vuol dire solo che probabilmente ha gli addominali. Cioè, loro vanno *tutti* in palestra». Lily fece un cenno verso i ragazzi.

Alzai gli occhi al cielo. «Be', sì, ma non direbbero mai che è un *hobby*. E poi dice che sta cercando "qualcuno di meraviglioso". Il prossimo».

Astrid fece una risatina. «*CremaBavarese*? Ci sono troppi doppi sensi perfino per contarli».

Lily strizzò gli occhi guardando lo schermo. «*Pldsd*? Che cosa vuol dire, "pelo desiderio"? "Pallido sodo"?»

«"Palo del sud"?», aggiunsi io.

«Voto per "pelo qualcosa". La sua barba è collegata ai peli del petto». Ellie indicò la foto con il viso contorto dalle risate.

Lily scoppiò a ridere. «Ehi, guardate *AmericanBro*».

Arricciai il naso. «Non ci credo. Ha addosso una maglietta di Ed Hardy? Pensavo non fossero più di moda da sei anni».

Astrid scosse la testa. «Cioè, lui pensava davvero di essere un figo. Ha messo la parola "bro" nel nome e ha pensato: "Così spacco". Se fosse uno scherzo penserei che è intelligente, ma ha dei diamanti Swarovski sulla maglietta».

Lily continuò a cercare con un'espressione confusa. «Perché mettono così tante foto con i cani?»

«Do per scontato che siano dei donnaioli», dissi.

Lei rise. «Sei così cinica. Che ne dici di questo? *Dollari&Sentimento*?». Girò lo schermo verso di me.

Inclinai la testa. «Carino, e guadagna punti per il gioco di parole, ma indossa un papillon…».

Lily aggrottò le sopracciglia. «Cosa c'è che non va nel papillon?»

«Sembra che abbia dodici anni. Non è come, non so, se Patrick se lo mettesse».

Astrid annuì. «Oh, sì. Non ce ne sono molti che possono superarlo. Lo standard è troppo alto».

«Altissimo», aggiunsi con una risata. «Che ne dite di lui?».

La foto profilo di *Markalark* era stupenda – la luce entrava da una finestra e lui si guardava le dita sulla chitarra. Era un musicista senza hobby macabri, o almeno non erano nominati sul suo profilo, che esaminammo con attenzione.

Lily sollevò un sopracciglio. «Sei sicura di voler provare a uscire con un musicista? Pensavo che dopo Jack ci avessi rinunciato».

Alzai le spalle. «Posso invitarlo a bere un caffè per dimostrare a me stessa che mi sbaglio».

Mi porse il telefono con un sorriso. «Scrivigli».

Lo presi e inviai un messaggio, cercando di non sentirmi nervosa e pensando che avrei potuto continuare a cercare ancora.

Mi passò per la mente *SkateTreason*, lo skater attraente che avevo visto l'altro giorno, ma il telefono mi vibrò in mano prima che potessi fare altro.

Rimasi a bocca aperta. «Cazzo, ha già risposto».

«Bum», disse Ellie, aprendo la mano come se avesse lanciato una bomba.

"Ciao Rose. Piacere di conoscerti. Sono disponibile quando vuoi. Quando sei libera?".

«Vuole sapere quando sono libera. Cosa gli dico?».

Astrid prese in mano il suo bicchiere di gin. «Non vuoi sembrargli disperata, ma allo stesso tempo è brutto aspettare una cosa che non è sicura».

Mi mordicchiai il labbro. «Quindi domani è troppo presto?».

Ellie scrollò le spalle. «Fregatene. Non è troppo presto».

"Come sei messo domani?", gli chiesi. "Conosco un paio di ottimi bar nei dintorni".

Il mio telefono vibrò un attimo dopo. "Perfetto. Fammi sapere l'indirizzo e l'ora, e ci sarò".

Avevo le guance in fiamme, e un sorriso involontario sul viso. «Ci vediamo domani».

Lily sorrise piena di entusiasmo. «Sembri eccitata!».

«Lo sono. Insomma, non può esserci niente peggio di Steve il Serial Killer».

«Forse Mark il Musicista sarà un successo», disse Maggie e sorrise, prima di sorseggiare il suo bourbon.

Diedi un'occhiata a Patrick, incontrando i suoi occhi offuscati. «Speriamo».

11
Prima o poi

Patrick

Maggie, Cooper e Astrid se ne andarono, ma il resto di noi restò fino alla chiusura e aspettò che Rose finisse le pulizie, mentre io riflettevo sulla mia prossima mossa. Mi sentivo ambizioso, forse un po' spericolato, imperturbabile nella mia decisione, nonostante l'ondata di gelosia che avevo provato quando le ragazze stavano usando l'applicazione di appuntamenti. Avevo resistito all'impulso di comportarmi come il personaggio di un film e saltare sul bancone per farla ragionare a forza di baci, evitando di immaginarla con un altro uomo – in *ogni* senso della parola – perché sapevo che se fossi stato paziente sarebbe tornata da me. Non sapevo perché, ma ne ero sicuro.

Il modo in cui mi aveva guardato quella mattina aveva scatenato qualcosa in me; mi aveva rivelato, seppure in maniera impercettibile, quello che provava e che tentava di nascondere dietro un muro di indifferenza. Mi ero calmato dall'esaltazione iniziale, perché sapevo che non potevo essere incauto o affrettato, anche se avrei voluto. Quindi sarei stato lento e costante. Più tempo fosse passato, più il muro si sarebbe sbriciolato fino a sparire.

Era tardi e il bar era ormai chiuso alle nostre spalle, quando ci ritrovammo a camminare a Broadway con una pizza in mano.

«Mmm», gemette Ellie con la bocca piena. «Qui la pizza è molto meglio che a Los Angeles, ma avrei preferito un camioncino di tacos».

Rose annuì. «Sul serio, mangiare dei tacos buoni a New York è quasi impossibile. Li cerco da anni. Ho trovato un posto fantastico che li fa, ma è a Union Square. Non ho intenzione di prendere la metro per settanta isolati fino al centro di Manhattan per un taco, non importa quanto lo desideri».

Lily ridacchiò, inclinando la pizza per dare un morso. «È come se fosse nel Jersey».

«O a Brooklyn», aggiunse West.

«Non so», dissi. «Il cibo migliore da ubriachi è la pizza. Ha tutto quello di cui hai bisogno – carboidrati, latticini, proteine. In più è unta, il che è assolutamente necessario».

Rose mi sorrise. «Mandala giù con un bicchiere d'acqua e un Moment e la mattina dopo non avrai i postumi della sbornia».

Ricambiai il suo sorriso e diedi un morso alla pizza, rimpiangendo di non aver accettato l'offerta del divano. Forse stasera c'era ancora un modo per tornare indietro. Lei non voleva che restassi. No, non era quello – potevo leggerglielo in viso. Aveva paura che restassi. Paura di abbandonare la sua risolutezza più di quanto non avesse già fatto.

Quando arrivammo davanti alla porta dell'appartamento di Rose, Lily e West ci salutarono, avviandosi verso casa nostra. Casa loro. Casa di West? Non sapevo più come chiamarla. Rimasi indietro, aspettando che le ragazze entrassero.

Ellie andò dritta verso la sua stanza salutandoci con un cenno, e Rose si voltò verso di me mentre estraeva la chiave dalla serratura e si infilava le mani nelle tasche della giacca di pelle.

«Sei sicuro di non voler restare?».

La guardai negli occhi cercando di decifrare cosa nascondessero, anche se era al di là delle mie capacità. Volevo dirle che sarei rimasto per sempre. Che avevo bisogno di lei. Volevo toccare le sue labbra e dirle che lei era mia, e io ero suo. Invece le sorrisi senza dire niente. Proprio come una volta.

Lento e costante.

«Sopravvivrò. Ci vediamo in giro, Rose».

Lei annuì; aveva le labbra socchiuse, gli occhi fissi nei miei come se in un certo senso, anche se non era disposta a confessarlo, mi capisse. «Va bene, Tricky».

Indietreggiai guardandola chiudere la porta, e poi mi voltai verso il mio appartamento.

West e Lily erano ancora in salotto. Lui mi guardò oltre la spalla mentre si sedeva sul divano e si chinava a slacciarsi le scarpe. Presi posto sulla poltrona e appoggiai i piedi sul tavolino con un sospiro.

«È passato troppo tempo da quando siamo usciti tutti insieme. È stato bello». Lily appoggiò la borsa sul tavolo e si sedette vicino a West, rivolgendomi un sorriso complice. «Insomma, vuoi dirci cos'è successo con Rose la notte scorsa?».

West si appoggiò allo schienale e le cinse le spalle con un braccio, attirandola a sé con un sopracciglio sollevato mentre si sistemavano sul divano. «Uh, cos'è questa storia?».

Feci un sorrisetto. «Cosa ha detto Rose?»

«Be', non molto, ma visto quanto era agitata e quante volte ha detto che non significava niente, immagino che sia stato importante».

«È stato un incidente. Eravamo seduti sul divano e ci siamo addormentati, ma quando ci siamo svegliati...». Guardai la libreria dall'altra parte della stanza, piena zeppa di libri, disposti su due strati e in ogni modo in cui potessero starci. «Ho una possibilità».

Lily aveva le guance arrossate e un sorriso luminoso. «È quello che ti ho detto. Hai una possibilità, assolutamente. Ci proverai?».

Incontrai il suo sguardo. «Devo».

«Be', che cazzo fai qui allora? Torna di là».

Ridacchiai. «Anche se vorrei semplicemente andare di là e baciarla, io e te sappiamo che non è pronta».

Lei arricciò il naso. «No, probabilmente no. Qual è il tuo piano?».

Sospirai e mi stiracchiai. «Non ho ancora deciso. Penso che dovrei passare più tempo possibile di là – è l'unico modo per riconquistare la sua fiducia. Ma ho ceduto il tuo letto a Ellie, e... non so. Voleva che provassi a dormire qui, quindi eccomi».

«Usaci come scusa», disse Lily.

Sollevai un sopracciglio.

Mi rivolse un ampio sorriso mentre si alzava a sedere e si piegava in avanti, appoggiandosi i gomiti sulle ginocchia. «Sul serio. Finora è stata quella la scusa, no? Be', torna di là e dille che siamo troppo rumorosi ed eccitati e irrispettosi e non puoi dormire qui».

«Subito?», le chiesi, mentre mi venivano in mente almeno tre motivi per cui sarebbe stata una pessima idea.

«No, non subito». Agitò una mano. «Quando si sarà addormentata. Non ci vorrà molto, è tardi. Perciò tra mezz'ora vai di là e dormi. Problema risolto».

West rise. «Sembriamo proprio una banda di cospiratori».

Lily scrollò le spalle e indicò con il pollice dietro di lei. «Io e West possiamo andare di là e darci dentro, se ne hai bisogno».

Sollevai una mano. «No, grazie. Sono a posto». Mi interruppi, riflettendo e soppesando le mie possibilità.

Lily alzò gli occhi al cielo. «Oh, mio Dio. Fallo e basta. Vieni qui, West. Tricky ha bisogno di essere spronato. Ficcami la lingua in gola». Gli afferrò il viso con esagerazione comica e lo tirò a sé, schiacciando le labbra contro le sue e gemendo in modo esagerato. West rise contro la sua bocca.

Ridacchiai scuotendo la testa. «Va bene, va bene. Vado».

Lily smise di essere disgustosa e mi sorrise, fiera di sé. «Sono contenta per te, Tricky. Spero che funzioni».

Mi alzai sorridendo. «Anch'io. Notte, ragazzi».

«Notte», mi risposero mentre andavo nella mia stanza.

Accesi la lampada di fianco al letto, che diffuse un alone di luce nell'oscurità, e mi sfilai la giacca. Mi slacciai gli stivali, sbottonai la camicia e sfilai i jeans. E poi mi misi a letto, sprofondando nella comodità delle mie lenzuola e del mio cuscino.

Domani Rose aveva un altro appuntamento e io non mi vergognavo minimamente di sperare che fosse un disastro e che mi facesse guadagnare altro tempo. Che la riavvicinasse a me. Forse questa volta avrei ottenuto ciò che desideravo per il mio compleanno. Chiusi gli occhi per un attimo, immaginandolo – il primo bacio, il primo abbraccio, la sensazione di stringerla tra le mie braccia.

Penso che mi appisolai perché, quando riaprii gli occhi, la luce era più forte e faticai a trascinare il mio corpo fuori dal letto. Mi avvolsi nella coperta e percorsi il corridoio fino all'appartamento di Rose, stendendomi sul suo divano che era un po' troppo piccolo per essere davvero comodo e rimanendo a fissare la stanza buia, anche se prima o poi tutto si sarebbe rischiarato.

Prima o poi.

Quelle parole descrivevano la mia vita. Prima o poi lei

avrebbe cambiato idea, in un modo o nell'altro. Prima o poi avrei dovuto capire cosa fare. Prima o poi l'avrei riconquistata o sarei andato avanti. Ma eravamo bloccati in una fase di transizione, e l'unica maniera per uscirne era aspettare. I dadi erano ancora per aria, e stavamo tutti aspettando che cadessero sul tavolo e rotolassero per vedere se avremmo vinto o perso.

12
Joan Jett

Rose

Il pomeriggio del giorno dopo ero appoggiata sul ripiano del bagno con la bocca aperta, che stavo dipingendo della mia tonalità preferita di rosso: "Rosso valentino".

Sembrava perfetto per un primo appuntamento.

Rituffarmi nel catalogo degli uomini con più entusiasmo e standard più alti era stata la mossa giusta, esattamente come lo era voltare pagina dopo Patrick. Era tornato a dormire a casa sua, e adesso la situazione si sarebbe normalizzata.

Non è cambiato niente. Assolutamente niente.

Mi sarei data da fare. Non importava se oggi fosse andata bene o male, ero decisa ad andare avanti. Anche se ero stata scettica riguardo al trovare un ragazzo su Internet, era un modo perfetto e poco impegnativo per rimettersi in gioco.

Mi guardai allo specchio un'ultima volta – jeans neri aderenti, stivaletti alla caviglia, giacca di pelle, capelli voluminosi e arruffati. Lily diceva che intimidivo i ragazzi, ma secondo me era un modo semplice per eliminare chiunque non riuscisse a tenermi testa. Almeno sapevano subito a cosa andavano incontro. O almeno mi piaceva pensare che il motivo fosse quello, e non il fatto che preferivo restare da sola invece di essere ferita di nuovo.

Quando andai in salotto, trovai Ellie allungata sul divano con i capelli rossi raccolti in cima alla testa. Aveva gli occhi incollati alla TV, che probabilmente era su MTV da quando l'aveva accesa, ma quello che mi bloccò fu che era avvolta nella coperta di Patrick.

Mi fermai dietro alla poltrona con il cuore in gola, in parte convinta che avessero fatto sesso. Forse sul mio divano. Stavo per vomitare. «Perché hai la coperta di Tricky?».

Mi fissò con espressione interrogativa. «Eh?»

«Quella coperta. È di Tricky. Come...».

Sollevò le sopracciglia di scatto. «Dio, no». Ma la sua sorpresa si trasformò in uno sguardo comicamente lascivo. «Cioè, non che non lo farei, se non fosse che tu vuoi ancora scopartelo».

La guardai male. «Non è vero».

«Sì, come no». Si piegò in avanti e raccolse un pezzo di carta piegato dal tavolino. «La coperta era sul tavolino quando mi sono svegliata. Ho trovato questo».

Allungai la mano per prenderlo, ma lei lo aprì e iniziò a leggere.

«"Rose, alla fine credo che accetterò la tua offerta. Ho dormito sul divano, spero non sia un problema. Fammi sapere. Tricky"».

Me lo porse, e io sorrisi, solo un po' infastidita perché aveva letto un biglietto destinato a me. Più che altro ero sollevata che non fosse andata a letto con Patrick.

«Dunque alla fine starà qui?», mi chiese leccandosi le labbra. «Ti prego, dimmi che dorme nudo».

Ridacchiai e alzai gli occhi al cielo mentre andavo in cucina. «Sei impossibile».

Ammiccò con le sopracciglia. «Ha tatuaggi *dappertutto*?».

In dispensa non c'era niente di interessante, quindi decisi di mangiare una barretta al limone per colazione. Mi venne l'acquolina in bocca al pensiero e allungai la mano verso la borsetta sul ripiano, ma era vuota. Mi imbronciai. «Solo la gente pazza si fa tatuaggi sul cazzo, Ellie. È un dato di fatto».

Lei inclinò la testa. «Ma non sembra strano se è tatuato dappertutto *tranne* lì?»

«Fidati, quando ce l'hai davanti, è l'ultima cosa che ti viene da pensare. Il piercing lo fa sembrare già abbastanza feroce».

Spalancò gli occhi e ridacchiò. «Oh, mio Dio. Ha amici?»

«Più di uno». Afferrai la borsa e me la misi a tracolla. «Li incontrerai tra un paio di giorni. Vengono tutti da Habits per il compleanno di Tricky».

«Oh, cielo». Sollevò un po' la coperta e la avvicinò al naso, inspirando a occhi chiusi. «Ha un buon profumo. Di uomo e di pulito».

Sospirai e afferrai le chiavi, perché lo sapevo fin troppo bene. «Già».

«Dove vai, così elegante?», mi chiese, confusa.

«Vedo Mark il Musicista da Roasted».

«Me n'ero completamente dimenticata. Vuoi che ti chiami dopo un quarto d'ora? Per avere una scusa per scappare?».

Ridacchiai. «Dopo Steve il Maniaco potrebbe essere una buona idea, ma sono ottimista».

«Meglio se metto una sveglia o roba del genere. Già perdo la cognizione del tempo in un giorno normale, figurati quando c'è *Teen Mom*». Prese in mano il telefono.

«Okay. Meglio se vado. Augurami buona fortuna».

Mi salutò con entusiasmo. «Buona fortuna!».

Risi. «Grazie, El. Ci sentiamo tra poco».

La passeggiata fino a Roasted fu piacevole, ogni passo deciso e pieno di sicurezza. Come se potessi plasmare il mio destino solo con la forza della mia volontà. Volevo andare avanti, e ci sarei riuscita. Volevo frequentare altri uomini, e l'avrei fatto, e chiunque si fosse messo in mezzo se la sarebbe vista con me, perché ero sul sentiero di guerra per superare il mio passato. Anche se era tornato a dormire nel mio appartamento.

Aprii la porta ed entrai, esaminando il bar in cerca di Mark, senza trovarlo. Pensai che tanto valeva prendere un caffè nell'attesa, perciò mi misi in coda.

Era quasi il mio turno quando sentii qualcuno pronunciare il mio nome. «Rose?».

Mi voltai e trovai Mark che mi sorrideva, ed era un bel sorriso. Era un po' più alto di me, con la barba scura e dei capelli abbastanza lunghi da sfiorargli il colletto della giacca di pelle.

«Mark, ehi». Ricambiai il sorriso proprio mentre la persona davanti a me si spostava e toccava a me. Mi avvicinai alla cassa. «Ciao, posso avere un *chai* normale e una barretta al limone, per piacere?»

«Certo», rispose il barista. «Qualcos'altro?».

Mark si fece avanti ed estrasse il portafoglio. «Mi faresti un caffè lungo?»

«Certo, nome?»

«Io sono Quincy, e lei è Joan». Le porse una banconota da venti, e lei gli diede il resto.

Sorrisi affascinata e ci spostammo per aspettare i nostri caffè. «Quincy?», gli chiesi sollevando un sopracciglio.

Sorrise e si piegò in avanti come se stessimo tramando un complotto. «Jones. E tu sei Joan Jett».

Scoppiai a ridere. «Mi piace. Come facevi a sapere che sono una sua fan?».

Scrollò le spalle. «Dai quell'impressione, come se conquistassi il mondo ogni giorno».

«Come fai prendere a calci in faccia la gente se lasci a casa la stronzaggine?»

«Esattamente quello che volevo dire».

Chiamarono i nostri nomi, e il mio ottimismo crebbe mentre afferravamo i caffè e andavamo a sederci. Non potei fare a meno di studiarlo, giocherellando con la mia tazza di cartone intanto che lui si sedeva. Mark era carino, normale, mi aveva pagato il caffè e mi aveva chiamata Joan Jett.

Era un'ottima prima impressione. Era un seduttore, questo era sicuro.

Si sedette sulla sedia e spalancò le gambe occupando tutto il posto possibile. Cercai di non giudicarlo, riflettendo che mi andava comunque bene se il suo peggior difetto era essere un incubo per chi gli si sedeva accanto in metro. Di certo un passo avanti rispetto a uno che per vivere si circondava di animali morti.

«Quindi sei un musicista?», gli chiesi.

«Da sempre».

«Che tipo di musica fai?».

Fece una smorfia e scosse la testa, girandosi dall'altra parte. «Odio i paragoni. Nessuno diceva che i Nirvana assomigliavano a qualcuno di diverso dai Nirvana».

Oddio. Era uno di *quei* musicisti. Jack era uno di *quei* musicisti. Se avessi dovuto sopportare un'altra conversazione in cui lui difendeva Tom Waits, l'avrei lasciato io per prima.

Inspirai e sorrisi, pensando di essere troppo schizzinosa come mi diceva sempre Lily. «Okay, e che ne dici di un genere?».

Lui scosse la testa. «Le etichette sono così limitanti. Io voglio solo *creare*, capisci? A volte registro per ore, da solo con la mia tastiera e la mia erba. Una volta con il sintetizzatore ho fatto una traccia atmosferica lunga quattordici ore». Sembrava talmente fiero di sé stesso.

Le mie speranze si infransero. Mark non era il primo musicista con cui uscivo, ma in quel momento decisi che doveva essere l'ultimo.

«Wow», fu la sola risposta che riuscii a formulare, e bevvi un sorso di *chai*, felice che Ellie mi avrebbe chiamata a breve.

«Grazie», mi risposte cortesemente, pensando di avermi colpita. «In questo momento sto cambiando band. Abbiamo avuto delle divergenze creative, sai com'è. Non tutti capiscono la mia visione. Per esempio, ho dei pezzi strumentali registrati con la mano sinistra. Alcuni critici sostengono che il suono sia amatoriale. Non capiscono che è un riflesso delle aspettative della società».

Parte della mia fiducia nell'umanità svanì.

Era evidente che voleva parlare di sé stesso, quindi continuai a fargli domande mentre mi infilavo la mano nella tasca della giacca per posarla sul telefono, in attesa del ronzio salvifico che mi avrebbe dato una scusa per andarmene. «Scrivi tu i tuoi testi?».

Mark sbuffò. «Certo. Ecco, guarda». Si tirò fuori dalla tasca un taccuino di pelle e snodò il cinturino, aprendolo di fronte a sé. Si schiarì la gola e iniziò a leggere. «"Dolore, fa male. Oh, baby, fa male. Te ne sei andata e mi ha fatto male. Dolore, fa male. Oh, baby, torna, fa male"».

Avevo socchiuso la bocca quanto bastava per mostrare la mia perplessità, e lui si mosse, piegandosi in avanti quando si accorse che ero confusa. Solo che si era fatto un'idea sbagliata del perché.

«Quando la canto suona meglio». Chiuse gli occhi e iniziò a cantare. Più o meno. In realtà, somigliava al gatto che aveva mia madre quando ero piccola, Oliva, che aveva mangiato una decorazione di Natale e si era triturato le corde vocali. Una specie di brontolio stridulo, come se fosse passato dentro una grattugia per il formaggio.

Era esattamente lo stesso suono di Mark il Maldestro.

Mi rimpicciolii sulla sedia, arrossendo furiosamente, mentre tutte le persone nel bar si giravano verso di noi.

Il mio telefono squillò, e io lo tirai fuori dalla tasca il più velocemente possibile. Mark non smise di cantare.

«Ciao, Ellie». Cercai di sembrare allegra.

«Oh mio Dio. Che razza di rumore è? Ti stanno aggredendo? Devo chiamare il 911?». Sembrava sinceramente preoccupata.

«Sto bene, cosa c'è?»

«Sembra un animale. Lo zombie di un animale ubriaco».

«Oh, devo tornare a casa? C'è una perdita d'acqua?».

Finalmente Mark si interruppe.

«Forse è posseduto», disse Ellie. «Hai dell'acqua santa?».

Il mio sguardo incontrò quello di lui mentre annuivo sollevando un dito. «Certo, torno a casa subito. Grazie di avermi avvisata».

«Mi fa piacere aiutarti, Rose», disse lei. «Digli di cancellare il tuo numero. Sai, è possibile che i siti di incontri non siano la soluzione giusta».

«Forse hai ragione. Ci vediamo tra poco». Terminai la chiamata e mi stampai in faccia un finto sorriso. «Dio, mi dispiace *così* tanto, Mark, ma devo scappare. Nel mio palazzo è esplosa una tubatura, e a quanto pare tutto il mio piano è allagato». Mi alzai e arretrai, andando addosso al tavolo dietro di noi. Mi voltai di scatto: «Oh, scusate».

«È da pazzi», disse alzandosi anche lui. «Quindi, ehm, posso chiamarti?».

Il mio sorriso di plastica si ampliò mentre cambiavo direzione e continuavo ad andare verso la porta. «Sicuro. È stato un piacere incontrarti».

Lui mi sorrise. «Anche per me, Joan. Ci sentiamo».

Corsi fuori dal bar, rendendomi conto troppo tardi che avevo dimenticato il caffè e la barretta al limone. Imbarazzata e affamata, inviai un messaggio di gruppo per proporre alle ragazze di vederci da Genie.

"Tutti in coperta. Solo cheeseburger e patatine fritte possono salvarmi".

Rose

Diedi un enorme morso al mio cheeseburger e mi sentii subito meglio. Mugolai.

«Fame, Rose?», chiese Lily sollevando un sopracciglio mentre mi guardava mangiare come un maiale.

«Non prendermi in giro», le dissi con la bocca piena.

«È stato davvero orribile, Lily», disse Ellie punzecchiando la sua insalata. «Era come se qualcuno avesse buttato un secchio di bulloni in un tritarifiuti».

Lily fece una smorfia.

Mandai giù e bevvi un sorso della mia bibita. «Probabilmente è stato uno dei momenti più imbarazzanti della mia vita. Ed ero davvero ottimista».

Lily prese il suo panino. «Be', almeno ne sei uscita viva. Chi è il prossimo?». Diede un morso deciso e fece un verso di approvazione.

La guardai come se fosse fuori di testa. «Deve esserci un modo migliore. Non posso sopportare un altro appuntamento di merda con un pazzoide. Pensavo di farcela, ma mi sbagliavo».

«Oooh, dai», disse Lily con espressione corrucciata. «La terza volta è quella buona».

«Io non credo alla fortuna». Mi lanciai una patatina in bocca.

«Dai. Provaci ancora. Alziamo gli standard, e basta lavori interessanti. Più noiosi sono, meglio è. E prima di uscire insieme, mandatevi qualche messaggio per conoscervi un po'».

Afferrai il mio cheeseburger e diedi un altro morso, evitando di rispondere. Lily era tenace, lo sapevo. Mi chiedevo se avrebbe lasciato perdere prima che io cedessi. Ci riflettei. Potevo sentirmelo ripetere da Lily per tutta la settimana prossima – minimo – oppure fare un altro tentativo.

«Facciamo un accordo», dissi dopo aver mandato giù. «Andrò a un altro appuntamento, ma sarà l'ultimo e poi troverò un altro modo per conoscere qualcuno, perché questa roba è assurda. Se non va neanche stavolta, disinstallo l'applicazione».

Lei si imbronciò. «Per sempre?».

Annuii con la testa, tenendo gli occhi rivolti al soffitto. «Per un tempo imprecisato da due a sei mesi».

Sembrò soddisfatta. «Va bene. Vediamo». Allungò la mano.

«Per almeno due mesi non puoi neanche parlarne. Affare fatto?». La mia voce era seria, ammonitrice.

Lei sospirò e alzò gli occhi al cielo. «Va bene, affare fatto. Adesso tira fuori il telefono e inizia a cercare».

Ridacchiai mentre davo un altro morso e appoggiavo il cheeseburger, pulendomi le mani prima di prendere il telefono. Mi ricordai di *SkateTreason*, e aprii il suo profilo. «Ehi, ti ricordi di lui?».

Ellie prese il telefono, e lei e Lily si chinarono a studiarlo. «È carino», disse Ellie annuendo.

Sbuffai. «Ovviamente non è una garanzia che sia interessante, in base agli altri miei appuntamenti e al novanta per cento dei profili».

«Oh, sì», disse Lily guardando il profilo. «Avete parecchie cose in comune. Lavora in un caffè, cioè è praticamente un barista. Fate tutti e due skateboard. Il suo profilo è divertente». Mi passò il telefono. «Approvo. Scrivigli».

«Va bene, prepotente». Digitai un messaggio e appoggiai il telefono. «Ecco fatto. L'ultimo. Adesso aspettiamo».

Lily sollevò un sopracciglio. «Sei sicura di non voler trovare qualcun altro, in caso lui non risponda?»

«Sì». Mi lanciai un'altra patatina in bocca e sorrisi.

13
Panca piana

Patrick

Gli AC/DC suonavano dagli altoparlanti della palestra mentre mi riposavo tra una ripetizione e l'altra, guardando allo specchio West che stringeva i denti. Sollevava il bilanciere sulle spalle, lo teneva alzato e poi lo abbassava espirando. Ripeté il movimento con il collo teso prima di mettere giù lo strumento e appoggiarsi le mani sui fianchi, facendomi un cenno con il mento.

«Tocca a te».

Gli feci un sorrisetto e sollevai il bilanciere, mettendomi di fronte allo specchio e guardando la mia posizione mentre lo alzavo e abbassavo, ripetizione dopo ripetizione.

Una ragazza passò dietro di noi; aveva un asciugamano intorno al collo, i capelli biondi legati in una coda alta e dei pantaloncini neri corti. Teneva gli occhi fissi sul mio riflesso allo specchio, stringendo un labbro tra i denti. Il mio sorriso si allargò leggermente, anche se tornai a concentrarmi sul mio riflesso prima di incontrare il suo sguardo, fissando il movimento dei tatuaggi mentre le mie spalle si flettevano.

Appena lei se ne andò West scosse la testa, sorridendo. Si appoggiò allo specchio e si legò i capelli.

«Ci è passata dietro qualcosa come dodici volte».

Abbassai la sbarra. «Non me ne ero accorto». La sollevai mentre inspiravo e la tenevo alzata.

«È strano che tu non l'abbia notato. Da quando siamo arrivati, non meno di quattro ragazze si sono materializzate per usare qualsiasi strumento di cui sappiano vagamente la funzione».

Feci una ripetizione. «Non so, West. La gente mi fissa tutto il tempo». Abbassai i pesi. «Di solito do la colpa ai tatuaggi», dissi e sollevai di nuovo il bilanciere, contraendo la mascella mentre mi abituavo al bruciore.

Incrociò le braccia. «Be', non sembravano curiose. Sembravano affamate».

Feci una mezza risata e appoggiai il bilanciere. «Come sai che non guardano te?». Facemmo cambio di posto, e lui lo sollevò.

«Perché ho gli occhi. Sul serio, quando stavi facendo gli stacchi da terra, una è quasi caduta dal tapis roulant».

Risi e presi la mia bottiglietta d'acqua.

Prese la sbarra e la tenne sollevata. «Tra l'altro, Lily è pronta per il tuo compleanno».

«Oh Dio».

Mi fece un sorrisetto abbassando i pesi. «Eh, sì. So quanto sei impaziente».

«Vedervi tutti insieme è raro. Devo solo sopportare di essere al centro dell'attenzione. Almeno ci sarà da bere».

«Ah». Fece un'altra ripetizione.

Bevvi un sorso, osservandolo. «Seth è passato al negozio l'altro giorno».

Mi lanciò un'occhiata. «Ho sentito».

«Lo immaginavo», dissi riavvitando il tappo. «Verrà da Habits».

«È passato un bel po' di tempo».

«Già».

«Come ti senti?». Abbassò il bilanciere e lo alzò di nuovo.

«Non lo so», dissi, rendendomi conto che era la prima persona che mi aveva chiesto come mi sentivo prima di darmi la sua opinione. «Una parte di me crede davvero che si sia dato una regolata. Sta andando agli incontri dei Narcotici Anonimi, ha un lavoro fisso… è tutto quello che ho sempre desiderato per lui».

West annuì e fece un altro sollevamento.

«Questo non cancella il passato, ma è un inizio. Non posso allontanarlo. Dice che non beve nemmeno più».

West sbuffò. «Sì, be', buono a sapersi. L'alcolismo era la parte peggiore. Quasi più distruttivo delle droghe».

Scossi la testa e incrociai le caviglie. «Mi ero abituato all'idea che saremmo finiti in una rissa ogni volta che uscivamo. Pensavo che fosse normale».

«Lo pensavi di un sacco di roba che in realtà non lo era».

«A volte sono ancora stupito che le cose siano andate diversamente per me».

West appoggiò i pesi, e ci invertimmo di nuovo. «Lo so. Sono felice che tu abbia incontrato Joel. Non posso immaginare cosa avresti fatto altrimenti».

Scossi la testa. «Nemmeno io». Feci un respiro profondo prima di ricominciare in silenzio l'esercizio, cercando di non pensarci.

«Be'», disse West dopo un attimo, «spero che sia il suo momento. Sarà bello vederlo sobrio».

Annuii a denti stretti. «Già».

Finii la sequenza in silenzio e appoggiai il bilanciere. West si avvicinò alla griglia dei manubri. «Facciamo un giro di questi. Scrollate».

«Da quarantacinque a venti?»

«Va bene. Inizio io». Afferrò i manubri da quarantacinque chili, tenendoli sui fianchi. Espirò, contraendo le sopracciglia mentre iniziava ad alzare le spalle, usandole per sollevare le braccia e i pesi fino al massimo, poi appoggiò i manubri e prese quelli da quaranta chili.

Mi stavo ancora riprendendo dall'ultima sequenza e, mentre aspettavo, la ragazza con la coda bionda ci ripassò di fianco. Sorrise, e io scossi la testa, ridendo in direzione di West.

«Okay. Ho capito».

Era troppo concentrato per rispondere, ma alzò le sopracciglia, divertito. Lo guardai mentre arrivava ai manubri da venti chili, che appoggiò fragorosamente sulla rastrelliera.

Aveva il petto ansimante e il sudore che gli scendeva sulla fronte e gli scintillava sulla pelle. «Tocca a te, Tricky».

Ruotai le spalle e scossi le braccia prima di prendere i manubri da quarantacinque, espirando prima di stringere i denti e sollevarli con forza, spingendo fino a non poterne più, finché le braccia mi bruciarono e un rivolo di sudore mi scese sulla schiena. Quando finalmente appoggiai i manubri da venti avevo il viso rosso e afferrai l'asciugamano per asciugarmi.

West bevve un sorso d'acqua e raccolse la sua borsa. «Domani facciamo le gambe. Non fare la fighetta».

«Io ci sarò, e tu?»

«Certo che sì. In questi giorni ho un sacco di tempo, Trick». Spalancò le braccia.

Ridacchiai. «Mi sembra che ne stai approfittando».

«È piacevole. Di solito durante le vacanze passo il tempo con Cooper. Per fortuna quest'estate ho Lily, o mi sentirei solo».

Mi misi il borsone a tracolla e bevvi un sorso d'acqua, pensando che non si rendeva conto che io lo ero. Solo. «Sono contento per te, West».

Fece un cenno con la testa e sorrise mentre ci dirigevamo verso l'uscita. «Grazie. È stranissimo. Come se tutta la mia vita si potesse dividere in un prima e un dopo. Non so come facevo a essere io senza di lei. E neanche mi interessa saperlo». Mi lanciò un'occhiata. «Penso che sia quella giusta. Per tutta la vita».

Gli rivolsi un sorrisetto. «Lo so».

Mi guardò negli occhi. «Voglio sposarla, Patrick».

Il mio sorriso si addolcì, mi aveva scaldato il cuore. «Ha più senso di qualsiasi altra cosa abbia mai sentito. Sono davvero felice per te, West. Per tutti e due».

I suoi occhi avevano un'ombra di tristezza. «Vorrei che anche tu ti sentissi così».

Sorrisi e aprii la porta, e ci incamminammo verso casa. «Lo so. Volerlo a tutti i costi mi ha solo fatto stare male, ma ignorare quello che provo per Rose è peggio. Quindi sto cercando di sfruttare al meglio il mio ultimo tentativo con lei».

«A Rose non piacciono le cose semplici, vero?».

Sospirai. «Neanche a me. Voglio desiderarla. Voglio soffrire e pagare per i miei errori. Voglio che mi punisca tanto quanto voglio che mi perdoni, ma così abbiamo sofferto entrambi. Non posso fare finta di non volere tutto di lei, e non lo farò più».

Lui scosse la testa. «Sono felice che tu voglia riprovarci, ma preferirei che fosse più semplice. Secondo me, se la baciassi si dimenticherebbe di tutto. Si è fissata con un'idea che crede sia la verità, ma non lo è, e appena la lascerà perdere sarai a posto».

«Non penso che sia così semplice. Altrimenti l'avrei già baciata».

Lui ridacchiò.

«Senti, te l'ho detto. Sto cercando di fare un passo alla volta, e non mi arrenderò facilmente. Adesso parliamo, ci vediamo di nuovo. Mi ha detto di cosa ha bisogno, e io lo sto rispettando. Glielo devo, visto come mi sono comportato. Tutto quello che ho fatto in passato è stato perché tenevo a lei, anche quando l'ho ferita. Solo che...». Scossi la testa. «Voglio solo che lei sia felice. La mia felicità è secondaria».

Lui espirò. «È un sentimento nobile, sono d'accordo. Ma sacrifichi quello che vuoi tu per tutti gli altri».

«Perché nessuno l'ha mai fatto per me».

Il suo sguardo si addolcì. «Immagino sia giusto».

«Non ci sto male, è solo un dato di fatto. Questo sacrificio è la cosa più grande che io possa fare per un'altra persona, e non ci penserei due volte. Non ci pensi, quando ami qualcuno». Mi infilai le mani nelle tasche mentre attraversavamo la strada. «Ma ho la sensazione che quello che io e Rose desideriamo – la *nostra* felicità – abbia la stessa soluzione: stare insieme».

«Ci deve essere un modo per farglielo capire. So che ci tiene a te».

«Adesso penso che tu abbia ragione. Dobbiamo solo aspettare. Dipenderà tutto dalla tempistica. Devo aspettare un'occasione, e per farlo ho bisogno che mi veda il più possibile». Sospirai mentre ci avvicinavamo al nostro palazzo. «Oggi ha incontrato un altro uomo».

«Sta facendo sul serio».

«Sembra di sì, ma non darmi per sconfitto. Vedremo come è andata. Più andrà male con questi tizi, più possibilità avrò».

«Be', non pensiamoci stasera. Andremo da Cooper a bere scotch e giocare con i video games come ai vecchi tempi».

«D'accordo», dissi aprendo la porta e salendo le scale. «Facciamo una doccia e andiamo da lui. Lily è a casa?»

«Penso di sì. Non so cosa facciano le ragazze stasera».

«Rose deve lavorare. Probabilmente Maggie non resta con Cooper per la serata – pensavo che sarebbero uscite».

West aprì la porta, e Lily sollevò lo sguardo dal divano dove era seduta a leggere.

«Ciao, ragazzi. Come siete sudati e muscolosi». Ammiccò con le sopracciglia.

West fece una faccia come se avesse appena trovato il suo Shangri-La personale e si piegò oltre lo schienale del divano per baciarla dolcemente. «Mi faccio una doccia e poi ti bacio per bene».

Lei chiuse il libro sorridendo, con gli occhi che vagavano sulle sue braccia e sul tatuaggio che gli avevo fatto. «Ehm. Sai, penso di aver dimenticato qualcosa in bagno. Lascia che vada a controllare se è lì». Era come se non fossi nemmeno nella stessa stanza.

Saltellò verso il bagno, e West mi guardò facendo spallucce, lasciò cadere il borsone e si sfilò la maglietta per poi seguirla.

«Immagino che andrò a farmi una doccia da Rose», dissi a me stesso, visto che ero rimasto solo.

Afferrai un asciugamano e i vestiti dalla mia stanza, e me ne andai sentendo il rumore dell'acqua che scorreva e una serie di risatine.

L'appartamento di Rose era vuoto, e mi diressi verso il bagno. Aprii l'acqua. Quando mi sfilai la maglietta, vidi il suo rossetto rosso sul ripiano, gli elastici neri e le forcine, piccole tracce di lei sparse ovunque. Mi spogliai ed entrai sotto il getto dell'acqua calda, pensando alle sue labbra rosse, chiedendomi se sarebbero state di nuovo mie.

Rose

Io ed Ellie ci trascinammo su per le scale con in mano un sacchetto di plastica pieno di prodotti per l'igiene femminile, in previsione del mio appuntamento mensile. Tra trenta secondi mi sarei fatta la pipì addosso e avrei rimpianto di non aver fatto una sosta prima di uscire da Genie per fare la spesa con Ellie. Ma vabbè, ero arrivata al punto in cui ognuno pensa per sé.

Ellie scoppiò a ridere mentre correvo nel corridoio con il viso contorto dalla sofferenza, piegata su me stessa, e mi comprimevo la vescica. «Corri come una mucca, Rose». Iniziò a muggire, e io risi, e poi gemetti.

«Oh, mio Dio. Non farmi ridere, stronza». Saltellai mentre infilavo le chiavi nella serratura e aprivo la porta, dopodiché lasciai cadere tutto, comprese le chiavi, e attraversai di corsa l'appartamento sbottonandomi i pantaloni prima di spalancare la porta del bagno.

E poi urlai. E forse mi sfuggì un po' di pipì.

Patrick si fermò mentre si asciugava i capelli.

Per il resto era assolutamente, interamente e divinamente nudo.

Fu solo un secondo, ma giuro su Dio che i miei occhi percorsero ogni centimetro scintillante e glorioso del suo corpo: i tatuaggi, la curva del suo sedere stupendo, le cosce e la Terra Promessa.

Senza vergogna gli fissai il cazzo. Non avevo la forza di volontà per smettere. Non ditemi che non avreste fatto lo stesso.

Il tempo ripartì con un'esplosione di adrenalina e una fitta acuta alla vescica.

«Porca puttana, Tricky!», urlai. «Esci! Esci, cazzo!».

Si avvolse l'asciugamano intorno alla vita, guardandomi

come se fossi impazzita. Forse un po' lo ero. «Devo uscire dal bagno, o...»

«Iniziamo dal bagno». Gli passai di fianco, cercando di non toccare la sua pelle bagnata e di non inalare il suo profumo di pulito. Fallii miseramente. Lo spinsi fuori dal bagno e sbattei la porta.

Corsi verso il cesso e mi liberai, prendendomi la testa tra le mani e maledicendo l'universo e Patrick.

Dopo aver fatto la pipì più lunga della mia vita, mi lavai le mani, borbottando tra me e me allo specchio. «Non puoi lasciargliela passare liscia a quel bastardo. Non stavolta. Ha esagerato. Ha esagerato, e ti sei quasi pisciata addosso, cazzo. Non dimenticartelo, Rose Fischer. Avresti potuto fartela addosso mentre gli fissavi il cazzo come una cretina». Chiusi l'acqua e mi asciugai le mani, puntando il dito contro il mio riflesso con un gesto di avvertimento.

Quando aprii la porta, Patrick era dall'altra parte appoggiato al muro con un sorrisetto del cazzo. Aveva ancora i capelli neri che gli gocciolavano sugli occhi, l'asciugamano intorno ai fianchi, abbastanza basso perché riuscissi a vedere i suoi dannati addominali coperti di tatuaggi, fino al...

Sollevai gli occhi di scatto ed esplosi. «Che cazzo di idea hai avuto, Tricky? Nessuno ti ha dato il permesso di farti la doccia qui, hai una doccia che funziona perfettamente a casa tua dove puoi spogliarti e lavarti i tuoi stupidi muscoli e, e, e *qualsiasi cazzo di cosa* tu abbia bisogno di lavare. Tu», gli puntai un dito sulla spalla, «non», ditata, «vivi», ditata, «qui», ditata più forte.

Ma lui stava ancora sorridendo, quel figlio di puttana, e mi resi conto che si stava godendo la situazione. «Mi dispiace, Rose. Davvero. Pensavo che non fossi a casa, e

West e Lily stavano… eh…». Si strofinò il collo, e io cercai di non fissargli il bicipite.

Feci una smorfia. «Ugh. Sono disgustosi, cazzo». Sbuffai e incrociai le braccia. «Non ci sono scuse, Patrick. Ti potevi mettere le cuffie o roba del genere, andare a correre o… non lo so. Non saresti dovuto *venire qui*». Lo guardai, fumante di rabbia. «Cosa cazzo fai ancora qui in asciugamano, poi?».

Si sporse oltre le mie spalle. «Perché tutta la mia roba è qui». Indicò qualcosa, e io vidi il suo borsone da palestra giallo con sopra i vestiti ordinatamente piegati.

Sbuffai e mi spostai per lasciarlo passare, e lui mi rivolse una lunga occhiata senza smettere di sorridere mentre chiudeva la porta.

Ellie era in salotto con la bocca aperta in un sorriso. E poi scoppiò a ridere.

Le passai accanto e mi accasciai sul divano incrociando le braccia. «Non è divertente».

Lei riprese fiato. «No. Hai ragione. È stato più che divertente».

«Mi fa piacere che tu stia bene», dissi arrabbiata.

«Oooh», disse lei, consolandomi scherzosamente. «Non prendertela, Rose. Ti preparo qualcosa da bere».

Ero ancora imbronciata, ma mi sentii un po' meglio.

La porta del bagno si aprì, e Patrick uscì, pulito e rinfrescato e senza il minimo imbarazzo per essere stato scoperto nudo. Anzi, aveva un ghigno divertito, e si avvicinò con la borsa in mano.

«Senti, mi dispiace davvero, Rose. Non succederà più. Perdonami».

I suoi occhi mi implorarono, e non riuscii a dirgli di no. Ma non mi sarei mai permessa di dirgli di sì. «Almeno mandami un messaggio per avvisarmi la prossima volta, Trick. Devi smetterla di comportarti così senza dirmi niente».

Lui annuì. «D'accordo. Adesso vado. Spero che West e Lily abbiamo… finito nella doccia. Ci vediamo, Rose».

Tirai su col naso e guardai dall'altra parte. «Ciao».

Lui scosse la testa, sorridendo e andando verso la porta. «Ciao, Ellie».

Ellie lo salutò, continuando a guardare i bicchieri che stava riempiendo. «Ci vediamo».

La porta si aprì e si richiuse alle mie spalle, e qualche secondo dopo Ellie era seduta accanto a me e mi stava porgendo un bicchiere, per poi girarsi in modo da appoggiare la schiena sul bracciolo del divano.

«Be', almeno hai visto un bello spettacolo». Bevve un sorso, guardandomi oltre l'orlo del bicchiere.

Le rivolsi un'occhiataccia, ma non riuscii a trattenermi: scoppiammo a ridere entrambe. Avevo le guance calde. «È stato orribile».

«Dio, avresti dovuto vederti. Stavi correndo come uno gnomo o roba del genere, con le gambe tutte inarcate. Quando hai aperto la porta pensavo che saresti svenuta».

«Per un secondo l'ho pensato anch'io». Bevvi un sorso del whisky al miele che mi aveva preparato. «E l'hai *visto*?».

Lei sollevò le sopracciglia con un ampio sorriso, annuendo energicamente. «Uh, sì, ho visto. Così si fa. Hai rimorchiato un vincente, cazzo».

Sospirai. «Una vita fa. Sembra passato un milione di anni. Almeno, alla mia vagina sembra così».

Rise. «Sì, be', capisco perché la tua vagina ne senta la mancanza. Cioè, *cazzo*».

«Già». Bevvi un sorso.

«Cioè, è tatuato quasi dappertutto. E non mi ero accorta che avesse quei muscoli. È *scolpito*, cazzo».

Le lanciai un'occhiata e cambiai argomento. «*Comunque*, mi chiedevo se *SkateTreason* mi avesse già risposto».

Le si illuminarono gli occhi. «Oooh, controlla il telefono».

Lo estrassi dalla tasca e sbloccai lo schermo.

«Penso ancora che dovresti scrivere a tre o quattro fighi. Fare una gara. Avresti più probabilità».

Avevo ricevuto un messaggio e lo aprii, nervosa e sorpresa. Stavo quasi contando sul fatto che non mi rispondesse. «Mi ha scritto».

«Che cosa gli avevi scritto?»

«Gli ho detto: "Non ho potuto fare a meno di notare nel tuo profilo che ti piacciono gli hamburger. Io mi considero una vera appassionata, perciò la domanda è: bacon o non bacon?"».

Fece una smorfia. «È l'approccio più strano che abbia mai sentito».

Alzai le spalle. «Forse, ma se l'ha capito passa il primo test».

Quando mi fermai, lei mi chiese: «Be', e cosa ha detto?»

«Ha risposto: "Ah, l'annosa questione. Un hamburger senza bacon è un sacrilegio irrimediabile. Ovviamente, a meno che tu non sia ebreo, in quel caso probabilmente non bacon"».

Socchiuse gli occhi, concentrandosi. «È una buona risposta?».

Sorrisi e mi sistemai sul divano. «Molto buona». "Dimmi cosa pensi del whisky".

Il fumetto sullo schermo diceva che stava scrivendo.

«È in linea», dissi.

Ellie saltellò.

Bevvi un sorso proprio mentre ricevevo il suo messaggio. "Ho un debole per lo scotch, ma subito dopo viene il rye whisky. Il bourbon non mi dispiace. Puoi tenerti il whisky irlandese e lasciarlo ovunque tu l'abbia trovato, però. Tra l'altro, mi stai facendo un test?"

Gli risposi: "Più o meno".

"Come sto andando?"

"Per ora molto bene".

"Be', è un sollievo. Allora dimmi, tu cosa pensi di bacon e whisky insieme? C'è un modo per combinarli in un supercibo per dominare tutti gli altri?".

Il mio sorriso si allargò ancora di più. «Penso di aver trovato un vincitore».

14
Posto fortunato

Rose

Il pomeriggio del giorno dopo ero di nuovo da Roasted e stavo aspettando il ragazzo che avevo *davvero* voluto incontrare fin dall'inizio – *SkateTreason*. Nel corso dei messaggi che ci eravamo scambiati la sera prima avevo scoperto che si chiamava Greg e lavorava in un caffè, ma soprattutto che avevamo molte cose in comune: il bacon, lo skate, il whisky e i film degli anni Novanta.

Eravamo un'accoppiata perfetta. Perciò ero nervosa. Mi asciugai le mani sui jeans e presi il telefono per controllare l'ora. Se fosse stato un disastro come gli altri avrei cancellato l'applicazione, fine della storia.

Quel giorno e il giorno prima non avevo visto molto Patrick. Cioè, a parte il suo cazzo. La notte precedente avevo lavorato e, quando ero tornata a casa, estremamente tardi, era già addormentato sul divano, il viso rilassato nel sonno. Sembrava un ragazzino, un bellissimo ragazzino ricoperto di inchiostro nero, che dormiva silenziosamente sul mio divano. Ma non avevamo parlato, cosa che aiutava. La distanza era cruciale per tenere sotto controllo i miei sentimenti, e anche quel poco tempo lontana da lui mi faceva sentire più simile a me stessa rispetto al resto della settimana.

La porta si aprì, interrompendo i miei pensieri, e Greg

entrò con in mano una longboard, un cappello abbassato sulla testa e un sorriso luminoso. Aveva dei tatuaggi, era muscoloso ma comunque snello, con le spalle ampie e la vita stretta.

Era stupendo.

«Rose?».

Ricambiai il sorriso, sentendomi come se avessi vinto la lotteria degli appuntamenti online. «Ehi, Greg». Mi alzai mentre si avvicinava, e accennai al bancone alle mie spalle con il pollice. «Volevi un caffè? Le barrette al limone sono fantastiche».

«No, sono un po' troppo nervoso per bere caffè».

Sorrisi ancora di più per la sua onestà. «Anch'io. Questa è cioccolata calda».

Lui rise, e ci sedemmo. «Mi fa piacere che tu mi abbia scritto. Stavo pensando di cancellare il profilo, in realtà».

Lo osservai divertita. «È buffo, perché questo è il mio ultimo appuntamento prima di lasciar perdere».

Lui annuì con aria d'intesa. «Da quanto tempo ci stai provando?»

«Non a sufficienza per essere così stanca».

«È come la roulette russa, solo con le persone. Forse meno letale».

Risi. «Forse. Non sarei stata sorpresa se il primo ragazzo che ho incontrato avesse cercato di rubarmi un rene. Ha detto – ad alta voce, ovviamente – "ho sempre amato le cose morte"».

Inspirò tra i denti. «Ahi. L'ultima ragazza con cui sono uscito mi ha chiesto di fecondare le sue uova. Proprio così, me l'ha detto seduta di fronte a me, senza fare nemmeno una piega. "Feconda le mie uova"».

«Oh, Dio», dissi con una risatina.

«Un'altra mi ha portato a casa sua per presentarmi la sua

collezione di bambole. Ne aveva centinaia, tutte allineate sugli scaffali, ti fissavano con le loro facce di porcellana. Sono abbastanza sicuro che fossero fatte di capelli umani».

Scossi la testa, sorridendo. «Vinci tu. Il mio era niente in confronto. Sei solo il mio terzo appuntamento. Il primo e il secondo erano un imbalsamatore che puzzava di morte e un musicista che mi ha fatto una serenata a questo stesso tavolo».

«Questo tavolo? Proprio qui?», scherzò e indicò la superficie. «Deve essere il tuo posto fortunato».

Arrossii, con un sorriso ancora più ampio. «Te lo dico. Sono in un periodo fortunato».

«Be', la terza volta è quella buona, giusto?»

«Sembra di sì». Bevvi un sorso di cioccolata calda, cercando di calmarmi. «Quindi lavori in un caffè?».

Mentre lo ascoltavo parlare mi accorsi che i suoi occhi erano azzurri e verdi. «Sì. Non è il massimo, ma ci pago l'affitto. E tu lavori in un bar?»

«Certo che sì, da quasi sei anni».

«Hai provato ad andare all'università?».

Mi raddrizzai un po' sulla sedia, pronta a vedere tutto andare in frantumi dopo la mia risposta. *Ecco. La vera prova.* «No. Non mi hai interessato. Tu?»

«Ho provato, ma non avevo abbastanza motivazione. Quindi ho seguito un consiglio di Ron Swanson: "Non fare due cose a metà. Piuttosto fanne una per intero". Per ora mi sto dedicando al lavoro al bar».

Risi, sollevata, e lui scosse la testa.

«Non sono pronto a decidere cosa fare dopo, capisci? Tutti mi chiedono cosa voglio fare della mia vita, e io vorrei solo rispondere che se lo sapessi, lo starei facendo. Invece dico "Lo spogliarellista", oppure "Il giostraio"».

Sul serio, ero *talmente* sollevata.

«Ti capisco benissimo», gli dissi con le guance arrossate, e appoggiai i gomiti sul tavolo. «Sono una barista, e tutti quelli che conosco hanno una... *passione*. Per la danza o la letteratura o l'arte. O il volontariato. E io sono qui che, boh, leggo romanzi d'amore, guardo tanta televisione e bevo un sacco di whisky. Le cose che amo non possono essere convertite in denaro, quindi faccio la barista. Vorrei solo che la smettessero di rompermi il cazzo, capisci?»

«Assolutamente», disse annuendo. «Penso che un giorno crescerò. Forse mi troverò un bel lavoro d'ufficio in cui avrò un cubicolo e dovrò andare a lavorare in camicia. Un posto con un reparto Risorse Umane e un'assicurazione».

Ridacchiai. «Un'assicurazione. Divertente. Prego Dio di non ammalarmi mai. Tipo, ogni volta che ho un accenno di mal di denti, do di matto. Se avessi un dentista sarebbe contento, però: uso il filo interdentale ogni giorno. Costa meno delle otturazioni».

«L'anno scorso mi sono rotto un polso facendo skate e mi è costato qualcosa come duemila dollari».

Feci una smorfia. «Ahi».

«A lamentarsi di più era il mio portafoglio. Fidati».

Il mio telefono squillò, quindi lo tirai fuori dalla tasca e risposi sorridendo. «Ehi, Ellie».

«Come sta andando? Non sento strilli, quindi... bene?».

Guardai Greg dall'altra parte del tavolo con le guance calde. «Sì, assolutamente».

«Sento che stai sorridendo. È sexy?».

Adesso avevo anche le orecchie calde. «Mmhmm».

«Normale?»

«Sì».

«Bene. Adesso metti giù e vai a leccarlo come un gelato».

Alzai gli occhi al cielo. «Grazie, Ellie. Ci vediamo stasera».

«Ciao, Rosie».

Greg mi rivolse un sorrisetto mentre mettevo giù e infilavo il telefono in tasca. «Chiamata di sicurezza?».

Presi la tazza e la feci ruotare sul tavolo. «Ieri mi ha salvata dalla serenata. Almeno, quello che restava di me. Sono stupita di avere avuto il coraggio di tornare qui, ma le barrette al limone mi chiamavano».

«Be', sono le migliori del West Side». Mi fece un sorriso obliquo, e quasi svenni.

«Ovviamente».

Si guardò un attimo le mani prima di sollevare lo sguardo, speranzoso ma con un accenno di sicurezza che mi fece rovesciare lo stomaco. «Allora immagino che sia un buon segno se non devi andare ad aiutare tua zia Edna perché le è caduta la parrucca e si è rotta un'anca cercando di raccoglierla»

«Sì, è un buon segno».

Si piegò in avanti, continuando a sorridere. «Allora dimmi, Rose: ti andrebbe di fare skate con me?».

Ricambiai subito il sorriso. «Mi piacerebbe moltissimo».

Patrick

Più tardi quel pomeriggio, mi stiracchiai, incrociando le caviglie sul tavolino di Rose. Non la vedevo dal giorno prima. Sorrisi tra me e me, ripensando alla sua faccia quando mi aveva trovato nel bagno. Se avessi avuto ancora dei dubbi sul fatto che mi desiderasse, in quel momento sarebbero scomparsi.

Avevo negato i miei sentimenti così a lungo che adesso che sapevo cosa volevo ero rinvigorito. Rinato. E quello che desideravo, sempre, era vederla di nuovo.

Pensai a che ora era e mi chiesi come fosse andato il suo appuntamento di oggi. Ellie mi aveva rivelato i dettagli quando ero tornato dal lavoro, ma non ero preoccupato perché immaginavo che sarebbe stato un disastro come gli altri. Tuttavia, non vedevo l'ora che tornasse.

Sul divano vicino a me era accampata Ellie con Valentino in braccio, a mangiare patatine e guardare MTV. In qualche modo, ero stato risucchiato in due ore di *Teen Mom* e *Catfish*. Mentre scorrevano i titoli di coda di *Catfish*, Ellie sospirò e allungò una mano verso il sacchetto per prendere un'altra manciata di patatine.

«Questo è il mio episodio preferito», disse tra un boccone e l'altro. «Penso di averlo visto un milione di volte. Pensaci: Alyx ha mentito a Kya riguardo al fatto di essere transgender. Riesci a immaginare quanta paura avesse di incontrare Kya? La persona di cui sei innamorato non sa qualcosa che solo per principio potrebbe far finire la maggior parte delle relazioni. Ma alla fine Kya l'ha accettato così com'è. Mi rende felice. Essere amati così incondizionatamente deve essere una fortuna incredibile».

Io sospirai e sprofondai un po' di più nel divano. «È proprio vero».

La televisione mostrò la schermata del videoregistratore, ed Ellie si voltò verso di me. Valentino la osservò prima di stiracchiarsi e saltare giù dal divano. «Allora, hai intenzione di dirmi cosa c'è tra te e Rose?».

Le feci un sorrisetto. «Dritta al punto, eh?».

Lei scrollò le spalle e mi porse il sacchetto di patatine. Ne presi una e me la infilai in bocca, guadagnando un po' di tempo mentre masticavo.

«È complicato», fu la risposta migliore che riuscii a trovare.

«Ma ti piace, vero?»

«Da tanto tempo, sì». La guardai, chiedendomi se avesse intenzione di provarci con me.

«E allora cosa ti trattiene?»

«*Noi*».

Abbassò il mento e si appoggiò gli avambracci sulle cosce. «Senti, io e Rose ci conosciamo da sempre. È praticamente la mia sorella maggiore. La *conosco*, e lei ci tiene a te. Cioè, non come a un semplice amico. Si è presa una bella sbandata».

Sorrisi. «Lo dici come se in questo momento non avesse un appuntamento con un altro».

Ellie scrollò le spalle e mangiò un'altra patatina. «Sta cercando di dimenticarti. E tu, facendoti trovare nudo in doccia, non la stai aiutando».

Ridacchiai. «È stato davvero un incidente».

«Oh, ne sono sicura, ma è successo comunque». Rise e scosse la testa. «Avresti dovuto vedere la sua faccia mentre ti stavi vestendo. Penso che dovresti provarci con lei». Mi puntò addosso una patatina.

«Be', sei fortunata perché lo farò».

Corrugò la fronte, confusa. «Aspetta, cosa?».

Mi sporsi verso il sacchetto e afferrai una patatina. «Ho detto che ho intenzione di provarci con Rose».

Lei sbatté le palpebre. «Dici sul serio?».

Annuii e aprii la bocca, buttandoci dentro la patatina.

«Wow, pensavo che convincerti sarebbe stato più complicato. Qual è il tuo piano?»

«Insistendo non si va da nessuna parte con lei, perciò sto aspettando un'opportunità. Il mio piano è passare più tempo possibile con lei finché non cede. Adesso l'ho capito. So che ho una possibilità. Me lo sento. Quindi farò un tentativo. Anche se sarà l'ultimo».

Lei sbuffò, corrugando le sopracciglia. «Non puoi stare

qui seduto a girarti i pollici e aspettare. Lei sta uscendo con un altro, *in questo preciso momento*, e ha passato tutto il giorno con lui».

Il mio sorriso si spense. «Oh?»

«Già. Quindi non devi insistere, ma non puoi neanche stare qui ad aspettare come un bravo soldatino. Devi impegnarti, prima che sia troppo tardi. Devi *conquistarla*. Non penso che riuscirebbe a dirti di no».

La porta si aprì alle nostre spalle e sentimmo Rose ridere, ma prima che mi voltassi verso quel suono, Ellie mi guardò dritto negli occhi e disse: «Non puoi permetterle di dirti di no».

Quando diedi un'occhiata alle mie spalle, vidi Rose. Indossava dei pantaloncini strappati, le Vans e una camicia legata alla vita, e aveva un sorriso che non vedevo da molto, molto tempo. Il suo volto era girato verso il ragazzo che la seguiva, e non potei fare a meno di esaminarlo. Alto. Muscoloso. Mi dava la sensazione di essere un tipo a posto.

Ovviamente, volevo alzarmi e stenderlo.

Quando Rose mi vide sul divano vicino a Ellie, forse avrebbe potuto dire lo stesso. Socchiuse gli occhi, sospettosa.

Appoggiò lo skateboard vicino alla porta e lasciò cadere le chiavi nel piattino. «Ah, ehi. Lui è Greg. Greg, lui è il mio amico Patrick e lei è mia cugina Ellie».

Ellie sorrise e salutò con la mano, e io feci un cenno con il mento, sentendo il sangue che mi martellava nelle orecchie.

«Come va?», chiese lui, sorridendo e voltandosi verso Rose. Abbassò la voce e le prese una mano.

I miei occhi erano incollati sul punto in cui si toccavano con una tale intensità che Ellie mi diede un calcio. Sbattei le palpebre e mi voltai, mettendomi a fissare la televisione senza vedere davvero lo schermo, ogni molecola del mio corpo concentrata ad ascoltarli nell'ingresso.

«Oggi mi sono divertito, Rose», disse lui. «Grazie di essere uscita con me, ma adesso devo andare a casa».

«Sei sicuro di non voler restare? Potremmo andare a bere qualcosa».

Potevo sentire il suo sorriso: non voleva che se ne andasse. Saperlo mi fece venire la nausea. Forse Ellie e Joel avevano ragione. Forse avevo aspettato troppo tempo. Forse avrei dovuto baciarla il prima possibile e pregare che West avesse ragione e che un bacio fosse sufficiente.

«Ho la sensazione che dovrei andarmene finché sono in vantaggio. È stata una giornata fantastica». Anche lui stava sorridendo.

Non va bene.

«La terza volta è proprio quella buona», gli disse mentre lo accompagnava alla porta e usciva nel corridoio.

Mi voltai di nuovo fissando la porta e cercai di non pensare a cosa stava succedendo dall'altra parte.

Ellie mi rivolse un sorrisetto. «Non avevo mai visto nessuno che sta prendendo fuoco ed è congelato allo stesso tempo».

Tirai su col naso e distolsi lo sguardo. «Cosa intendi?».

Fece un cenno verso di me, divertita. «Guardati. Sembra che stai per esplodere, ma sei anche freddo come il ghiaccio».

Mi voltai verso la televisione. «Sì. Be', Rose mi fa quell'effetto».

La porta si aprì di nuovo e Rose entrò, arrossendo. Sentii che il calore mi risaliva sul collo.

Lei scosse la testa in direzione di Ellie. «Oggi non ti sei mossa di qui, Ellie?»

«No». Saltò giù dal divano e ci sorrise. «Ieri mi sono

comprata delle bombe da bagno e stasera ho un appuntamento con loro. Quindi adesso mi farò un lungo bagno nella tua enorme vasca. Perché io mi *prendo* quello che *voglio*, e stasera voglio un bagno». Mi rivolse uno sguardo penetrante.

Rose ridacchiò andando in direzione della cucina. «Uh, okay, Ellie».

Ellie ci salutò agitando una mano e saltellò via.

«Whisky?», mi chiese Rose da dietro.

Appoggiai i piedi sul tavolino, senza sapere come mi sentivo, ma certo di avere bisogno di alcol. «Sempre».

Ascoltai i rumori che faceva in cucina, il tintinnio dei bicchieri e del ghiaccio, lo scoppio leggero del tappo della bottiglia, riflettendo su quello che mi aveva detto Ellie.

Rose arrivò con i bicchieri e si sedette vicino a me sul divano, passandomi il mio.

«Il tuo appuntamento è andato bene, a quanto pare», dissi prima di bere un sorso.

Cercai di interpretare la sua espressione, ma era neutrale. «Già», fu l'unica cosa che disse prima di cambiare argomento. «Cosa avete fatto tu ed Ellie?».

Scrollai le spalle, sentendomi pungente. «MTV. Mi aspetto che prima o poi facciano un programma sulla gente dipendente dai loro programmi».

«Mi sembra giusto», disse Rose con una risata prima di bere un sorso. «Sei contento per la tua festa di compleanno? Manca solo un giorno!».

Feci una risata nasale e sprofondai nel divano, appoggiando la testa sullo schienale con un sospiro. «Sì, sai quanto adori essere al centro dell'attenzione».

«Oh, sarà divertente», mi assicurò. «È solo Habits. Ma non posso prometterti che Lily non ha comprato una torta».

Ridacchiai. «Sì, West me l'ha detto».

Sorrise. «Immaginavo che avresti voluto saperlo in anticipo. Sono abbastanza sicura che sia il solo momento potenzialmente imbarazzante, però. Devi solo restare seduto per i quindici secondi della canzone, e poi sei fuori pericolo».

Gemetti.

Abbassò lo sguardo sulla sua coscia e tirò l'orlo sfilacciato dei pantaloncini, evitando il mio sguardo. «Ehi, Greg potrebbe venire con me domani sera, se non è un problema?»

«Perché dovrebbe esserlo?». Bevvi un sorso e guardai dall'altra parte. *Bugie, bugie, bugie.*

Si arrotolò un filo intorno al dito. «Sai perché. Ho solo pensato che visto che ci sarà tanta gente, e che saremo da Habits...»

«Va bene, Rose. Davvero». Le sorrisi, sentendomi come se stessi per strozzarmi.

Lei sorrise e ci credette, sospirando. «Grazie, Tricky». Si mise comoda sul divano e continuò a bere. «Quindi chi ci sarà?»

«Tutti quelli del negozio. Voi. Seth».

La sua espressione si indurì.

«Lo so, lo so. Ma è importante che venga».

«Non posso negarlo», borbottò.

Mi accigliai. «Dai, Rose».

«Cosa?», disse lei, sulla difensiva. «È come una calamita che attira guai, e non voglio che tu ci finisca dentro di nuovo. Non è giusto per te, perché quando i suoi casini esplodono, sei tu quello che finisce colpito dalle bombe. Non voglio che tu soffra di nuovo – devi capirlo».

Non si rendeva conto che lei mi uccideva ogni giorno. Bevvi un sorso per prendere tempo. «Senti, e se Lily fosse malata? E avesse bisogno di te, ma aiutarla ti facesse del male. Lo faresti?».

Mi rivolse un'occhiata poco convinta. «Lily non sarebbe mai come Seth, lei è Lily».

Ricambiai l'occhiata. «Assecondami».

«Se mi stai chiedendo se farei qualsiasi cosa per Lily, la risposta è sì. Ma c'è un limite. Io do fino a un certo punto, e se si va oltre so dire basta».

«Be', in questo siamo diversi. Io non riesco a chiudere per sempre». Distolsi lo sguardo e bevvi un sorso.

«Fedele fino alla fine?».

Scrollai le spalle. «Preferisco dire solo fedele».

Lei sospirò e cambiò argomento. «In ogni caso, domani sarà divertente. È una vita che non vedo Joel».

«Lui è sempre uguale. Sarà bello avervi tutti insieme».

«In più, drink gratis».

«Anche», dissi con un sorriso e bevvi un sorso.

Rose fece lo stesso prima di appoggiarsi il bicchiere sulla coscia nuda. «Viene anche Veronica?». Aveva la voce troppo controllata, il viso troppo calmo.

Il mio sorriso si allargò da un lato solo. «Sì, verrà».

«Fantastico. Sono sicura che non sarà affatto strano».

«Ronnie mi ha detto la stessa cosa. Non farlo diventare strano e non lo sarà».

«Ah». Alzò il bicchiere. «Facile».

Le rivolsi un sorriso rassicurante. «Andrà tutto bene. Sarà una passeggiata, come con me e Greg».

«Quindi, per niente?», scherzò lei.

«Andrà bene, Rosie».

Non pronunciavo molto spesso il suo nome, e mi accorsi di averla colpita. Guardò la televisione, fissando il logo del canale che si muoveva sullo schermo in modo da non dovermi guardare.

Fece un cenno verso la televisione. «Allora è tutto per stasera?».

Non c'era motivo per cui non potessi far procedere il piano, ora che ne avevo la possibilità, quindi le feci un'offerta che non poteva rifiutare. «Sembra di sì. Stavo pensando di guardare *Sapore di hamburger*».

Si illuminò. «Un classico di John Cusack, e senza dubbio il miglior film di Savage Steve Holland. "Due dollari!"», disse ridendo.

Puntai il dito verso il nulla. «"Tutto quello che devi fare è andare giù di là, velocissimo. Se trovi qualcosa davanti, gira"».

«Vivo secondo quella citazione».

Ridacchiai. «Allora ci stai?».

Si voltò verso la televisione e sprofondò nel divano. «Sicuro».

Feci partire il film mentre Rose afferrava la mia coperta e se la metteva sopra, lanciandomene un angolo. Poco dopo, era sprofondata nell'avvallamento tra i cuscini e mi si avvicinava lentamente mentre ridevamo, recitando le battute che conoscevamo. E quando iniziarono a scorrere i titoli di coda e iniziammo a guardare *Sixteen Candles*, Greg era un ricordo lontano, e Rose era mia, anche se solo per centoventi minuti per volta.

15
Esprimi un desiderio

Rose

La sera della festa di compleanno di Patrick io ed Ellie eravamo nella mia stanza, intente a fissare la montagna di vestiti sopra il mio letto. Valentino saltò sul materasso, scalò la pila e ci si sedette sopra come lo stronzo elegante che era.

Fissai i vestiti. «Chi immaginava che vestirsi per andare a un appuntamento durante la festa di compleanno del tuo ex sarebbe stato così complicato?».

Ellie scoppiò a ridere. «Uh, più o meno chiunque ci abbia pensato». Si mise una mano sul fianco. «Voto per quello». Indicò un vestito nero che era troppo corto per un secondo appuntamento, tanto più per il compleanno di Patrick.

«'Fanculo. Vado sul classico». Presi il gatto, che miagolò pigramente, e lo appoggiai di lato in modo da rovistare nella pila, prendendo in mano i vestiti e lanciandomeli alle spalle. «Jeans neri, maglia bianca con scollo a V, giacca di pelle, tacchi rosa shocking. Bum. Fatto».

«Ovvero la prima cosa che hai provato?»

«C'è un altro modo per farlo?».

Alzò le spalle. «Non che io sappia».

Valentino saltò giù e si strofinò sulla gamba di Ellie, e lei lo sollevò, premendogli il naso contro il collo. «Sei nervosa?», mi chiese.

Mi mordicchiai il labbro. «Si vede?»

«Solo se ti guardo».

«Ugh. Non so perché».

«Be', stai per andare al tuo primo *vero* appuntamento con un ragazzo che ti piace, a parte il fatto che ci sarà anche il tuo ex».

Mi incupii. «Giusto. Probabilmente non è stata una buona idea».

«Ormai è troppo tardi», canticchiò lei con un sorriso.

«Insomma, Greg è un tipo a posto. È diretto, dice esattamente quello che pensa, il che vuol dire che è l'opposto di Patrick. Niente drammi riguardo alle cose non dette. Semplice. Facile. È quello di cui ho bisogno: una cosa semplice».

Lei scrollò le spalle. «Certo, suppongo. Anche se a volte mi piace un po' di mistero, ma io sono fatta così». Baciò Valentino. «Che ora è?».

Controllai il telefono e sibilai un'imprecazione. «Uh, tardi».

Ellie strofinò il naso contro quello del gatto. «Dai, bella bestiola. Andiamo a metterci in tiro».

Giuro su Dio che il gatto mi fece l'occhiolino oltre la spalla di Ellie mentre se ne andavano.

Mi vestii in un baleno e finii di sistemarmi in bagno. Per fortuna avevo un sistema a prova di bomba per truccarmi in cinque minuti, acquisito in anni e anni di continui ritardi.

Mi truccai rapidamente, lasciando tutto sul ripiano: fondotinta, ombretto nude, matita in gel per fare una linea di eyeliner stile cat-eye, il tutto basandomi sulla mia memoria meccanica. Poi mascara e rossetto rosa, dell'esatto colore delle mie scarpe. Mi infilai le mie catenine d'argento, tutte di lunghezze e di trame diverse, finendo proprio mentre il campanello suonava.

Mi sistemai i capelli allo specchio, felice di averli acconciati prima di rovesciare l'armadio sul letto, e corsi alla porta cercando di ricordare se mi ero già messa il deodorante.

Greg mi sorrise e mi baciò su una guancia, esaminandomi per un attimo. Io feci lo stesso, e ciò che vidi mi piacque: jeans neri, scarpe Oxford e una camicia a quadretti bianca e nera con le maniche arrotolate sopra i gomiti. Mi faceva venir voglia di fissargli gli avambracci muscolosi e coperti di tatuaggi.

Aveva anche dei capelli perfetti, scuri e pettinati ordinatamente con una scriminatura netta.

Stavo vincendo su tutti i fronti.

«Stai benissimo, Rose», disse toccandomi un braccio.

Mi sentii arrossire. «Grazie. Anche tu stai bene».

Ellie si sporse dal bagno mentre si infilava un orecchino. «Ehi, Greg».

«Ciao Ellie». La salutò con un cenno.

«Penso che siamo pronti a partire». Presi la mia borsa mentre Ellie entrava.

Sembrava una palla da discoteca, vestita con un corto abito dorato di lustrini e delle scarpe col tacco nere. I suoi capelli rossi erano voluminosi, le ciglia lunghe e le labbra truccate con un rosa delicato. Aveva degli occhi così grandi che non aveva nemmeno bisogno della matita. Se l'avesse usata, probabilmente sarebbe sembrata il personaggio di un cartone giapponese. Mi feci un appunto mentale di convincerla a farlo, tanto per provare.

«Che bomba», esclamai in segno di apprezzamento.

«Questi fianchi serviranno pure a qualcosa». E li agitò colpendomi, ma era così bassa che mi prese sulla parte alta della coscia.

Greg mi offrì il braccio, e io lo accettai mentre Ellie prendeva l'altro braccio. Ci fece un sorriso dolce e irriverente.

«Oggi deve essere il mio giorno fortunato. Ho a braccetto non una, ma ben due donne deliziose».

Ellie lo guardò, sorridendo. «Ed è gentile. Buona scelta, Rose. Hai degli amici, Greg?»

«Uno o due».

Ridacchiai mentre uscivamo. «Pensavo che volessi uno dei ragazzi del Tonic».

Lei scrollò le spalle. «C'è spazio per tutti».

«Che cos'è il Tonic?», chiese Greg mentre attraversavamo il corridoio e scendevamo le scale.

«Il salone di tatuaggi in cui lavora Patrick», risposi.

«Ah. Come lo conosci?».

Io ed Ellie rispondemmo contemporaneamente.

«Uscivano insieme, una volta», fece lei, mentre io dicevo: «Vive in fondo al corridoio».

Bloccai la mia espressione, in modo da non rivelare niente, anche se dentro di me stavo morendo. Ellie continuò a parlare senza neanche accorgersi del mio imbarazzo.

«Sono vicini di casa da sempre, ma adesso lui vive con noi, più o meno. Visto che il suo coinquilino e la coinquilina di Rose ci danno dentro tutto il tempo».

Greg, dato che era un fottuto gentiluomo, non fece una piega, sorridendomi in un modo che mi faceva capire che andava tutto bene, che sapeva che ero in imbarazzo e che gli dispiaceva. «Be', sembra semplice».

Ellie scoppiò a ridere. «Sì, giusto. L'altro giorno Rose l'ha beccato mentre usciva dalla doccia e pensavo che avrebbe avuto un infarto».

Risi, o almeno cercai di fare un rumore simile a una risata, anche se uscì qualcosa a metà tra un colpo di tosse e una risata sguaiata, o comunque qualcosa di altrettanto impacciato.

Greg ci lasciò entrambe e aprì la porta del palazzo. Ellie

uscì per prima, e io la seguii, sperando di sprofondare sottoterra e sparire. Ma Greg mi toccò un braccio e sorrise, dicendo: «Peccato per lui che stasera lei sia con me».

Il mio cuore batté forte mentre uscivo, e lui mi seguì, offrendomi di nuovo il braccio. Ellie era da sola e non sembrava importarle, anzi, continuò a camminare impettita nel suo vestito luccicante e per poco non bloccò il traffico quando attraversammo la strada. Almeno quattro uomini e due donne si voltarono a guardarla da dietro. Chiacchierò per tutto il tempo e io spostai la conversazione su Los Angeles, facendola parlare finché non arrivammo da Habits.

Ellie aveva ragione. L'avevo scelto bene.

Quando raggiungemmo il bar ero al settimo cielo, piena di speranza. Tanta speranza.

Finché non entrammo e vidi Patrick. Il mio primo pensiero, non appena riuscii a formularne uno, fu chiedermi se l'avrei mai dimenticato.

Patrick era in mezzo a un gruppo di persone, i suoi amici – Joel, Shep, West e Cooper – e stavano tutti ridendo. Ma il tempo si fermò per alcuni lunghi secondi, mentre i miei occhi assorbivano ogni dettaglio del suo aspetto.

La linea della mascella era dura eppure liscia, con una pelle perfetta, quasi l'unica parte del suo corpo priva di tatuaggi – l'inchiostro saliva sul collo come fiamme nere che lambivano la pelle. Il suo naso lo faceva sembrare più giovane, insieme al viso sempre rasato e ai capelli ordinatamente pettinati, ma era tutto valorizzato dall'arte che gli copriva il corpo, che mostrava una durezza in contrasto con la sua gentilezza.

Ma i suoi occhi erano la cosa più impressionante. Erano ardenti, sempre in fiamme, e ti dicevano esattamente cosa provava. E quando incontrarono i miei, per poco non mi cedettero le ginocchia.

Mi strinsi al braccio di Greg come se fosse un'ancora di salvataggio, guardandomi intorno alla ricerca di Lily e cercando di recuperare un minimo di autocontrollo. Era la mia unica difesa: ignorarlo, ignorarlo, ignorarlo.

Lily e Maggie erano sedute su un paio di sgabelli alti, impegnate a sorseggiare i loro drink. Mi salutarono con la mano mentre aggiravamo gli amici di Patrick, e feci del mio meglio per fingere che lui non esistesse. Non adesso, almeno.

Non finché il mio cuore non si fosse calmato.

Lily si alzò e mi abbracciò per prima. Con i capelli biondi che le incorniciavano il viso in onde morbide, un vestito svasato di pizzo rosa e le labbra rosse sorridenti, dava l'impressione che fare la ballerina fosse nel suo DNA.

«Ehi», mi disse, guardando Greg alle mie spalle dopo avermi abbracciata. Gli porse una mano. «Greg, giusto? Sono contenta di conoscerti. Io sono Lily».

«È un piacere». Le sorrise amichevolmente e le strinse la mano.

Maggie ci salutò con un cenno, facendo ondeggiare i suoi corti capelli ricci. «E io sono Maggie», disse con la sua parlata strascicata, dolce e zuccherosa.

«Allora», dissi voltandomi verso Greg, «benvenuto da Habits, la nostra seconda casa».

Ellie era al mio fianco, palesemente impegnata a studiare i ragazzi, squadrandoli con attenzione. Non sembrava che la cosa li disturbasse – anzi, potevo quasi vedere le ondate di testosterone che emanavano.

West e Cooper si voltarono verso di noi, e li salutammo. Mentre ci spostavamo per salutare tutti, finii di fianco a Patrick, quindi feci ciò che dovevo. Ciò che volevo e non volevo fare in egual misura.

Mi avvicinai e lo abbracciai, trattenendo il fiato in modo

da non inspirare il suo profumo. «Buon compleanno, Tricky».

Le sue mani scesero a cingermi la vita, e per un breve istante i nostri corpi entrarono in contatto. «Grazie, Rose», mi disse quasi all'orecchio, anche se riuscii a sentirlo a stento sopra al suono del mio cuore che batteva come se lo stesse chiamando.

Mi allontanai, sopraffatta, evitando di guardarlo negli occhi mentre mi ricordavo della situazione e cercavo Greg dietro di me.

Lo presi a braccetto come per dire che ero sua, fingendo di non essere turbata, anche se sentivo che entrambi gli uomini mi stavano osservando. Sorrisi nonostante il peso dei loro sguardi.

In quel momento mi accorsi che non ero brava come pensavo a fare l'indifferente. E che portare Greg era stato un errore colossale.

«Vuoi qualcosa da bere?», mi chiese lui, riportandomi al presente.

Gli rivolsi il mio sorriso da cameriera, come una maschera che nascondeva i miei sentimenti, e mi sentii una stupida. «Uno scotch liscio, grazie».

Lui ricambiò il sorriso, ed ebbi la sensazione che fosse finto quanto il mio. «Torno subito».

Tornai da Lily, continuando a rivolgere la schiena a Patrick. Lei annuì, sorridendo.

«È carinissimo, Rosie».

Ellie appoggiò la borsa e prese posto vicino a Lily. «E anche gentile».

«Sì, ma non avrei dovuto portarlo. È mille volte più imbarazzante di quello che pensavo».

Maggie mi fece un sorrisetto. «È la prima volta che sei con un altro davanti a Patrick, in più Greg sta incontrando tutti i tuoi amici, che sono anche amici di Patrick. È una cosa importante».

«Be', Tricky l'ha già conosciuto ieri sera». Era la difesa più debole mai sentita.

Ellie fece una smorfia. «Più o meno. E non l'ha accolto con grandi sorrisi e strette di mano».

Sbuffai. «No, erano più sguardi taglienti e cenni del capo».

Maggie sospirò e diede un'occhiata alle mie spalle, probabilmente in direzione di Patrick. «È come una pantera che accerchia la sua preda. Non so come fai a non cedere».

«A volte non lo so neanch'io».

Il viso di Lily diventò un po' più serio. «Oh, Dio. Rosie, non girarti subito, è appena arrivata Veronica».

Mi ero quasi dimenticata di lei, con tutto quello che avevo per la testa. Aggirai il tavolo come se volessi avvicinarmi a Ellie per poter dare una sbirciatina, e mi augurai immediatamente di non averlo fatto.

Veronica mi somigliava molto, ma era la mia versione modella strafiga. Era talmente bella che sembrava uscita fuori da un fumetto o roba del genere, insieme alle sue gambe lunghissime, ai piercing e a tutti i suoi tatuaggi. Si era avvicinata a Patrick – stavano sorridendo, e lei lo aveva baciato su una guancia.

Cercai di tenere a bada le emozioni, ma sentii un nodo stringermi la gola.

Al suo fianco c'era... Penny, credo si chiamasse così, con dei lunghi capelli verdi come l'erba e una frangia da pin-up. Era vestita secondo quello stile, con dei pantaloni a vita alta e una blusa nera a pois dalla scollatura a cuore e con dei bottoncini sul davanti. Forse pensate che fosse strana, vestita così e con i capelli simili a una granita al lime, ma se si aggiungevano gli occhi da gatto, i tatuaggi e le labbra rosso scuro, sembrava uscita anche lei da una rivista.

Mi sentii alla moda come il reparto delle svendite al supermercato.

Per fortuna arrivò Greg con il mio bicchiere di scotch, offrendomi qualcosa da guardare oltre a un liquore da quaranta gradi per calmare i nervi. Una parte di me era pronta a darsela a gambe. Lo guardai e gli sorrisi, cercando di pensare al modo più veloce per andarmene. Potevamo restare per bere una cosa. Forse tornare a casa da me. Cercare di cancellare l'imbarazzo.

Mi chiesi se anche lui lo percepisse. Se interpretavo correttamente il suo linguaggio del corpo, di sicuro sì.

West e Cooper si fermarono vicino alle loro ragazze per chiacchierare con Greg, e io sorseggiai il mio scotch, cercando di non distrarmi. Avevo quasi finito il bicchiere e stavo per chiedere e Greg se voleva andarsene quando sentii una mano sul mio braccio.

«Ah, Rose?».

Ti prego, fa' che non sia Veronica, pensai voltandomi, rigida come se avessi una scopa infilata nel culo.

Era Veronica.

Guardò alle mie spalle e salutò gli altri con un cenno. L'avevamo incontrata un paio di volte prima che Patrick la portasse al bar dopo avermi scaricata. Erano tutti immobili con i visi congelati in un sorriso. Maggie fu l'unica a ricambiare il cenno con un gesto minuscolo.

«Ehm, mi dispiace interrompervi, ma hai un attimo?».

Rivolsi un'occhiata di scuse a Greg, e poi tornai a guardarla. «Ah, certo».

La seguii in direzione del bar, lontano dalla massa, mentre sentivo gli occhi di tutti fissi su di noi, in particolare quelli di Patrick. Lo giuro, bruciavano più di tutti gli altri, ed esaurii buona parte della mia attenzione tentando di concentrarmi su di lei.

«Posso offrirti da bere?», mi chiese guardandomi sopra la spalla.

Il mio bicchiere era vuoto e, anche se avessi potuto rifiutare quell'offerta di pace, avevo bisogno di qualcosa di forte. In fretta. «Sì, grazie», le risposi.

Ci avvicinammo al bancone e Veronica vi si appoggiò, aspettando che Shelby arrivasse. Ne approfittai per osservarla di nuovo – aveva i capelli scuri come la notte, le labbra di un bordeaux profondo ed era vestita di nero dalla testa ai piedi. Si voltò verso di me con un sorriso.

Sorriso finto: attivato.

«Senti», iniziò lei, esitante, «volevo solo dirti che mi dispiace davvero. Per quello che è successo con Tricky, e tutto», chiarì. «Io...».

Shelby arrivò, e ci scambiammo una breve occhiata prima che lei chiedesse: «Ciao, ragazze. Cosa volete?»

«Per me un bourbon e cola», rispose Veronica.

«Glenlivet, liscio. Grazie, Shelb».

«Non c'è problema».

Veronica appoggiò sul bancone una banconota da venti e un paio da un dollaro e si voltò verso di me mentre Shelby ci preparava i drink. «Rose, voglio che tu sappia che non avevo idea di cosa ci fosse tra voi quando lui mi chiese di venire qui. Se l'avessi saputo non avrei accettato. In realtà, capii quello che stava succedendo solo quando ce ne andammo».

Shelby ci portò i bicchieri e prese i soldi.

«Tieni il resto», disse Veronica con un cenno, e Shelby sorrise e se ne andò. Lei prese il suo bicchiere. «Sai, mi era sembrato che fosse stato tutto un po' strano, ma non ne ero sicura. Tipo, sapevo che eravate usciti insieme, ma non avevo idea se fosse stata una cosa seria o no, e non sapevo quando vi eravate lasciati. Sai com'è lui... è parecchio riservato su... be', tutto».

«Sì, lo so». Presi il mio scotch e bevvi un sorso.

«Comunque, dopo che ce ne fummo andati, mi mollò praticamente sul marciapiede. Mi raccontò un po' di voi, si scusò di avermi coinvolto. Avrei potuto dargli un pugno per tutte e due, invece me ne andai e lo lasciai fuori dal bar, sperando che si sentisse un coglione. Per poco non tornai qui a parlarti, ma eri con i tuoi amici, e… non lo so. Ero imbarazzata. Sarei dovuta venire allora, e anche per quello mi dispiace».

Sospirai, augurandomi in parte che fosse una stronza in modo da poterla odiare. Ma non potevo odiarla. Era stata ingannata quanto me. Quasi.

Si voltò a guardarmi. «Non mi devi niente, Rose. Ma volevo dirtelo».

«Grazie, Veronica. Davvero», dissi, umile. «Non eri tenuta a parlarmi, né a pagarmi da bere, ma ti ringrazio. Per tutto».

«È il minimo che posso fare. Joel mi ha detto qualcosa di più sul danno che provocai, e odio esserne stata la causa».

«Non devi sentirti responsabile. Non è colpa tua. È colpa sua».

Lei ridacchiò. «Sarò sincera: ho avuto un debole per lui per molto, molto tempo. Ma dopo quel casino? Neanche morta».

Feci un sorrisetto. «Sì, conosco la sensazione».

Lei guardò nella sua direzione e sospirò. «No, intendo dire che non potrei mai stare con un uomo che ama un'altra».

«Oh», dissi a bassa voce.

«Vedervi insieme lo rende ancora più vero. Cioè, tutto ha più senso». Abbassò lo sguardo verso il suo bicchiere e sorrise, muovendolo per far tintinnare il ghiaccio. «Comunque, grazie ancora. Mi fa piacere che siamo a posto».

«Beviamoci su». Sollevai il bicchiere.

Lei toccò il mio bicchiere con il suo. «Salute».

Bevemmo e tornammo dagli altri. Greg incrociò il mio sguardo, e io gli sorrisi, con appena il tempo di ringraziare mentalmente Cooper e West per avergli tenuto compagnia, prima che mi si parasse davanti Seth, tagliandomi fuori dal gruppo.

Cercai di non ritrarmi e mi stampai di nuovo in faccia quel sorriso finto. «Ehi, Seth. Che piacere vederti. Come va?»

«Non mi lamento», mi disse mentre io lo studiavo.

Seth era sempre stato un ragazzo attraente, biondo e con la carnagione chiara, stupendi occhi verdi e un sorriso pieno di gioia – lo stesso che aveva adesso mentre mi stava di fronte con in mano un ginger ale – anche se di solito la sua gioia era artefatta. Nelle circostanze giuste era divertente, spiritoso, affascinante. Ma quando era ubriaco, quando era fatto, be', era tutta un'altra storia. Era il suo mister Hyde, l'oscurità portata alla luce dalla dipendenza.

Quella parte della sua personalità sembrava scomparsa. Ma io non avevo dimenticato che era lì, sotto la superficie, in attesa di tornare a galla.

«Sei in forma», gli dissi. «Tricky mi ha detto che hai voltato pagina. Sono felice per te».

Lui si infilò in tasca la mano libera. «Oh, non diventare sdolcinata con me, Rosie. Quante volte siamo venuti da Habits?».

Ridacchiai. «E quante volte ti ho fatto sbattere fuori?».

Rise e si strofinò una mano sul collo. «Non davo il meglio di me, vero?»

«Di solito no», risposi con un sorriso.

Sospirò. «Be', sono contento di esserne uscito, sai? Di non dover più lottare per sopravvivere. Non tutti possono dirlo».

«Vero». Non sapevo cos'altro dire e lanciai un'occhiata a Greg, perché sentivo che sarei dovuta tornare da lui.

«In ogni caso, mi farebbe piacere uscire un giorno. Forse potremmo pranzare insieme. O cenare? O forse andare al cinema?»

«Ah, sicuro», dissi con esitazione, chiedendomi se mi stesse proponendo un appuntamento. Dall'espressione dei suoi occhi, mi sembrò di sì. Portai la conversazione nella direzione opposta. «Senti, mi fa piacere che tu sia venuto per Tricky stasera. Mi ha detto che non bevi più, quindi so che non deve essere facile. Il fatto stesso che tu sia qui è un grande regalo per lui».

«Lo spero. Gli devo tutto», disse con convinzione.

Stavolta gli sorrisi sinceramente. «Torno al mio appuntamento».

«Certo, Rose».

Camminai oltre, incontrando di nuovo lo sguardo di Greg e cercando di scusarmi telepaticamente mentre attraversavo i gruppi di persone. E poi Joel mi afferrò.

Mi abbracciò ridendo e mi sollevò senza sforzo con un braccio intorno alla vita, stringendo una birra nella mano libera. «Ehilà, Rosie».

Non riuscii a non ridacchiare per la sorpresa e per l'affetto, cercando di tenere in alto lo scotch e sperando di non averglielo rovesciato addosso. «Ehi, Joel».

Mi rimise a terra ma continuò a tenermi vicina, guardandomi dall'alto con un sorriso. «È passato troppo tempo. Davvero troppo tempo». Appoggiò la birra con gli occhi pieni di malizia. «Hai già incontrato i miei amici "this"», appoggiò la mano destra, su cui era tatuata quella parola, sulla mia guancia sinistra, «e "that"?». Mise la mano sinistra sulla mia guancia destra, e mi strinse, dandomi un bacio sulle labbra.

Risi quando si allontanò, con le guance in fiamme, chiedendomi cosa pensasse Greg di quello che stava vedendo.

«Solo un centinaio di volte, Joel».

Patrick era vicino a Shep a qualche passo di distanza, e ci guardava. *Errori ovunque*, pensai mestamente.

«Cosa succede?», chiesi a Joel quando mi lasciò andare.

«Niente di che. Stavo dicendo a Shep che dovevamo venire a salutarti. Cooper ci ha detto della tua nuova attività. Una libreria, eh?»

«Oh, ve ne ha parlato, eh?», dissi con una risata e lanciai un'occhiataccia a Cooper. Il bastardo alzò il bicchiere, e io alzai gli occhi al cielo.

«Non sapevo che fossi una grande lettrice».

Sollevai un sopracciglio. «Giudichi un libro dalla copertina?».

Lui scrollò le spalle. «Probabilmente non te lo aspetti, ma anche io leggo molto: ho letto tutti i libri di Vonnegut. Due volte».

Io risi. «Be', pensa un po'».

«Coop sembrava parecchio convinto. E visto che anch'io sono un imprenditore, approvo assolutamente».

«Vedremo, ma sono quasi sicura che mettermi a fare il capo sia una cattiva idea».

Joel ridacchiò.

Scossi la testa e bevvi un sorso. «Ci vediamo dopo. Devo tornare dal mio appuntamento».

Joel mi diede una pacca sulla spalla mentre mi voltavo per cercare Greg, ma era scomparso. West incrociò il mio sguardo e accennò al retro del bar con aria di scusa. Greg era seduto da solo con un bicchiere vuoto davanti.

Mentre mi avvicinavo mi preparai psicologicamente a farmi sgridare. Me lo meritavo. Ma decisi comunque di scherzarci sopra, dandogli una pacca sulla spalla e sorridendo.

«Cosa, stai già setacciando l'applicazione per trovare qualcuno di meglio? È da maleducati, Greg».

Il suo sorriso non riusciva a nascondere la delusione. «Mi dispiace, Rose. I tuoi amici sono fantastici, davvero, ma non mi ero reso conto di che tipo di festa fosse. Penso che me ne andrò».

Ero il tipo peggiore di stronza. «No, è a me che dispiace. Avrei dovuto sapere che non era una serata normale. Vengo con te. Possiamo andare via insieme».

«No, dovresti restare. È il compleanno del tuo amico, e il tuo posto è qui», disse alzandosi e toccandomi un braccio. «Sul serio, non è un problema, Rose».

Mi strinsi la borsa sul petto, mordicchiandomi il labbro e sentendomi orribile. «Penso che dovrei scusarmi ancora, Greg».

Ma lui mi toccò di nuovo il braccio e sorrise, anche se era un sorriso che non gli arrivava agli occhi. «Non preoccuparti». Si chinò a baciarmi una guancia. «Divertiti con i tuoi amici», disse prima di passarmi di fianco, diretto verso l'uscita. Lo guardai mentre si avviava tra la folla finché non riuscii più a vederlo.

«Be', che merda». Buttai giù il resto dello scotch e tornai al bancone per prendere un altro drink. Questa volta, doppio.

La notte era lunga e un po' più semplice adesso che Greg era andato via, per quanto mi dispiacesse. Avevo sottovalutato di gran lunga la mia capacità di gestire la serata con lui, e mi chiesi quanto grave fosse il danno. Ma dopo che se ne andò mi rilassai e andai in giro a parlare con tutti senza bisogno di preoccuparmi. Evitai Seth come la peste, percependo che voleva qualcosa da me che probabilmente non ero disposta a dargli. I ragazzi parlavano. Le ragazze ridevano. Io e Joel ci sedemmo e ci ritrovammo impegnati in una conversazione profonda sulla vita e il suo scopo, di quelle che ti fanno sentire più saggio, più in contatto con te stesso. Io e lui facevamo sempre questi discorsi quando ci vedevamo – a volte tirava fuori un'intuizione su di te che ti colpiva nel profondo.

Non avevo mai capito perché fosse single. Per scelta, pensavo. Era l'unica ragione sensata.

Io e Patrick trovammo il modo di stare vicini, anche se con il muro ancora intatto e qualche metro d'aria tra di noi. In ogni caso, mi fece piacere, anche se mi odiavo per quello. Eravamo amici. Solo amici, proprio come eravamo stati per anni. Cercai di lasciar perdere il resto e di concentrarmi su quello.

Uscimmo nel cortile sul retro del bar, convincemmo Patrick ad andare sotto l'albero più grande e gli cantammo *Buon compleanno*, mentre Lily portava la torta con sopra ventotto candeline. Quando la appoggiò sul tavolino di fronte a lui e il suo viso fu illuminato da sfumature dorate, mi si bloccò il respiro e fui incapace di cantare e parlare e respirare. Lui fece uno dei suoi rari sorrisi, guardando le persone che lo amavano di più al mondo, con i lineamenti del viso in risalto a seconda della luce o dell'ombra. E poi i suoi occhi incontrarono i miei e la canzone finì, avvolgendoci nel silenzio.

«Esprimi un desiderio», gli dissi dolcemente, e lui chiuse gli occhi per un attimo prima di spegnere tutte le candeline.

16
Un bretzel umano

Patrick

Avevamo mangiato la torta e il whisky era tornato a scorrere mentre io ero nel bar con i miei amici, che ridevano tutti con le guance arrossate. Seth mi diede una pacca sulla spalla e mi salutò subito dopo la torta, e fui grato che fosse venuto, che l'universo l'avesse liberato dalla stretta in cui lo teneva prigioniero.

Fu un bel compleanno.

Avevo chiesto in regalo i libri preferiti di tutti, o almeno di quelli che mi avessero chiesto cosa volevo, e alla fine me ne andai con un bel bottino. *Dune* da parte di Joel, un'antologia su Batman da parte di Cooper, *La campana di vetro* da Veronica e *La principessa sposa* da Lily. Gli altri mi fecero dei regali che avevano scelto, da Shep che mi regalò una cassa di legno piena di whisky e altri alcolici – accompagnata dal piede di porco necessario ad aprirla – a West che mi diede una stampa incorniciata di uno dei miei illustratori preferiti.

Per buona parte della mia vita il mio compleanno era stato un giorno come tutti gli altri, un giorno insignificante. Non sentivo il bisogno di altro, era una semplice verità, un dato di fatto. Sembrava che le regole della vita normale non si fossero mai applicate a me. Ma mi andava bene così. Mi svegliavo ogni giorno e andavo avanti.

Il primo anno che io e West abitammo insieme, l'idea che non avessi mai fatto una festa di compleanno lo aveva sconvolto. Così la sua missione personale divenne mostrarmene l'attrattiva. Lo ammetto, era una sensazione che non somigliava a nessun'altra. Un giorno in cui puoi rendere omaggio a qualcuno che ami, e la gratitudine che provavo ogni anno che passava andava ben oltre la mia capacità di esprimermi. Non me lo aspettavo mai, eppure ogni volta mi sentivo circondato di affetto.

Le ragazze si sedettero a parlare al tavolo dietro di noi, mentre Ellie e Max, uno dei ragazzi del negozio, corsero verso la porta, tenendosi per mano. Joel era nel bel mezzo di un racconto che richiedeva grandi gesti con le mani, quando sentii che qualcuno mi toccava il braccio.

Mi voltai e vidi Rose.

Mi sorrise dolcemente e si guardò una mano, in cui teneva una piccola scatola. «Volevo, ah… Volevo darti questo». Mi porse il regalo e sollevò la testa a incontrare il mio sguardo.

In qualche modo Rose era lontana mille miglia e allo stesso tempo appena fuori dalla mia portata.

Presi la scatola e le toccai un braccio, guidandola verso un tavolo vuoto. Il regalo era in una scatola nera legata da un sottile nastro dorato.

Si appoggiò allo sgabello, agganciando un tacco rosa sul piolo più basso. «Volevo dirti che sono contenta che abbiamo ricominciato a parlare. Mi… mi sei mancato, tu e la tua amicizia», disse, con gli occhi che per un attimo sfrecciarono verso i miei.

Annuii, tornando a guardare la scatola. «Anche tu».

«Comunque, buon compleanno, Patrick. A un altro anno». Sollevò il bicchiere, e brindai con lei prima di bere. Lei mi sorrise. «Be', aprilo».

Appoggiai il bicchiere e mi rigirai la scatola tra le mani

prima di sciogliere il nastro. Quando sollevai il coperchio, vidi una vecchia chiave marrone, piatta e funzionale, appesa a una catena coordinata. Sulla chiave era incisa la parola "Sopravvivi" in caratteri semplici.

Rose prese fiato e iniziò a parlare. Era nervosa. «So che può sembrare strano che io ti regali una collana, ma non devi metterla per forza. L'ho vista e mi ha fatto pensare a te. Nonostante tutto quello che la vita ti ha fatto passare, nonostante tutto quello che ti succede, trovi sempre un modo per sopravvivere. Sei indistruttibile».

Mi si strinse la gola. «No, non lo sono».

«Oh, sì invece. Solo non te ne accorgi, ed è quello il motivo per cui volevo darti la chiave. Così che non te ne dimentichi».

La estrassi dalla scatola e me la passai intorno al collo, studiandola ancora una volta prima di infilarla sotto la maglietta, leggermente al di sotto del mio cuore. «Grazie, Rose».

Lei mi rivolse un sorriso, di quelli che la allontanavano da me, e si alzò, facendo un passo indietro in modo da aumentare lo spazio tra di noi. «Prego».

La guardai andare via mentre raccoglievo la scatola e il nastro, sentendo la chiave fredda sul mio petto.

L'avevo guardata negli occhi e avevo espresso il mio desiderio, e adesso lei mi dava un regalo che mi faceva chiedere se non ci fosse un modo per ottenere ciò che avevo desiderato. Perché io la volevo. Era un altro dato di fatto.

Rose

Dopo circa un'ora stavamo camminando sulla via di Broadway verso il nostro appartamento, fermandoci per una pizza da asporto che divorammo lungo la strada.

Eravamo tutti eccitati e forse Patrick era ubriaco, anche se non ne ero sicura. Con lui non si riusciva mai a capirlo, ed era raro vederlo davvero sbronzo. Una volta mi aveva spiegato che era per colpa delle droghe. Aveva sempre paura di ricaderci se avesse abbassato troppo la guardia. Ma beveva quasi solo con noi. Sapevo che era perché si sentiva al sicuro.

Ellie era scomparsa prima che ce ne andassimo, passandomi accanto in un turbine sfavillante per dirmi di non preoccuparmi, che mi avrebbe chiamato, quindi io, Lily, West e Patrick tornammo all'appartamento, ridendo e mangiando, proprio come ai vecchi tempi.

Salutammo Lily e West nel corridoio fuori dalla mia porta di casa, scambiando le ultime battute e qualche abbraccio. E per un momento fugace, quando li vidi entrare nell'appartamento di West, Lily premuta contro di lui, riuscii solo a pensare a quanto erano cambiate le cose.

Infilai la chiave nella serratura, estremamente consapevole della presenza di Patrick alle mie spalle mentre giravo la chiave e aprivo la porta.

Una scarpa colpì il retro della porta e io feci un salto, con il cuore fermo per lo shock.

Dallo schienale del divano spuntò la gamba nuda di Ellie, seguita da un'esplosione di risatine prima che uno stivale da uomo volasse verso di me. Lo schivai appena in tempo, e Patrick sollevò una mano per respingerlo.

«Oh, mio Dio», dissi tra me e me.

Patrick sospirò appoggiando sul pavimento la borsa con i regali. «Quello è il mio letto».

Altre risatine. Il vestito da discoteca si alzò per aria.

Chiusi la porta e mi passai la mano tra i capelli. «Dovrai dormire nella stanza di Lily».

Max si sedette e si sfilò la maglietta, lanciandola alle sue spalle e sparendo di nuovo con un sorriso. Nessuno dei due sembrava aver notato il nostro arrivo.

Patrick scosse la testa. «Conosco Max. Ci vorrà un po' prima che finiscano, e non so se posso farcela se si spostano in camera da letto». Fece un cenno verso il divano.

Gli rivolsi un'occhiata fredda. «Quindi torni a casa?».

Lui sollevò le sopracciglia e mi rivolse un sorrisetto. «Pensi che stanotte West e Lily dormiranno? Domani mattina io devo lavorare».

Sbattei le palpebre, senza capire cosa volesse. «Allora, cosa?».

Alzò le spalle e iniziò a sfilarsi gli stivali. «Dormirò nel tuo letto».

Tutto il sangue del mio corpo mi affluì al viso. «Col cazzo», affermai.

Si tolse uno stivale e poi si dedicò all'altro, sorridendomi oltre la spalla. «Dormirò sopra le coperte se vuoi. Giuro che non ti toccherò. Voglio solo dormire». L'altro stivale finì a terra.

Lo immaginai disteso nel mio letto, con gli occhi chiusi e la schiena nuda, coperta di tatuaggi, che si alzava e abbassava mentre lui...

«No», gli scaraventai addosso quella parola come se fosse stata il martello di Thor.

Il Patrick che stava in disparte e faceva quello che gli dicevo era scomparso, sostituito da un furfante dal sorriso sbilenco e dall'atteggiamento menefreghista. A quel punto decisi che era sicuramente ubriaco.

«Rose», disse mentre Max ringhiava ed Ellie gli rispondeva con una risatina, «è il mio compleanno, e tutto quello che voglio è una notte di sonno tranquillo. Mi vuoi davvero dire di no?».

Incrociai le braccia. «Sì».

Lui ridacchiò con gli occhi che scintillavano mentre si voltava. «Vuoi tentare la sorte nella stanza di Lily?».

Mi mordicchiai il labbro. Lui attraversò l'appartamento, togliendosi la giacca, con i muscoli che si muovevano sotto la camicia. Diede un'occhiata al divano e fece una smorfia prima di guardarmi di nuovo.

«Te lo dico, Rose. Non vuoi essere testimone di questa scopata».

Strinsi i denti e sbuffai. Averlo nel mio letto era pericoloso, ma no, non volevo vedere mia cugina che si faceva scopare, e nemmeno che la vedesse lui. E aveva dovuto tirare fuori la storia del compleanno.

«Va bene», gli dissi con voce indifferente, ma ancora un po' tagliente. «Niente scherzi, Tricky. Sotto il letto ho una mazza da baseball, e non ho paura di usarla sulla tua testa se provi ad allungare le mani».

Mi rivolgeva la schiena, ma giuro che stava sorridendo.

Oltrepassai il divano azzardando un'occhiata verso Ellie e Max, il che fu un grosso errore. Si contorcevano come un *bretzel* umano, proprio lì nel mio salotto, e se ne sbattevano nel modo più assoluto. Erano troppo impegnati a sbattersi a vicenda.

Grazie a Dio non avevo acceso la luce.

Accelerai per lasciarmi quella visione alle spalle, anche se non funzionò. Invece funzionò quello che vidi quando entrai nella mia stanza.

Era quasi al buio perché era accesa solo la piccola lampada sul' comodino, e Patrick era dall'altro lato del letto, con una mano allungata dietro la schiena per afferrare la camicia tra le scapole. Se la sfilò sopra la testa, mostrando i tatuaggi. Al centro c'era una riproduzione dell'Eremita, la carta dei tarocchi, con sopra il numero nove in caratteri romani. Indossava una veste grigia col cappuccio e aveva una barba bianca, la testa china, con un bastone in una mano e una lanterna nell'altra, protesa davanti a sé a illuminare la notte. L'unica differenza con la carta vera era che le mani dell'eremita erano tatuate come quelle di Patrick.

Era un simbolo di solitudine e illuminazione, di ricerca e introspezione. Intorno c'erano linee e punti che davano l'idea del movimento, rendendo l'immagine più reale.

Mi resi conto che mi ero bloccata, quindi mi affrettai verso la cassettiera per tirare fuori un paio di pantaloncini e una maglietta. Quando mi girai, si stava togliendo i pantaloni e il suo sedere scolpito, avvolto in un paio di boxer corti e aderenti, era proprio davanti a me.

Sono abbastanza sicura che mi si accese un estintore nelle mutande.

Mi voltai – fu il solo modo in cui riuscii a costringermi a distogliere lo sguardo – e andai in bagno a cambiarmi, parlando tra me e me per tutto il tempo. Mi lavai il viso. Cercai di non dare di matto quando vidi il suo spazzolino vicino al mio e mi spazzolai i denti più energicamente del necessario. E poi tornai nella stanza con la sensazione che nel mio letto ci fosse una bomba. E in un certo senso c'era.

Patrick era disteso sulla schiena con un braccio appoggiato sulla fronte, gli occhi chiusi e il petto che si alzava e abbassava lentamente. Stava per addormentarsi, se non dormiva già.

Sperai che fosse così. Mi infilai sotto le coperte e spensi la luce.

Lui sospirò e si girò verso di me. «Grazie, Rose. Davvero. Per tutto».

«Di niente». Mi sistemai sul cuscino, pregando che non si spostasse. Non ero sicura che sarei stata in grado di fermarlo se l'avesse fatto.

«È stato un bel compleanno», disse a bassa voce.

«Mi fa piacere», sussurrai in risposta. E poi si addormentò, ma io non pensavo ci fosse abbastanza whisky al mondo per farmi prendere sonno con lui vicino. Quindi mi misi a guardarlo, chiedendomi come avessi fatto a trovarmi in quella situazione, distesa accanto al ragazzo a cui non potevo sfuggire ma che allo stesso tempo non potevo avere.

17
Accordo

Patrick

Quando mi svegliai non sapevo che ore fossero – la stanza era avvolta nell'oscurità più totale, si sentiva solo il ronzio del ventilatore – ma ero certo che fosse giorno. Però, mentre il mio cervello scacciava gli ultimi torpori del sonno, mi resi conto che almeno in parte il mio desiderio si era avverato.

Io e Rose eravamo abbracciati – il suo corpo era premuto contro il mio e la stringevo tra le braccia, mentre lei dormiva ancora. Aveva il viso affondato nel mio petto e il suo respiro caldo e regolare mi accarezzava la pelle. Avevamo sempre dormito così, cercandoci anche nel sonno, bisognosi di contatto.

Non può essere vero.

Non mi mossi, non ci riuscii, timoroso di svegliarla e di far svanire quel momento.

Perché il muro si sarebbe innalzato di nuovo tra noi, tagliandomi fuori. Ma per adesso non c'era nessun muro e lei era tra le mie braccia.

Avevo sognato questo momento centinaia di volte.

Ma fu solo un assaggio, un barlume, e quando lei sospirò svanì, veloce come era venuto.

Appena si rese conto di quello che stava succedendo, si ritrasse di scatto, rotolando via come aveva fatto l'altro giorno sul divano. Le afferrai un braccio, evitando che cadesse sul pavimento, mentre lei imprecava.

«Ehi», dissi con una risata.

La luce si accese e lei mi guardò sbattendo le palpebre. «Mi... mi dispiace».

Appoggiai la testa su un braccio e feci un sorrisetto. «Per cosa?».

Fece una smorfia e mi colpì con un cuscino.

Io ridacchiai e mi sistemai i capelli che si erano scompigliati. «Non penso che nessuno di noi due debba scusarsi. Ma ti dirò una cosa».

Abbracciò il cuscino. «Cosa?».

Cercai di non guardare la curva del suo fianco e la sua coscia nuda, anche se con la coda dell'occhio li vedevo deridermi. «Non dormirò più sul divano. Non riposavo così bene da secoli».

Lei rise e scosse la testa. «Neanche per sogno. Questo era il tuo regalo di compleanno. Una notte di sonno. Dovrai arrangiarti, caro mio».

«Dai, Rose. Vuoi che ti implori?».

Lei mi osservò.

«Okay». Allontanai le coperte e la scavalcai con dei gesti esagerati mentre lei ridacchiava. Mi inginocchiai vicino al letto e congiunsi le mani, con un broncio solenne sul viso e gli occhi spalancati in un'espressione innocente. «Rose Fisher, sono la feccia dell'umanità e non merito nemmeno di respirare la tua stessa aria, ma se solo mi permettessi di dormire nel tuo letto, ti ripagherei con la vita».

Il suo viso fu attraversato dal dubbio. Rotolò sul letto per girarsi verso di me: «Non so, Tricky».

Le presi le mani, sorridendo sopra al battito assordante del mio cuore. Era una finestra in cui potevo intrufolarmi. Piccola, con appena uno spiraglio, ma era aperta. Le dissi la verità. «È temporaneo. Lo giuro, mi comporterò bene. So qual è la tua posizione, e non ti chiederò di più». *Per ora*.

Lei fece una risatina. «Quindi mi usi solo per dormire».

«È sbagliato?».

Lei rise, e la speranza mi sbocciò nel petto.

«Tu faresti lo stesso».

«Vero», concesse e mi osservò per un attimo. «Lascia che ci pensi».

«Dai, Rose. Non è niente di che. Sai quanto è scomodo quel divano?»

«No, dimmelo, povero piccolo».

«Oh, quindi la metti così. Okay, be', te la sei cercata». Le afferrai un braccio e una coscia, rovesciandola, e il suo viso si tese per la sorpresa.

«Oh, mio Dio!», strillò. «Non farlo, cazzo, Tricky!».

La bloccai sul letto con un ampio sorriso. «Eh no. Te la sei cercata». Le tenni le braccia dietro la schiena e strinsi il retro della sua coscia, appena sopra il ginocchio.

Lei urlò, ridendo e dimenandosi, la voce soffocata dal cuscino.

«Dai, Rose. Lasciami restare».

Strinsi di nuovo, e lei rovesciò la testa all'indietro, frustandomi il viso con i capelli mentre rideva istericamente. Non riusciva a parlare.

Agitai le dita, affondandole nella sua coscia. «Dimmi di sì e smetto».

Lei ansimò. «Oh, mio Dio, mi scappa la pipì».

Risi e la strinsi di nuovo, e sbatté i piedi sul materasso.

«*Va bene!*», gridò, mezzo ridendo e mezzo annaspando. «Cazzo, smettila!». Scoppiò a ridere di nuovo. «*Hai vinto!*».

Il mio sorriso si ampliò mentre la lasciavo andare. «Visto? Era facile».

Lei si girò, continuando a ridere e asciugandosi le lacrime dal viso. «Stronzo», disse e mi puntò un dito contro, cercando di sembrare severa, ma dietro quell'apparenza vidi il permesso di cui avevo bisogno, nei suoi occhi, agli angoli della bocca. «Non farmene pentire, Tricky».

«Mai», dissi alzandomi.

Andai dove avevo lasciato i miei vestiti e mi infilai i pantaloni, abbottonandomi la patta. Quando alzai lo sguardo, Rose aveva gli occhi fissi sulle mie mani e il labbro inferiore stretto tra i denti. Cercai di trattenere un sorriso, tornando a guardare in basso per afferrare la maglietta e fare finta di non aver visto niente. Ma avevo visto.

C'era qualcosa nel modo in cui era distesa sul letto a fissarmi con il petto ancora affannato mentre riprendeva fiato… Ne ero sicuro, avevo una possibilità. Avevo un'ottima possibilità.

«Ci vediamo in giro, Rose», dissi prendendo la mia giacca di pelle e andando verso la porta, e poi mi voltai ancora una volta mentre lei spegneva la luce e si distendeva di nuovo nel letto.

«A dopo, Tricky».

Appena chiusi la porta smisi di fare l'indifferente e attraversai l'appartamento e il corridoio fino a casa mia sognando a occhi aperti.

Speranza. Per la prima volta in moltissimo tempo avevo una speranza concreta.

Lily e West stavano ancora dormendo, e io mi preparai per andare a lavorare. Mi feci una doccia, mi rasai e vestii senza smettere di sorridere. La sensazione di stringere Rose tra le mie braccia, di sentire il suo profumo era ancora vivida. Quell'assaggio non era abbastanza. Volevo di più.

Lei era la sola donna che mi facesse lo stesso effetto di una droga.

L'entusiasmo non mi aveva lasciato quando arrivai al Tonic, sentendomi invincibile. Ed era così evidente che appena varcai la porta del negozio Joel mi guardò come se mi fosse spuntata un'altra gamba.

«Hai dormito bene, Tricky?».

Sorrisi e andai alla cassa. «Puoi dirlo forte».

Mi studiò, sorridendo. «Non l'hai fatto».

«Non l'ho fatto. Ma sono tornato in pista».

Scoppiò a ridere. «Be', pensa un po'. L'hai baciata?»

«No».

Fece una mezza risata. «Non mi sembra che tu sia tornato *così tanto* in pista».

Schioccai le dita e gliele puntai contro. «Ma è questo il punto, Joel. Quando si tratta di Rose, lento e costante è l'unico modo».

«Be'», mi disse con un tono da "so tutto io" appoggiando le mani sulla cassa, «se non l'hai nemmeno baciata, allora dimmi… come hai fatto a riconquistarla?»

«Devo ringraziare Max. Se non si fosse messo a scopare Ellie sul divano di Rose, non avrei potuto insistere per dormire nel suo letto».

Joel fece una risata fragorosa. «Non ha accettato».

«Oh, sì invece. E quando mi sono svegliato stamattina…», sospirai. «Eravamo avvinghiati, e in qualche modo l'ho convinta a lasciarmi dormire nel suo letto in futuro».

Scosse la testa, divertito. «Non ho parole. Furbastro».

Sollevai le mani sulla difensiva. «Ehi, non le ho detto niente che non sia vero. Da un lato, non voglio dormire ancora sul divano. Dall'altro, non voglio dormire nel mio appartamento. Semplicemente non ho menzionato che voglio *davvero* dormire con lei».

Lui ridacchiò.

«Le ho detto che non l'avrei toccata, però, e lo farò. Per

ora. Dovrà essere lei a fare la prima mossa. Forse la spingerò un po', ma penso che lo farà. Davvero».

«Ti stai facendo strada come un cazzo di ninja dei sentimenti».

Feci spallucce. «Talenti nascosti».

Mi porse una mano, e io gli battei il cinque. «Be', buon per te, Tricky. Spero che funzioni».

E io sorrisi, immaginando quel giorno. «Lo spero anch'io».

18
Una giornata davvero no

Rose

Mi svegliai al suono di quei maledetti gatti mentre i miei sogni svanivano. Premetti il tasto posponi e mi seppellii sotto le coperte per altri nove minuti, inseguendo i sogni, cercando di tenerli stretti, il che era efficace più o meno come cercare di pescare a mani nude. Ricordai qualcosa di simile a una carriola piena di caramelle toffee, poi c'era Patrick che si spogliava. Oh, sorrisi tra me e me pensando alla parte in cui mi stringeva tra le sue braccia, come una gabbia calda, confortevole, meravigliosa.

Spalancai gli occhi.

Non era stato un sogno.

Mi tornò in mente tutto, e i sogni svanirono in un lampo mentre quello che era successo davvero mi si materializzava davanti.

Avevo accettato di farlo dormire nel mio letto.

Mi strofinai il viso. *Ma brava, Rose. Un casino di prima categoria.*

Era la peggiore idea possibile. Un errore tremendo. Il mio cervello stanco si affannò per cercare una via d'uscita, per annullare tutto, perché era impossibile che andasse a finire bene. Era già abbastanza complicato averlo nel mio appartamento, non parliamo di farlo dormire quasi nudo nel mio letto. Ogni notte.

Gemetti.

«Scema. Stupida scema».

Mi ricordai di tutto lo scotch che avevo bevuto e mi sentii un po' meglio. Ero ubriaca. Ecco tutto. Ero ubriaca, ed era il suo compleanno. E probabilmente non ero del tutto lucida quando avevo accettato di farlo restare. Era l'unica spiegazione sensata.

Ma non ero obbligata a lasciarlo dormire da me, anche se avevo accettato. Era il mio letto, dopotutto, e non pensavo che avrebbe insistito se mi fossi impuntata.

Dunque era deciso. Mi sarei alzata, sarei andata a lavorare e poi avrei detto a Patrick di levare le tende. O almeno di andarsene dalla mia stanza.

Il quel momento mi ricordai di Greg.

Presi il telefono e controllai i messaggi, ma non mi aveva scritto, il che mi provocò delle sensazioni contrastanti – ansia riguardo al perché, sollievo per il fatto che non mi infastidisse, dolore per il silenzio stampa, vergogna perché il mio ex aveva dormito nel mio letto, anche se tra noi non c'era stato niente a parte uno scambio di coccole in stato di incoscienza. La mia soluzione era scrivergli, cercare di essere affascinante e sperare di potergli parlare presto.

Rimasi distesa a letto al buio, fissando i miei messaggi e toccando lo schermo ogni minuto per evitare che si spegnesse mentre pensavo a qualcosa di intelligente da dire. Lo feci quattro o cinque volte prima che mi venisse in mente un messaggio decente.

“È una mia impressione o ieri sera c'era troppa gente?”.

Lo rilessi mordendomi il labbro prima di cliccare invio. Speravo che cogliesse il sarcasmo e non pensasse solo che ero strana. Poi passai qualche minuto a rimpiangere di non aver scritto qualcosa di normale tipo “Ehi”, o “Come va”, o "Mi dispiace di averti trascinato alla festa di compleanno del mio ex".

Esalai un respiro che mi fece vibrare le labbra, sentendomi a terra come un tappeto. Ma quando mi alzai, la testa mi esplose per il dolore, appena dietro gli occhi. Mi premetti una mano sugli occhi e mi vennero in mente due cose.

1) Quella mattina, quando avevo detto a Patrick che poteva restare, ero effettivamente ancora ubriaca, e...

2) Avevo bevuto molto più scotch di quanto avessi realizzato.

Fortunatamente, avevo raggiunto da anni il livello "Consumo di alcol: Esperta". Sarei sopravvissuta.

Quando mi alzai dal letto, feci una rapida valutazione delle mie condizioni fisiche. Lo stomaco era a posto, a parte qualche brontolio, ma niente che un antiacido non potesse risolvere. La testa era un problema, ma un po' di paracetamolo l'avrebbe sistemata. Mi sentivo soprattutto instupidita e irritabile, il che non era una novità e la sindrome premestruale di certo non aiutava.

Brontolando, andai in bagno a lavarmi il viso, poi tornai in camera e mi preparai per andare a lavoro. Controllai il telefono per vedere se Greg mi aveva risposto, ma niente. Non potevo biasimarlo dopo il messaggio assurdo che gli avevo mandato.

Brontolai ancora un po'.

Poco dopo, avevo applicato il mio trucco da cinque minuti, mi ero spazzolata i capelli, che erano ancora voluminosi dalla sera prima, e li avevo lavati con lo shampoo secco, e Greg non mi aveva ancora scritto. Quindi mi ficcai il telefono in tasca e cercai di non pensarci mentre afferravo la borsa e uscivo per affrontare la giornata con la luce del sole troppo forte.

Mentre mi dirigevo da Habits, mi sembrò che tutto andasse per il verso storto. I miei occhiali da sole non erano abbastanza scuri. La gente sorrideva troppo. Qualcuno di nome Greg non mi scriveva. Per strada mi fermai in un bar per prendere un caffè ed era così bollente che mi bruciai le papille gustative e mi ustionai il palato. Il dolce che avevo comprato era stantio, ma non escludo che avrebbe potuto avere un buon sapore, dopo l'effetto del caffè. Il colpo di grazia: quando infilai la mano in borsa per prendere il mio rossetto preferito, mi accorsi che c'era un buco nella fodera e il costoso tubetto era perso da qualche parte lì in mezzo. Non avevo neanche la forza di ripescarlo.

Quando entrai da Habits, la proprietaria, Sheila, mi sorrise con aria di scusa da un tavolo sul retro; era seduta di fronte a una ragazza che non avevo mai visto prima, minuta, con enormi occhi castani e lunghi capelli biondi. Sono sicura che fosse una ragazza gentile e adorabile, ma a quel punto la mia pazienza aveva raggiunto il livello di un cane rabbioso e, quando Sheila mi disse che era la nuova apprendista, mi ci volle tutta la forza di volontà in mio possesso per non esplodere.

Invece cercai di sorridere, anche se a denti stretti. Mi presentai a Bayleigh – insistette per sillabarmelo – e andai in ufficio, facendo del mio meglio per darmi una calmata e fallendo miseramente.

Stavo ficcando la mia borsa in uno degli armadietti quando entrò Sheila con aria dispiaciuta. «Ehi, Rosie. Mi dispiace prenderti alla sprovvista, ma Brent ha assunto Bayleigh ieri e le ha detto che avrebbe iniziato oggi».

«Tuo fratello non è brutto. Perché non riesce a trovarsi delle ragazze da scopare senza doverle per forza assumere?».

Sheila ridacchiò. «Lei sembra in gamba. Magari non sarà così male».

Le diedi un'occhiata. «Come Farrah o come si chiamava?»

«Phaedra. O Gina?»

«Uff, Gina. Il secondo giorno venne a lavorare sbronza e vomitò nella macchina del ghiaccio, cazzo. Dovetti pulirla nel bel mezzo dell'ora di punta».

Sheila rise mentre un brivido la attraversava.

«Di solito non durano neanche tre giorni».

«Lo so», disse con un cenno di comprensione. «Ma assecondami».

«Sheila, oggi non credo di avere la capacità di assecondare nessuno, ed è solo mezzogiorno».

Mi rivolse un sorriso rassicurante. «Be', resterò qui con te finché non arriverà Shelby alle cinque. E poi tocca a lei, okay?».

Era un accordo equo in cui potevo andarmene qualche ora prima del solito, perciò sospirai e cercai di sorridere. «Okay».

Ricambiò il sorriso. «Grazie. Allora, cosa c'è che non va?».

Sollevai un sopracciglio. «A parte dovermi alzare troppo presto?»

«Ehi», scherzò lei, «devi lavorare a mezzogiorno solo due volte al mese, ed è l'unico momento in cui possiamo stare insieme».

«Vero. Ieri notte c'è stato il compleanno di Tricky».

Lei spalancò gli occhi – sapeva tutto di, be', tutto. «Oh, sì. Shelby me l'aveva detto».

«Sì, ed è stato un casino perché, da perfetta idiota, ho portato un ragazzo».

«Oh, Dio».

«E poi ho permesso a Tricky di dormire nel mio letto».

Lei strabuzzò gli occhi. «*Oh, Dio*».

«Già. Una cretina al cento per cento. E adesso ho i postumi della sbornia, sono stanca e non sono dell'umore giusto per insegnare a *Bayleigh* come fare un Harvey Wallbanger».

«Be', ti farò andare via il prima possibile, e ti devo un favore. Okay?».

Agitai una mano. «Sì, non c'è problema. Andiamo».

E la giornata più lunga della storia iniziò.

Sheila aveva ragione: Bayleigh era in gamba e piena di entusiasmo, ma non aveva mai servito ai tavoli, per cui alla fine le dissi di limitarsi a guardare, in modo che io potessi sforzarmi di arrivare a fine giornata. Ma a quel punto il bar si riempì, e non di semplici bevitori di birra. Oh, no.

Prima ci fu un gruppo di nove ragazze che dovevano avere più o meno la mia età. Arrivarono alle due per l'happy hour con addosso vestiti costosi e labbra dalle linee troppo serie. Andai al loro tavolo sapendo esattamente quello che mi aspettava, e non mi delusero.

Sentii che parlavano di loro stesse come di "giovani professioniste" mentre prendevo le loro ordinazioni, che consistevano esclusivamente in stronzate tipo cosmopolitan e martini – una di loro mi chiese espressamente che raffreddassi il suo bicchiere di martini. Come se ci fosse un altro modo di fare un martini. Ordinarono tutte dei drink in bicchieri da martini che richiedevano l'utilizzo di uno shaker, a parte una che volle un margarita ghiacciato.

Di conseguenza mi stampai in faccia un finto sorriso e andai nel retro del bar, pensando all'ordine in cui avrei fatto i drink per sbrigarmi il più possibile – prima i martini, poi i cosmopolitan; il margarita poteva anche mettersi in fila – proprio mentre altre tre persone entravano e si sedevano al bancone. Mandai Bayleigh a prendere i loro ordini, e lei tornò portando la cattiva notizia che avevano ordinato un Old fashioned, un Alba tequila e un Kentucky Mule.

Chiesi all'universo dove cazzo fossero i gin tonic.

Feci un respiro profondo e mi misi all'opera, sistemando su un vassoio per Bayleigh i primi quattro drink della banda delle stronze. Lei lo sollevò e mi sorrise dolcemente, giurando che ce la poteva fare, e io guardai l'alcol ondeggiare nei bicchieri mentre se ne andava.

Appena spostò gli occhi dal vassoio per guardare il tavolo, lo rovesciò, e i quattro martini finirono a terra con uno schianto. L'intera tavolata mi lanciò un'occhiataccia. Una si guardò addirittura l'orologio alzando un sopracciglio.

Bayleigh si voltò verso di me con un'espressione di panico totale. Sono sicura che io fossi fredda come una statua di marmo.

«Vai a chiamare Sheila», le ordinai, e tornai al lavoro.

E la mia giornata continuò a quel modo. Almeno Sheila rimase ai tavoli per aiutarmi, lasciandomi dietro al bancone a preparare i drink, lontano dai clienti, il che era saggio. Molto saggio.

L'afflusso diminuì più o meno all'arrivo di Shelby, e Sheila mi liberò dalla dannazione con un abbraccio e uno shottino di tequila. Avevo la testa che non aveva smesso di pulsarmi con un dolore basso e sordo dietro gli occhi e sulla nuca, e se prima mi sentivo a terra come un tappeto, adesso ero davvero uno zerbino.

Buttai giù lo shottino come se fosse una medicina, e Bayleigh mi osservò prima di porgermi un lime. Lo rifiutai.

«Fico».

Mi sfuggì una risatina. «No, disperato. È stato un piacere conoscerti, Bayleigh. Mi dispiace di essere stata una stronza oggi. Vorrei dirti che di solito non è così, ma potrebbe rivelarsi una bugia».

Lei rise. «Non sei male. Ci vediamo».

Le rivolsi un sorriso, anche se stanco e spento, e poi mi

diressi verso il retro per prendere la mia roba. Uscendo mi resi conto che ero stata così impegnata che mi ero dimenticata di nuovo di Greg. Afferrai il telefono e controllai i messaggi.

Niente.

Corrugai la fronte. E poi presi la decisione, probabilmente incauta, di andare a parlargli nel suo bar. Perché mettere la gente alle strette funziona sempre bene. Alzai gli occhi al cielo.

La verità era che avevo bisogno di chiarezza, e volevo scusarmi ancora. Dovevo farlo.

Quando aprii la porta del caffè in cui lavorava, ero nervosa e molto pessimista. Lui era dietro il bancone, e io gli sorrisi, sentendomi meglio per una frazione di secondo, finché lui non ricambiò il mio sorriso. Qualcosa non andava, ma mi avvicinai comunque… cos'altro potevo fare?

Feci del mio meglio per mostrarmi tranquilla e disinvolta, ovvero l'esatto opposto di come mi sentivo. «Ero nei paraggi e ho pensato di passare. Come va la tua giornata?».

Il suo viso era totalmente neutrale. «Bene», rispose. «Vuoi qualcosa da bere?»

«Mi giudicherai se prendo una cioccolata calda anche stavolta?».

Lui sorrise. «Mai. Nervosa?»

«Un po'», confessai. «Volevo parlarti, se hai un minuto».

«Certo. Siediti, ti porto la cioccolata».

Estrassi una banconota da dieci dollari dalla tasca e gliela porsi, ma lui non volle accettarla, per cui la infilai nel vaso delle mance e presi posto a un tavolino nel retro.

Qualche minuto dopo, Greg si sedette di fronte a me e mi passò il bicchiere di cartone facendolo scivolare sul tavolo.

«Grazie», dissi prendendolo tra le mani.

Mi osservò per un attimo. «Mi dispiace per essermela filata ieri sera. Ma ammetto che mi sentivo un po' fuori posto».

Annuii, sentendomi una stronza. «Dispiace anche a me. Non posso ripeterlo abbastanza».

«Tra il fatto che ti hanno trascinata per tutto il bar e la tensione tra te e il tuo ex, era un po' troppo per un secondo appuntamento. Mi piaci davvero, Rose. Mi sono divertito un sacco l'altro giorno. Ma sembra che tu abbia...», si strofinò la nuca, «... un po' di cose in sospeso. Non fraintendermi. Ce le hanno tutti. Ma le tue passano il tempo a casa tua e ti fissano dall'altra parte della stanza in un modo che mi mette a disagio».

Esalai un sospiro. «Mi dispiace tanto, Greg. La mia situazione è più complicata di quanto pensassi. Odio l'idea di averti fatto sentire così».

Ma lui sorrise. «Non starci male. Ti capisco. È solo che non voglio trovarmi in mezzo a quello che sta succedendo tra voi due».

Annuii, con la bocca così secca che avevo le labbra appiccicate. Bevvi un sorso di cioccolata calda, ma mi impastò la bocca come una colla. Non sapevo cosa dire. «Mi sento una vera stronza. Sono venuta a parlarti perché anche tu mi piaci molto».

Lui sorrise, ma con tristezza. «Dopo tutti gli appuntamenti di merda che ho avuto, sei stata una boccata d'aria fresca. Non sono arrabbiato, Rose. È solo che non sto cercando una relazione complicata».

«Sì, nemmeno io, ma continuo a finirci dentro».

«Be', se mai riuscissi a uscirne, chiamami».

Cercai di sorridere. «Grazie».

«Grazie per avermi ridato fiducia negli appuntamenti». Si alzò, e io feci lo stesso.

Strinsi forte il mio bicchiere di cartone. «Ci vediamo in giro, Greg».

«Stammi bene, Rose».

Uscii dal caffè tenendo la testa alta, imbarazzata e infastidita, e cercai di non mettermi a correre nonostante il desiderio di lasciarmi i rimpianti alle spalle.

Non avrei dovuto chiedergli di venire da Habits. Era troppo presto per sottoporlo a quel casino.

Avrei dovuto saperlo.

Buttai la cioccolata calda nel primo cestino che trovai mentre il mio imbarazzo ribolliva e gorgogliava fino a diventare caldo e fumante e pronto a esplodere.

19
Accordo 2.0

Rose

Camminai fino alla metropolitana con una sola parola in testa.

Patrick.

Erano passati sette mesi da quando ci eravamo lasciati, e lui era ancora talmente presente nella mia vita che non potevo neanche uscire con qualcun altro senza che tutto andasse a puttane. No, *chissà come* viveva a casa mia. Dormiva nel mio letto.

Scesi di corsa le scale e superai il tornello, cercando di ripercorrere le scelte che mi avevano portato al punto in cui mi trovavo mentre salivo sulla metro.

Solo che era iniziato tutto con una scelta che *non avevo* fatto io – era venuto a dormire di nascosto nel mio appartamento. In realtà, era iniziato perfino prima, quando lui *aveva scelto* di lasciarmi, e *aveva scelto* di sbattermi in faccia un'altra. Erano le *sue* scelte che ci avevano portati a questo punto, il che era esattamente il motivo per cui non sarebbe più stato con me.

Dentro di me, sapevo che non aveva cercato di manipolarmi intrufolandosi come un ladro. Sapevo quali erano le sue intenzioni. Sapevo che era più complicato di così, ma mentre viaggiavo nella metro affollata durante l'ora di punta, non mi importava.

Per quanto mi riguardava era tutta colpa sua.

Se solo mi avesse lasciato andare. Se solo avesse smesso di guardarmi a quel modo. Perché non poteva uscire con un'altra? Trovarsi una ragazza? Cioè, quante volte dovevo dirgli che non volevo rimettermi con lui prima che mi lasciasse in pace? La prima volta sarebbe dovuta bastare.

Gli avevo detto che avevamo chiuso, e l'avevo detto sul serio. Ma lui non mi ascoltava, non afferrava il concetto. E per questo, per la posizione in cui mi metteva ogni giorno mostrando chiaramente che mi desiderava, avevo perso un'opportunità con un ragazzo che avrebbe potuto essere perfetto.

La frustrazione mi infuriava dentro come una tempesta mentre scendevo dalla metro e salivo le scale, risalendo la Broadway fino al nostro palazzo.

Aprii la porta, e mi incupii ancora di più quando vidi Patrick seduto sul mio divano. Di nuovo.

Sbattei la porta più forte del necessario, e lui si voltò a guardarmi con un sopracciglio sollevato.

«Ehi. Com'è andata la tua giornata?», mi chiese con aria innocente. Avrei voluto dargli un pugno in gola.

«Bene», risposi netta e appoggiai la borsa sul tavolo della cucina. C'erano una ciotola nel lavandino e una pentola sul fornello, entrambe con degli spaghetti incollati ai bordi. «È roba tua?»

«Sì, scusa. Volevo pulire dopo».

Mi voltai, sapendo che i miei occhi erano come raggi mortali. Si fissarono sui suoi stivali appoggiati sul tavolino. «Leva i piedi dal mio tavolino».

Lui li tolse lentamente, senza staccare gli occhi dai miei. «Scusa. Lascia che lavi i piatti», disse alzandosi.

Avevo le guance in fiamme. «Cazzo, tu non vivi qui, Tricky. Ti ho detto dall'inizio che non volevo che andasse in questo modo, non volevo che stessi sempre qui, a lasciare la tua roba nel mio lavandino, a mettere le tue scarpe sporche sui miei mobili e il tuo spazzolino nel mio bagno».

Mi guardò socchiudendo gli occhi. «Okay, ma poi mi hai detto che *potevo* restare. Capisci benissimo perché non voglio tornare a casa mia».

«Sì, be', ho cambiato idea. Non posso gestire questa situazione, non posso averti qui, che dormi nel mio letto. Non posso, Tricky».

«Cos'è successo?», mi chiese a bassa voce.

Ero furiosa. «A parte che hai fatto scappare il ragazzo con cui ero venuta ieri sera? O che hai fatto venire Seth? Penso che mi abbia chiesto di uscire con lui, e non come amici, o almeno mi ha dato quell'impressione».

Il suo corpo si irrigidì.

«Sì. E anche Veronica è venuta a parlarmi. Non posso gestire questi casini, Tricky. Non posso. Devi tornare a casa tua».

Fece un passo verso di me con le spalle dritte e gli occhi ardenti.

Alzai le mani in segno di sconforto. «Smettila di guardarmi così, Patrick».

Fece un altro passo verso di me, guardandomi ancora più intensamente. «Così come?»

«Come se volessi divorarmi».

Un altro passo. «Smetto quando smetti tu». Le sue parole erano una promessa. Ancora un passo. Era a pochi centimetri da me, mi rubava il fiato.

«Non so di cosa stai parlando», sussurrai, senza staccare gli occhi dai suoi.

Mi infilò una mano nei capelli. «Penso che tu lo sappia».

«No, non lo so».

«Allora dimmi di andare via. Guardami negli occhi e dimmi di andarmene».

Esplorai il suo sguardo e aprii la bocca per parlare mentre i pensieri mi vorticavano nel cervello. Ma invece di dire quello che avrei dovuto, chiusi gli occhi e premetti le labbra contro le sue.

Nel momento in cui ci toccammo provai sollievo, un sollievo disperato mentre inspiravo con il naso, a occhi chiusi, il suo odore, senza sapere da dove venisse, e non me ne importava abbastanza da smettere. Le mie braccia si strinsero intorno al suo collo. La sua lingua oltrepassò le mie labbra e si intrecciò alla mia. Le sue mani mi scivolarono intorno alla vita, mentre i suoi fianchi mi premevano contro il ripiano e io lo attiravo il più vicino possibile, e sbattemmo contro gli armadietti con un tonfo.

Non ci disturbò.

Avvolsi le gambe intorno alla sua vita, e lui mi fece ruotare, bloccandomi al muro con i suoi fianchi, con una mano sulla mia coscia, l'altra appoggiata al muro mentre mi baciava così in profondità da togliermi l'ossigeno. Avevo la schiena addossata al muro, le mani che si affannavano ciecamente per trovare l'orlo della sua camicia. Non volevo smettere, non volevo pensare. Volevo solo la sua pelle, lo desideravo così tanto che il mio corpo mi doleva.

Mesi trascorsi a desiderarlo. Mesi trascorsi ad avere bisogno di lui.

Tutti i motivi che avevo per stargli lontana svanirono di colpo.

Era stata l'ultima persona a toccarmi così, e non aveva dimenticato nulla. Il modo in cui muoveva le labbra, la sua lingua contro la mia, le sue dita. Forse era istintivo, come se i nostri corpi fossero sintonizzati, perché neanch'io l'avevo dimenticato. Ma le ragioni non importavano in quel momento febbrile – mentre gli toglievo la camicia – né in quelli successivi.

Per un brevissimo istante, quando la camicia scivolò oltre la sua testa, Patrick si staccò da me, con la bocca socchiusa e le palpebre pesanti, ma le sue labbra tornarono a baciare le mie prima che la camicia toccasse il pavimento.

Mi fece girare di nuovo, e spostai il peso per restare aggrappata a lui, facendogli perdere l'equilibrio e sbattere contro il tavolo dell'ingresso. La lampada cadde con uno schianto lasciandoci nella penombra, ma me ne accorsi appena – ogni pensiero era concentrato sulla sua mano che risaliva fino alla mia vita. Si staccò dal muro e le nostre labbra rimasero unite mentre mi portava verso la mia camera, per poi fiondarsi sulla porta chiusa, contro la quale mi premette. La sua pelle era così calda, così morbida, e mi strinse la coscia con le dita, premendo il suo sesso duro contro di me quando flettè i fianchi. Gemetti nella sua bocca mentre la sua mano trovava la maniglia e la girava.

Strinsi le braccia intorno al suo collo, avvicinandomi a lui il più possibile, le nostre labbra unite in modo indissolubile. Chiuse la porta con un calcio, e in tre passi mi stava adagiando sul letto. Le mie mani trovarono il bordo dei suoi jeans. Il cuore mi batteva così forte da farmi male mentre lui si spostava per togliersi gli stivali. Feci lo stesso quando mi sfilò la camicia e la lanciò via, e i nostri occhi si abbassarono a guardarci, come se ci stessimo divorando. Ammirai i tatuaggi che gli riempivano il petto, sfiorandogli la vita fino ai bottoni, e tornai a guardarlo negli occhi mentre infilavo le mani dentro i pantaloni e avvolgevo le dita intorno alla sua erezione.

Le sue palpebre tremolarono e gli sfuggì un sospiro pesante mentre piegava i fianchi, spingendosi nel mio palmo.

Inspirò, e poi mi trascinò in un bacio caldo e umido, le labbra gonfie.

Mi era mancato così tanto. Troppo.

Si liberò in fretta dei miei vestiti, prima infilando una mano sotto la mia schiena per sganciarmi il reggiseno più velocemente di quanto avrei potuto fare io, poi aprendomi i jeans, mentre io gli abbassavo i pantaloni oltre la curva del sedere.

Lo guardai indietreggiare, i suoi occhi scuri e profondi, fissi nei miei, mentre lasciava cadere a terra i pantaloni. E in un attimo era nudo di fronte a me, come avevo immaginato centinaia di volte. Mi sfilò i pantaloni in una frazione di secondo, e poi io allungai le braccia verso di lui, implorandolo di sbrigarsi prima che la ragione mi ritrovasse e potessi dire di no.

In quel momento non c'era niente che volessi più di lui. Solo lui.

Le mie mani trovarono di nuovo la sua erezione e con il pollice gli sfiorai il glande, risalendo l'asta e toccando il piercing, e ricordai la sensazione che avrei provato ad averlo dentro di me. Il mio corpo si contrasse al pensiero. Le sue dita mi risalirono la coscia, mi presero le mutandine e le abbassarono mentre si leccava le labbra e trascinava il suo polpastrello caldo sulla mia fessura umida.

Sussultai.

«Sì», gli sussurrai, e lui mi baciò il labbro inferiore, mordendolo delicatamente, e mi fece scivolare il dito dentro.

I miei fianchi si contrassero contro di lui. Mi penetrò con un altro dito, curvandolo e toccandomi con tutta la mano.

Non riuscivo a tenere gli occhi aperti, a pensare, a respirare, mentre lui accarezzava il mio corpo come se fosse suo.

Mi contrassi attorno alle sue dita dentro di me, muovendo violentemente i fianchi. Ero vicina, così vicina. E poi le dita se ne andarono.

«Non ancora», mi sussurrò, allungandosi verso il comodino mentre io ansimavo, bloccata sotto di lui. Sentii la sua punta contro di me e gemetti, muovendo i fianchi per obbligarlo a entrare. Baciò le mie labbra socchiuse e aprì l'involucro del preservativo. «Non ancora».

I miei occhi non volevano aprirsi, ma desideravo vederlo, quindi aprii a forza le palpebre per scorgere la sua nuca, la linea delle spalle e dei bicipiti, la sua mano che stringeva l'erezione per arrotolare il preservativo e poi appoggiare la punta su di me. Poi mi guardò, mentre mi cingeva il collo, e la mia mano trovò la sua mascella, e le nostre labbra si incontrarono ancora una volta nell'esatto momento in cui piegò i fianchi fino a riempirmi completamente.

Dimenticatevi il prima o il dopo. In quell'istante eravamo perfetti e completi.

Mi strinse il fianco con una mano per tenermi ferma mentre usciva lentamente e poi tornava dentro con forza. E ancora. Ancora e ancora. Le sue mani erano sui miei seni, nei miei capelli, e bloccavano le mie sopra la testa. Non potevo muovermi. Non volevo farlo.

«Più forte».

Le sue dita si strinsero intorno ai miei polsi, e la mano sul fianco era serrata mentre il suo corpo mi dava quello di cui avevo bisogno. E quando aprii gli occhi e lo vidi sopra di me – gli occhi scuri, le labbra turgide, la linea della mascella – persi il controllo del mio corpo, e il mio collo si rovesciò all'indietro in un arco mentre inspiravo e trattenevo il fiato. Il mio cuore si fermò, ricominciando a battere con un tonfo, e pulsai intorno a lui stringendolo e lasciandomi andare.

Lui mi seguì subito, baciandomi una volta, in profondità

e in modo possessivo, prima di prendersi ciò di cui aveva bisogno. Una spinta profonda, i muscoli contratti mentre un debole grido gli sfuggiva dalle labbra, e il suo corpo che oscillava, riempiendomi il più possibile, come se con quell'azione volesse dichiarare il suo possesso. Come se io potessi appartenere a qualcun altro.

Quando rallentò, mi crollò sopra, nascondendo il viso nel mio collo e liberandomi le mani. Lo cullai tra le mie braccia, troppo ubriaca della sua presenza per pensare. Quei pochi minuti, prima che la mente riprendesse il controllo, erano un limbo glorioso. Ma quando lo fece, avvertii il cambiamento, il muro che si innalzava più alto tra noi, con filo spinato e vetri rotti in cima.

Lui si sollevò sugli avambracci e mi guardò, le mani nei miei capelli.

La mia voce era roca. «È stato…».

«Lo so», disse accarezzandomi una guancia con il pollice.

«Non cambia niente», dissi, desiderando che fosse la verità.

I suoi occhi erano fissi sulle mie labbra. «Lo so».

E poi pronunciai le parole che sarebbero state il mio colpo di grazia, allontanando le mie paure con finta spavalderia perché avevo bisogno di lui. Di quello, almeno, ero certa. E potevo averlo, anche solo per un istante. Un istante che avrei fatto durare il più a lungo possibile.

«Possiamo farlo di nuovo?».

Lui sorrise e incontrò il mio sguardo. «Assolutamente».

20
Lasciarsi andare

Patrick

Mi svegliai con Rose tra le braccia per il secondo giorno di fila.

Qualsiasi magia stesse alimentando la mia fortuna, speravo solo che non si esaurisse.

Avevo gli occhi chiusi ed eravamo distesi al buio, la sua schiena premuta contro il mio petto, il mio braccio tra i suoi seni e il suo avambraccio. Le nostre mani strette si spostavano leggermente seguendo i suoi respiri.

Era presto – la mia sveglia non aveva ancora suonato – ma sapevo che non mi sarei riaddormentato. La differenza tra questa mattina e quella precedente si rispecchiava nella mia mente.

Dalle paure e speranze di ieri, al momento in cui sapevo che non si sarebbe allontanata al suo risveglio. Non mi avrebbe detto di no. Per ora, almeno.

Mi tornò alla mente la notte appena trascorsa, e sorrisi, assaporando il dolce bruciore di quel ricordo come il primo sorso di whisky dopo una lunga giornata solitaria.

Il bacio – quel primo bacio, quando aveva chiuso gli occhi e si era concessa a me – era stato esattamente come sapevo sarebbe stato. Mi ero avvicinato a lei consapevole del rischio, ma nei suoi occhi avevo visto che non voleva che mi fermassi più di quanto non lo volessi io. Invece di dirmi di andarmene, mi aveva dato quel bacio, che apriva la finestra socchiusa abbastanza perché io potessi entrare.

C'era una parte di me che si chiedeva quanto sarebbe durato. Il resto di me diceva a quella parte di tacere e lasciarsi andare.

Molto tempo dopo, quando mi ero finalmente convinto ad alzarmi, le baciai la curva del collo uscendo dal letto. Lei si mosse e fece un mormorio.

«A dopo, Rosie», sussurrai, e lei mi baciò le dita prima di lasciarmi la mano e tornare a dormire.

Uscii dal suo letto caldo, mi vestii e presi il telefono prima di uscire dalla stanza, cercando di tenere a bada il mio sorriso. Per terra c'era ancora la lampada rotta, l'unica parte intatta era il paralume. Spazzai tutto e lo gettai mentre Valentino mi osservava con la coda avvolta intorno alle zampe posteriori, intento a leccarsi una zampa come un principe. Poi le preparai la macchinetta del caffè, lasciando un post-it sul pulsante di accensione.

"Buona giornata, Rosie. Patrick".

Quando me ne andai l'appartamento era silenzioso – la porta della stanza di Lily aperta ed Ellie assente – così come il corridoio, anche se i miei pensieri urlavano il nome di Rose.

Aprii la porta di casa e trovai West allungato sul divano a leggere. «Ehi».

«Ehi», dissi chiudendo la porta.

Fu sufficiente quella parola. Mi guardò con un'espressione sconvolta. «Cos'è successo?».

Il mio sorriso si allargò ancora di più. «Rose».

Ancora più sconvolto. «Rose?».

Sorrisi.

West sbatté le palpebre. «Come cazzo è successo?».

Non volevo sedermi, non volevo smettere di muovermi,

quindi preparai il caffè. L'energia che mi vibrava dentro era talmente diversa da quella di ieri: invece di essere su di giri perché mi chiedevo cosa significasse quello che era successo, mi sentivo sicuro. Tranquillo. Adesso l'unica domanda era quando l'avrei rivista.

Gettai il caffè vecchio e riempii la caraffa. «Ieri è tornata a casa dal lavoro incazzata. Veramente incazzata. Ha iniziato a urlarmi contro appena entrata in casa, mi ha detto che non potevo più restare». Mentre parlavo versai l'acqua nel serbatoio e ricaricai i filtri e il caffè, per poi accendere la macchinetta.

«E poi?». Si alzò a sedere e appoggiò il libro sul tavolino.

La macchinetta iniziò a scoppiettare mentre attraversavo la cucina e mi sedevo sulla poltrona. «E poi mi sono buttato. Stavo per baciarla, ma lei è stata più veloce». Scossi la testa sorridendo mentre mi strofinavo la mascella. «Poi mi ha tolto la camicia, e poco dopo eravamo a letto. Giuro, pensavo che prima o poi mi avrebbe fermato, ma non l'ha fatto».

Si grattò la barba. «Cosa significa?».

Scrollai le spalle, scuotendo di nuovo la testa. «Lei ha detto che non vuol dire niente. Non sono sicuro se crederle. Non sono nemmeno sicuro che ci creda lei».

«E per te?», mi chiese.

«Accetterò quello che arriva. Non so cosa significa, e non ho bisogno di saperlo. Per ora, almeno. Quindi prenderò un giorno alla volta».

West sorrise. «Sapevo che se uno di voi due avesse fatto qualcosa, sareste tornati insieme».

«Ehi, aspetta. Nessuno dice che stiamo insieme. Non ci conto, è ancora troppo presto. Chissà. Rose potrebbe passare la giornata a dare di matto e accusarmi di nuovo stasera».

Si appoggiò allo schienale del divano e si intrecciò le dita dietro alla testa. «Non lo farà».

Io ridacchiai. «Se lo dici tu».

«Sì, lo dico io. Vi abbiamo osservato per mesi. Rose può dire quanto vuole che non le interessi, ma è una bugia».

«Perché lei non *vuole* interessarsi a me. È quello il problema, ed è esattamente il motivo per cui non mi sto facendo illusioni, ma mi sento bene per la prima volta in tantissimo tempo. Anche se è solo temporaneo, cavalco l'onda finché non passa».

«Be', se vuoi la mia opinione, c'era da aspettarselo. Spero che questa volta non sia una cosa temporanea. Spero che sia la volta buona per voi».

Sospirai, sorridendo, immaginando che fosse vero solo per un attimo prima di ritornare alla realtà. «Sarebbe bello».

Rose

Mi svegliai prima che suonasse la sveglia, girandomi nell'oscurità, anche se mi rannicchiai sotto la coperta perché non ero ancora pronta ad affrontare il mondo freddo fuori dal mio letto. Ero più rilassata e soddisfatta di quanto non fossi stata da una vita.

La mia mente si attivò con un gemito e ricordai la notte frammento dopo frammento, bacio dopo bacio. Un sorriso mi spuntò sulle labbra.

Cosa stai facendo, Rose?

Non ero nemmeno sicura di come fosse successo. Avrei voluto dargli fuoco, e un attimo dopo invece era stato lui a darmi fuoco.

Era da mesi che si stava preparando, probabilmente:

un'esplosione inevitabile dopo aver passato tutto quel tempo in una pentola a pressione con lui. Era esattamente quello di cui avevo avuto paura quando aveva iniziato a dormire a casa mia. Adesso avevamo superato un confine, e probabilmente non era più possibile tornare indietro.

L'unica cosa che mi sorprese fu quanto poco lo rimpiangessi.

Da quando ci eravamo lasciati combattevo ogni giorno contro quello che provavo per lui, e adesso ero finalmente libera. Come se prima stessi affogando, e scalciassi e mi agitassi per raggiungere la superficie, ma solo ora che mi ero lasciata andare ed ero sprofondata tra le sue braccia buie avevo trovato la pace. Ed era esattamente così che mi sentivo: in pace. Come se tutto avrebbe trovato il suo posto.

Mi sentivo più completa di quanto fossi mai stata da quando lui mi aveva lasciata.

Il dolore di quel ricordo si mosse dentro di me, ricordandomi che lui era pericoloso. Ricordandomi di tenerlo lontano.

Quando gli avevo detto che non era cambiato niente, mi aveva detto che lo sapeva, e di conseguenza aveva accettato di non cambiare la situazione: io non ero sua, e non eravamo tornati insieme. Fuori dalla comodità della mia stanza e del mio letto, almeno.

Quei limiti mi avrebbero tenuta al sicuro, insieme alla consapevolezza che era solo una cosa temporanea. Che io avevo un minimo di controllo.

Prima o poi avremmo dovuto discuterne, ma per adesso non volevo risposte. L'ultima volta le aspettative ci avevano ucciso, quindi forse il segreto era non parlarne. Non parlarne mai, per quello che mi riguardava, anche se era poco realistico.

Se non complicavamo le cose, forse non si sarebbe spaventato e non sarebbe scappato. Non se ne sarebbe andato.

Accesi la luce e scesi dal letto, andando verso il salotto in cerca di caffeina.

Ellie mi rivolse uno sguardo malizioso dal tavolo della cucina, i capelli legati in uno chignon rosso in cima alla testa. «Ma buongiorno, Rosie. Come hai dormito?». Si ficcò una cucchiaiata di cereali in bocca.

Sapeva tutto. Sospirai. «Bene».

Lei fece una mezza risata. «Ah. Ci scommetto».

Quando allungai la mano verso la caffettiera, sorrisi e staccai il post-it che mi aveva lasciato, scritto in stampatello, con gli occhi che indugiavano sul suo nome. "Patrick". Non l'avevo quasi più chiamato così da quando ci eravamo lasciati. Chiamarlo Tricky era un modo semplice per fare una distinzione concreta tra l'uomo che desideravo e quello che odiavo. Schiacciai il bottone e sospirai. «Forza. Dimmi quello che devi».

Lei fece una risatina. «Non posso crederci che te lo sei scopato, Rose!»

«Come fai a sapere che me lo sono scopato?». Incrociai le braccia sul petto e sollevai un sopracciglio.

Ellie alzò gli occhi al cielo. «Per piacere. Guardati. Hai la faccia di una che ha scopato. In ogni caso, non è come se non ce l'aspettassimo tutti».

Lily spalancò la porta d'ingresso con le guance arrossate e gli occhi scintillanti. «Sputa il rospo, Rose».

Lanciai un'occhiataccia a Ellie, che fece spallucce. «Le ho mandato un messaggio».

«Vedo». Mi sedetti. «Va bene. Dai. Parliamone».

Lily si sedette e si appoggiò al tavolo, assolutamente estasiata. «Dimmi tutto».

Feci un respiro profondo e dissi, semplicemente: «Sono andata a letto con Tricky, ed è stato fantastico».

Lei mi guardò sbattendo le palpebre. «Cosa vuol dire? Come hai...?»

«Be', vedi, ha messo il suo pene nella mia va...».

Strinse le labbra. «Lo so come funziona, Rose. Voglio sapere come siete passati dal parlarvi a stento a fare sesso».

Scrollai le spalle. «Gli stavo urlando contro, e lui mi ha chiuso la bocca con il suo cazzo».

Ellie scoppiò a ridere.

Lily alzò gli occhi al cielo, ma rise anche lei. «Sei tremendamente sfacciata, considerando tutto».

«Tutto cosa?».

Lei scosse la testa, studiandomi. Penso che approvasse, anche se era confusa. «Sul serio, che cosa ti è successo?».

Ellie sogghignò e sollevò le ginocchia contro il petto. «Penso di saperlo. Un piccolo cazzo furbo».

Mi sfuggì una risata. «Non lo chiamerei piccolo, ma sì».

Lily mi studiò. «Sono un po' preoccupata per il fatto che non stai prendendo sul serio quello che è successo. Devo ammetterlo, pensavo che saresti stata più agitata dopo aver fatto sesso con *Patrick*. Cioè, Rose. È *Patrick*».

«Sì, be'». Il mio sorriso si spense. «Non so cos'altro fare». Mi alzai e mi versai il caffè in modo da non dover guardare Lily, preparando una tazza anche per lei. «Ho ricominciato a frequentare dei ragazzi, ma è andata da schifo. Non facevo sesso da un sacco, e posso resistere a Tricky per un tempo limitato, capisci? Con il fatto che abita qui...». Aggiunsi un cucchiaino di zucchero e lo mescolai. «Ho ceduto, penso. Ero stanca di lottare. E adesso, be', non posso tornare indietro, no?». Mi appoggiai allo schienale della sedia e le passai il suo caffè prima di scaldarmi le mani con la mia tazza. «Quindi sto accettando l'inevitabile. Sistemerò il casino in futuro».

«Be', io approvo», disse Lily con un piccolo cenno della testa, e prese il caffè.

«Sul serio?», le chiesi, sconcertata.

«Forse è così che potete sistemare le cose».

Sollevai un sopracciglio. «Senza sistemare niente? Continuando a guidare anche se abbiamo una ruota a terra finché il cerchione è storto? Perfino io so che non è una buona idea».

Ma Lily alzò le spalle. «Forse. O forse avete solo guidato su un terreno sconnesso e la ruota è a posto».

«Ah. Improbabile, ma è un pensiero carino». Bevvi un sorso di caffè.

«Sul serio. Se vi veniste incontro, sarebbe tutto risolto».

Aggrottai la fronte. «Non è giusto. Voi ne parlate come se il nostro comportamento fosse irrazionale, ma ci sono dei motivi dietro a tutte le decisioni che abbiamo preso. Non è semplice come vi piace pensare».

La sua espressione si addolcì. «No, lo so. Vogliamo solo che torniate insieme e che stiate bene. Da soli siete infelici, e non è facile vedervi così. Quindi sono contenta che vi siate spogliati».

Ellie annuì mentre masticava e mandava giù la sua colazione. «Io approvo sempre il fatto di spogliarsi».

Ridacchiai e bevvi un sorso di caffè. «Come se non lo sapessi».

Lei ammiccò con le sue sopracciglia color rame.

«Quindi come va con Max?», le chiesi.

Si illuminò. «È semplicemente fantastico, fine». Mise il cucchiaio nella ciotola e mescolò distrattamente il contenuto. «A letto è fenomenale, ma è anche dolce e divertente. In più, Valentino lo adora, e pensa che sia meglio di *chiunque altro*».

Quando lo nominò, il gigantesco gatto nero saltò sul

ripiano della cucina e lo attraversò, posando una zampa bianca davanti all'altra, la testa alta come se ci stesse dicendo esattamente quello che pensava riguardo alle nostre regole sui posti in cui lui poteva e non poteva andare.

«Comunque», continuò Ellie, «oggi vado a trovarlo al negozio. Dovreste venire con me». Mangiò un boccone di cereali.

«Vai per pranzo?», le chiesi.

Lei scosse la testa mandando giù. «No, a farmi fare dei piercing sui capezzoli».

Lily si soffocò bevendo il caffè, poi scoppiò a ridere insieme a me.

«Oh, mio Dio, El».

«Non capisco quale sia il problema», disse alzando le spalle e continuando a mangiare.

«Nessuno», rispose Lily. «È divertente vedere che non te ne frega niente di quello che pensa la gente».

«Pazienza. La vita è troppo corta per soddisfare le aspettative di qualcun altro. Io non ho segreti, e mi piace così. Prendere o lasciare, stronzi!», si vantò con l'universo. «Comunque, dovreste davvero venire».

Lily bevve un sorso di caffè. «Non posso. Io e West andiamo in biblioteca».

Ellie rise. «Ooh, un appuntamento piccante. Fatevi una scopata nel reparto romanzi erotici per me, okay?».

Ridacchiai e alzai gli occhi al cielo. «Non sfidarla. Potrebbe farlo. Per di più, hanno scopato dappertutto».

«Ehi», disse Lily, fingendosi offesa. «Sempre, non dappertutto. È diverso».

«Dillo a Patrick».

Arrossì sorridendo. «Sembra che adesso sia impegnato, in ogni caso».

«Sembra di sì». Bevvi timidamente e mi voltai verso Ellie. «Vengo con te, El. Però alle sei devo andare al lavoro».

Lei si illuminò. «Ooh, dovresti farteli anche tu».

Sollevai una mano. «Passo».

«Max dice che non fa tanto male».

«Gli credo sulla parola».

Ellie ridacchiò e prese il telefono. «Dirò a Max che stiamo arrivando. Dopo potremmo pranzare tutti insieme».

«Certo, se non sarai svenuta», scherzai. «Se non altro, berremmo qualcosa. È possibile che tu ne abbia bisogno».

Lei fece una risatina. «Probabile». Il suo telefono vibrò, e lei diede un'occhiata allo schermo. «Max dice che Tricky ha una faccia come se avesse vinto alla lotteria».

«Ci scommetto», disse Lily.

Io sorrisi. «Non posso negare di essere un buon partito. Vediamo se stavolta riesce a tenermi stretta».

21
Aghi e spilli

Rose

Quel pomeriggio stavamo camminando verso il Tonic sotto lo splendido sole estivo, quando lanciai un'occhiata a Ellie. «Nervosa?».

Lei scrollò le spalle e si allontanò i capelli rossi dietro la spalla. «Non proprio. Mi sento abbastanza... non so, carica?».

Scendemmo dal marciapiede e attraversammo la strada insieme a un flusso di pedoni. «È l'adrenalina. Mi viene sempre prima di fare un tatuaggio. Ma dei piercing ai capezzoli? È tutta un'altra storia. Io sarei fuori di me».

«Penso *davvero* che dovresti farteli anche tu». Ammiccò.

«No, sono a posto».

«Scommetto che a Tricky piacerebbero», cercò di persuadermi con un tono speranzoso.

Sorrisi, immaginando la sua reazione se gli avessi detto che volevo farli. «Forse sì, ma sono troppo fifona per far avvicinare qualcuno con un ago ai miei capezzoli».

«Ma hai dei tatuaggi. Sono peggio, no?».

Alzai le spalle. «Non so. È diverso. Cioè, pizzica solo. Non ti accoltellano con un ago gigante, ti graffiano con uno minuscolo».

«Max mi ha detto che fa male solo per un secondo. Scommetto che è un secondo lungo un'eternità, ma comunque». Si illuminò. «Tricky ha dei piercing sui capezzoli?».

Mi inumidii le labbra e le spinsi all'infuori. «Mmh-mm».

«Qualcos'altro?».

Mi guardai le scarpe sorridendo mentre salivo sul marciapiede. «Mmh-mm».

Lei fece una risatina. «Dimmi che ne ha uno sul cazzo, ti prego».

«Ne ha uno sul cazzo, ti prego».

Ellie strillò. «Oh, mio Dio. Me ne ero dimenticata. Mi sono sempre chiesta come sia».

«Uh, fantastico. Ovvio». Sollevai gli occhi al cielo, scherzando.

Era entusiasta, con gli occhi spalancati e sorridenti. «Non ha niente di fuori di testa però, vero? Tipo un "frenum ladder"? Non riesco a immaginare come sia farsi un piercing lì, non parliamo di otto. E non solo perché io non ho l'uccello».

«Si chiama "dolphin". È come un "prince albert" ma con una barretta più lunga, perciò passa sotto il glande lungo l'asta per circa cinque centimetri».

«Cazzo». Rabbrividì, non so se fosse perché si immaginava il dolore o perché pensava a quanto fosse sexy. Forse entrambe le cose. «Ugh, ma me lo posso immaginare. Ha un bel cazzo?».

Risi. «Dio, Ellie».

«Cosa? Non sono riuscita a vederlo quando l'hai beccato in doccia. Fidati, ci ho provato. In ogni caso, tra di loro le cugine non si permettono di farsi cazzi brutti, con o senza piercing».

Sospirai. «No, è praticamente un'opera d'arte, come il resto del suo corpo».

«È più divertente fare pompini con il piercing?»

«Certo. Ci sono un sacco di cose che puoi *fare*».

Lei rise. «Non ho mai capito le ragazze che rompono le

palle sui pompini. Se non ti piace farli, vuol dire che non li stai facendo bene».

Sollevai le mani al cielo. «Parole sante».

«Cioè, immagino che la maggior parte degli uomini non vogliano fottere una bocca annoiata. Pensaci: è l'equivalente di uno che ti dà due o tre leccate prima di ficcarti dentro l'uccello. Terribile! Devi mollarlo subito. Invece devi andare lì e farlo strano. Cioè, non troppo strano, ma sai cosa voglio dire. Se piace a te, piace anche a loro».

«Pompini: le basi».

Annuì con serietà. «Dovrei dare delle lezioni».

Sghignazzai. «Se c'è un problema di pulizia, non è bello. Devi lavarti le palle, amico. E se hai dei peli lunghi dieci centimetri, non mi verrà voglia di scalare la tua torre. Fai un po' di manutenzione. Non troppa, perché sono strani anche i cazzi senza peli. Ma una spuntatina fa miracoli».

«Penso che per gli uomini valga la stessa cosa, però. E la nostra passera può essere molto più sgradevole. A volte non piace neanche a me».

«Non è giusto, vero?»

«Vaffanculo, natura!», gridò, e la signora di fronte a noi ci lanciò un'occhiataccia oltre la spalla.

Scoppiammo a ridere.

Aprii la porta del Tonic, e fummo accolte dalla chitarra dei Death From Above 1979. La voce del cantante trasudava sesso. Su un gelato. Ricoperto di cioccolato.

Avevo sempre amato il negozio: sembrava buio e vecchio ma allo stesso tempo moderno, vagamente inquietante. Gli specchi erano tutti antichi e con delle macchie vicine ai bordi. C'erano persino una teca con dentro piccoli teschi di animali e una tavola Ouija appesa al muro. La zona d'attesa era piena di mobili dell'Ottocento dipinti con teschi e farfalle che sembravano vecchi intagli nel legno. E c'era sempre un leggero profumo di spezie, di cardamomo e anice, forse con un pizzico di arancia. Non so che razza di miscuglio da strega avesse creato Joel, ma avrebbe dovuto imbottigliarlo e venderlo.

Max si alzò dalla sua postazione verso il retro del salone, ed Ellie ridacchiò e corse da lui, saltandogli tra le braccia e avvolgendogli le gambe intorno alla vita. Seguì un'intensa slinguazzata, e io scossi la testa, sorridendo mentre guardavo Joel che rideva.

«Ehi, Rosie». Uscì da dietro il bancone e mi abbracciò. «Due volte in una sola settimana. Come mai sono così fortunato?».

Ridacchiai e lo strinsi forte. O almeno ci provai. Era un enorme boscaiolo, con il torace largo e tutto. «Ehi, Joel».

Patrick si alzò, avvicinandosi con un sorriso. «Ehi». Si fermò vicino a me, e io lo guardai, sbalordita, aspettando che mi baciasse.

Mi diede un'occhiata alle labbra e se le inumidì con la punta della lingua, tornando a guardarmi negli occhi mentre si allontanava. Ma mi rivolse un sorriso che mi disse molte cose.

Di sicuro il mio sorriso era identico.

«Ehi», dissi.

«Sei qui per i piercing di Ellie?»

«Non potevo lasciarglielo fare senza un sostegno morale. Ha cercato di convincere anche me a farli, ma mi rifiuto di farmi sfiorare dagli aghi da piercing».

Lui ridacchiò.

«Come stai oggi?»

«Meglio, adesso».

Sorrisi e guardai da un'altra parte, senza sapere come rispondere. Ero stravolta e mi sentivo come se non fossi dovuta venire, ma allo stesso tempo volevo toccarlo, baciarlo, fare qualcosa per fargli capire che la sera prima dicevo sul serio. Che per il momento non avrei detto "Basta".

I piedi di Ellie tornarono a toccare il pavimento, e si sistemò la gonna, sorridendomi. «Vuoi venire nel retro con me?»

«Tu vuoi che venga?».

Arricciò il naso. «Diciamo di sì».

«Allora vengo». Sorrisi a Patrick. «Augurami buona fortuna».

«Buona fortuna», disse con un sorrisino.

Seguii Ellie e Max in una delle stanze sul retro e mi chiusi la porta alle spalle. Le stanze somigliavano a una specie di camera delle torture vittoriana: pareti di velluto viola damascato, attrezzature interamente nere, perfino il vassoio, che era coperto di strumenti avvolti nella plastica ed era vicino al tavolo imbottito di pelle rosso sangue.

«Okay, tesoro. Salta su e togliti la camicia». Max diede un colpetto sul sedile, ed Ellie ubbidì con le guance rosa e degli occhi da cerbiatta, sfilandosi la camicia e togliendosi il reggiseno, per poi lanciarli senza la minima esitazione su una sedia in un angolo. Lui si lavò le mani, si infilò i guanti in lattice neri e afferrò un pennarello indelebile con espressione molto seria mentre esaminava i capezzoli e segnava dove avrebbe fatto i piercing.

La stanza era silenziosa, e io fissai il motivo sul muro per evitare di mettermi a fissare *anch'io* i suoi capezzoli.

Max si voltò e diede un'occhiata al muro a specchio. «Come ti sembra?».

Ellie inclinò la testa, spostando le spalle per guardare meglio. «Uh, non lo so. Penso che vada bene».

Lui sorrise. «Saranno perfetti. Stenditi».

Lei arrossì, e allungò la mano verso di me. Cercai di guardarla negli occhi.

Cosa? Ellie ha delle tette fantastiche. In più, è impossibile *non* guardare quando una donna ha le poppe di fuori. È un dato di fatto.

Max ritornò con una pinza enorme. «Okay, questo sarà quasi peggio dell'ago. Sei pronta?».

Lei mi strinse la mano, mentre un barlume di preoccupazione le attraversava il viso. Annuì.

Lui aprì le pinze mostruose e allineò i segni ai buchi. «Fai un bel respiro, El».

Lei lo fece, ma il suo viso sbiancò appena lui chiuse la pinza, stritolandole un capezzolo finché non perse completamente il suo aspetto originario.

«Brava ragazza. Tutto okay?»

«Mmh-mm», fu tutto quello che riuscì a pigolare.

«Rose, puoi tenerle?». Indicò i manici della pinza da cui sfilò le dita.

«Uh…»

«Solo per un secondo. Ecco».

Infilai le dita mentre lui la lasciava andare. Eccomi lì, con in mano una pinza che stringeva il capezzolo di mia cugina nella stanza sul retro di un negozio di tatuaggi.

Mi sentii un po' stordita quando si voltò con un gigantesco ago cavo.

C'era un motivo per cui io non avevo nessun piercing.

Max si abbassò al livello della pinza, controllando un'altra volta che fosse dritta prima di riprenderla.

«Okay. Fai due o tre respiri profondi, e continua a guardare il soffitto. Sei pronta?»

«No, ma fallo comunque», disse lei.

Lui sorrise. «Brava la mia ragazza. Okay. Uno… due… tre».

Ellie mi stritolò la mano e io abbassai lo sguardo, il che fu un errore. Avevo gli occhi spalancati mentre lo guardavo infilare l'ago enorme nel capezzolo. Il sangue le colò sul seno.

Avevo caldo, tantissimo caldo. Il sudore mi scendeva lungo la schiena e avevo il viso che mi formicolava. «Non mi sento molto bene», borbottai, mentre la stanza si offuscava.

«Oh, cazzo. *Tricky!*», sentii che urlava Max mentre la mia vista si annebbiava, e un paio di braccia forti mi afferrarono prima che cadessi a terra come un sacco di patate.

Rose

Quando mi svegliai pochi minuti dopo, la prima cosa che vidi fu il viso di Patrick, con le sopracciglia scure corrucciate e gli occhi azzurri che ardevano per la preoccupazione. Ero distesa sulla sua sedia e avevo la testa che mi girava. C'era qualcosa di freddo premuto sulla mia nuca, il che mi sembrò fantastico.

«Ehi», mi disse Patrick a bassa voce, sorridendomi. «Aspetta prima di alzarti».

«Sono svenuta».

«Esatto».

Sospirai, chiudendo gli occhi e muovendomi leggermente. «Sono la migliore».

Lui ridacchiò. «Non sei la prima a svenire. Succede ogni giorno».

Socchiusi un occhio e alzai un sopracciglio. «Sei mai svenuto facendoti fare un tatuaggio o un piercing?».

Fece un sorrisetto. «Mi piace guardare».

«Sei malato, lo sai vero?».

Mi porse una minuscola confezione di succo alla mela. «Tieni. Bevi questo. Ti farà sentire meglio».

Lo presi e ne bevvi un po' proprio mentre Ellie mi compariva di fianco, spalancando gli occhi. Mi toccò un braccio e mi osservò. «Oh, mio Dio, Rosie. Stai bene?».

Sorrisi. «Sto bene». Feci un cenno verso il suo petto: «E tu?»

«Cazzo, sì. Ma grazie a Dio Max ha preso la pinza prima che svenissi, perché non ti avrei mai perdonata se mi avessi staccato un capezzolo».

Ridacchiai e bevvi il succo. «Quindi avete finito?».

Si illuminò. «Uh-huh! Guarda!». Sollevò la maglietta per mostrarmi i suoi seni nudi. Eravamo a tre metri dalla vetrina che dava sulla strada, e mi accorsi che un ragazzo fece un salto prima di fermarsi con una sbandata.

Esplosi in una risata. «Uh, sono molto belli, El, ma forse dovresti coprirli».

Abbassò la camicia, raggiante. «È stato fantastico. Ma ha fatto un male cane».

«Posso solo immaginarlo. Anzi, l'ho immaginato, e sono svenuta, quindi per me hai appena guadagnato un sacco di punti da vera dura». Guardai Patrick. «Mi sento un po' meglio. Posso sedermi?»

«Certo». Mi aiutò afferrandomi un braccio, e io usai il suo peso per tirarmi su a sedere.

Chiusi gli occhi e mi passai una mano tra i capelli con un sospiro.

Quando li riaprii, Patrick mi stava osservando. «Sei sicura di voler uscire a pranzo comunque?».

Mi presi un secondo per controllare tutti i pezzi del mio corpo – stomaco incluso – e li trovai intatti. «Sì. Probabilmente è meglio se mangio qualcosa. Dove pensavate di andare?»

«Tacos», disse Ellie, decisa.

Per poco non gemetti, e la mia bocca si riempì di saliva.

«Tacos. Che ne dite di El Corazon? Fanno anche le tortillas, che sono quasi impossibili da trovare a New York. Se solo fossero aperti ventiquattr'ore su ventiquattro la mia vita sarebbe completa».

Patrick si appoggiò al tavolo. «Ci sto».

«Bene», dissi alzandomi dalla sedia, ma appena i miei piedi toccarono terra mi cedettero le ginocchia e rischiai di cadere di nuovo, dritta addosso a Patrick.

«Ehi», borbottò e si alzò per afferrarmi, tirandomi contro il suo petto. Io lo guardai, e lui mi guardò – i nostri nasi erano a pochi centimetri di distanza. Mi si bloccò il fiato in gola mentre aspettavo che mi baciasse, gli occhi fissi sulle sue labbra che, invece di posarsi sulle mie, mi sorrisero. Mi abbracciò più forte, accostandomi il viso all'orecchio. «Te lo darò più tardi, Rosie».

Se lui non mi avesse sorretto, probabilmente sarei caduta a terra di nuovo perché le mie ginocchia non avevano più la minima articolazione.

Ma d'altra parte Patrick mi faceva sempre quell'effetto.

Patrick

Ero tornato al negozio da poche ore, dopo pranzo, ed ero chino sul mio tavolo a disegnare mentre aspettavo il mio ultimo cliente. Sorrisi guardando il foglio, ripensando alla sensazione delle nostre mani unite mentre camminavamo verso il ristorante, a quella della sua coscia contro la mia sotto il tavolo, al suono della sua risata.

Quel suono mi rendeva più felice di quanto potessi descrivere a parole. Soprattutto sapendo che io ne ero la causa.

Continuai a sorridere al foglio, ombreggiando un viso di donna. Non era Rose, non proprio – lei era la mia musa da quando avevo posato gli occhi su di lei per la prima volta. Ero sempre stato attratto dalla forma femminile nell'arte, dai lineamenti delicati di un viso e dalle curve morbide dei loro corpi, ma adesso Rose era la pietra di paragone per tutti i tratti. A volte iniziavo dai suoi occhi, anche se il resto del viso sarebbe stato diverso. A volte dalle labbra. O da un'espressione che aveva. Ma in tutto quello che disegnavo c'era sempre un frammento di Rose. Suppongo che anche dentro di me ci fosse un pezzo di Rose. Ci sarebbe sempre stato.

Quando suonò il campanello sopra la porta sollevai gli occhi dal mio lavoro.

Seth sorrise, e io mi alzai, sorpreso ma comunque contento di vederlo.

«Come va, Seth?», gli dissi avvicinandomi. Ci salutammo con delle pacche sulle spalle.

«Bene. Ho appena finito di lavorare e sono passato per salutare». Si sedette sulla mia sedia, e io mi appoggiai al bancone. Sul suo viso c'era un accenno di preoccupazione, e provai il familiare timore del senso di responsabilità per Seth.

«Tutto bene?», gli chiesi.

«Sì. O lo sarà».

«Cosa succede?». Non sapevo se ero pronto per sentire la risposta.

Sospirò. «Non sono venuto per quello. Non preoccuparti, Tricky. Tu come stai?»

Incrociai le braccia. «Forza, Seth. Cosa c'è? Sei pulito? Cioè, non hai...».

Lui scosse la testa. «No, no. Niente del genere. È solo che il mio coinquilino mi ha piantato in asso un paio di mesi fa. Me la stavo cavando, ma ho quasi esaurito i miei risparmi, e sto cercando un coinquilino ma non è facile. Sto guarendo, sai? Vivere con un estraneo potrebbe essere pericoloso, non so neanche se posso avere degli alcolici in casa… e quasi tutti quelli che conosco sono dei tossici».

«Sì, lo so». Sapevo cosa stava per chiedermi, e la guerra dentro di me iniziò. «Come posso aiutarti?»

«Non è un problema tuo».

«Lo so che non lo è, ma voglio comunque aiutarti».

Lui fece un mezzo sorriso, cercando di minimizzare. «Be', se conosci qualcuno che ha bisogno di un coinquilino, potresti dargli il mio numero».

Conoscevo solo una persona che avesse quei requisiti. Io. La mia situazione non era stabile né permanente. Sapevo che non volevo tornare da West e che avrei dovuto trovare il prima possibile una nuova sistemazione.

«Forse tra poco avrò bisogno di un coinquilino».

Sollevò le sopracciglia. «Davvero?».

Annuii. «Sai che sto dormendo sul divano di Rose, ma non so quanto durerà, e West e Lily dovrebbero rimanere nella nostra vecchia casa. È solo che non so quando dovrò decidermi. Quanto tempo hai?»

«Un paio di settimane».

«Posso farcela. Lascia che ci rifletta e fammi sapere se trovi qualcun altro».

Lui sorrise e scosse la testa. «Certo. Sarà come ai vecchi tempi».

Io risi. «Ma meglio».

Seth si strofinò il collo. «Forse un po' meno casini. Comunque, sto morendo di fame, pensavo di proporti di andare a mangiare qualcosa».

«Non posso. Ho ancora un altro cliente, ma accetterò la proposta uno dei prossimi giorni. Chiamami».

«Okay». Si alzò, continuando a sorridere. «Mi conviene

andare a comprare qualcosa da mangiare. Stammi bene, Tricky».

Ci abbracciammo di nuovo e lui uscì mentre io tornavo a sedermi al mio tavolo.

Vivere di nuovo con Seth dopo tutto questo tempo? Se qualche settimana fa mi aveste detto che l'avrei preso in considerazione, vi avrei risposto che eravate pazzi. Ma adesso mi trovavo in un limbo, anche se era felice. Pensandoci anche solo da un punto di vista oggettivo, aveva senso. Prima o poi avrei dovuto trovare una soluzione. Era importante quando?

Il mio primo pensiero fu che sì, era importante. Vivere con Rose forse era l'unica cosa che ci teneva insieme. Almeno per ora. Tra qualche settimana le cose avrebbero potuto essere diverse, ma per ora? Avevo un debole controllo della situazione, e non ero disposto a perderlo. Ma non cambiava il fatto che non avevo una casa mia. I vestiti da una parte. Lo spazzolino dall'altra. Senza poter dormire nel mio letto.

Sospirai appoggiando la matita, mentre Joel mi si avvicinava.

Lo osservai. «Stai per farmi la predica?».

Sollevò le mani in segno di resa. «No. Lo giuro. Cosa voleva?»

«Voleva mangiare, ma ho scoperto che ha bisogno di un coinquilino. E io ho bisogno di un posto in cui abitare, tecnicamente».

I suoi occhi erano duri, anche se il resto del suo corpo si rilassò mentre cercava di trattenere quello che voleva dire davvero. Lo conoscevo da troppo tempo per non accorgermene. «Mmm», disse in modo vago. «Cosa farai?»

«Ancora non lo so».

Non sembrò soddisfatto della risposta, ma annuì lo stesso. «È passato un po' di tempo dall'ultima volta che sei venuto da me a bere una birra. Hai impegni stasera?»

«Solo più tardi».

«Bene. Dopo il tuo prossimo lavoro andiamo su». Mi fece un leggero sorriso e se ne andò.

Era così semplice, così facile. Essere amici di Joel lo era sempre. Quando mi trasferii da lui dopo che mi aveva assunto, nel periodo in cui mi stavo disintossicando, quella semplicità mi stupì. Il mio primo vero amico – Seth – era stato tutto fuorché semplice. La mia relazione con mio padre era stata tesa, e quasi non ricordavo mia madre. E, prima di Joel, loro erano le sole persone che avevano fatto parte della mia vita per più di dodici mesi.

Fu solo dopo averlo incontrato che iniziai ad accorgermi che la mia visione della vita era molto più disperata di quanto fosse in realtà. La verità era che ero stato prosciugato dalle persone che avevo avuto vicino fino a quel momento, e che se avessi trovato qualcuno che oltre a sottrarmi le energie, mi avesse dato qualcosa, sarebbe stato tutto diverso. E andò così.

Chiusi il quaderno e preparai la mia postazione, finendo proprio mentre arrivava il mio cliente successivo. Avevo realizzato un disegno per commemorare la moglie dell'uomo, deceduta da poco. Era un uomo tranquillo e solenne e rimase seduto immobile come una statua mentre lavoravo, con le mani strette in grembo e gli occhi fissi sulla finestra, assente.

A un certo punto gli chiesi come si sentisse, ma lui scosse la testa senza distogliere lo sguardo dalla finestra.

«Voglio che mi faccia male. Il dolore mi ricorda che sono ancora vivo».

Annuii. Avevo provato la stessa sensazione più di quanto volessi ricordare, e ogni goccia di inchiostro sulla mia pelle in qualche modo mostrava quel dolore. Il mio corpo era una tela, una mostra che non aveva bisogno di parole. Era solo un promemoria che ero ancora vivo. Che avrei ricordato le mie colpe e i miei errori in modo da non commetterli mai più.

Mi ricordavano che la vita continua, sempre.

Disegnai le linee, poi ombreggiai e riempii il disegno, mentre la macchinetta mi vibrava in mano trasmettendo il movimento al braccio finché la sensazione familiare diventò parte di me. Nessuno dei due parlava.

Quando se ne andò gli strinsi la mano, percependo la sua tristezza. Percependo il legame tra di noi, dato dal fatto che ero stato parte di una cosa così importante per lui, che sarebbe rimasta sul suo corpo a ricordargli il passato. Ma sapevo che il tatuaggio era solo un simbolo. Era destinato agli altri più che a sé stesso. Perché lui non avrebbe mai dimenticato. Nemmeno io l'avrei fatto.

Pulii la postazione e afferrai la mia borsa, dirigendomi verso il retro del negozio dove Joel mi aspettava per salire a casa sua. Lui e Shep vivevano nell'appartamento sopra al negozio, dove avevo abitato anch'io quando Joel mi aveva rimesso in piedi. Appena attraversammo la porta, l'odore familiare dell'appartamento mi avvolse, accogliendomi come se una parte di me non se ne fosse mai andata da quel posto.

Ero a casa.

Lì avevo trascorso i Natali e i giorni del Ringraziamento più felici, come quelli che si vedevano nei film. Mi ero sentito amato incondizionatamente. Per la prima volta avevo capito cosa si provava ad avere qualcuno che ti avrebbe sempre sostenuto e che aveva a cuore i tuoi migliori interessi. Qualcuno che ti amava.

Trasferirmi a New York mi aveva aperto gli occhi. Abitare con Joel aveva cambiato il corso della mia vita.

Mi sedetti sul divano e Joel andò in cucina a prendere un paio di birre. Me ne porse una mentre si sedeva sulla poltrona e appoggiava i piedi sul tavolino prima di togliere il tappo della birra con un sibilo.

Bevve un sorso e ispezionò la bottiglia come se il liquido contenuto all'interno non fosse quello che si aspettava. «Ah, perfetto».

Presi un sorso e mi sistemai sul divano. «Adesso mi farai la predica?».

Fece spallucce e si portò la bottiglia alle labbra. «Forse».

Distolsi lo sguardo, cercando di non sorridere mentre bevevo un altro sorso.

«Partiamo dalle cose semplici. Cos'è successo oggi con Rose?»

«Siamo solo andati a pranzo, ma è stato bello. Normale. Due giorni fa non sapevo neanche se l'avrei baciata di nuovo. Oggi l'ho tenuta per mano. E stasera tornerò a casa da lei». Feci un sospiro profondo e scossi la testa. «Non lo so. Mi sembra che vada tutto bene, spero solo che non sia troppo bello per essere vero».

Annuì con aria nostalgica. «Non puoi mai saperlo con il solito litigare e scopare. So come funziona. La mia relazione con Liz si basava su quello, ma non penso che tra te e Rose andrà a finire così male. Io e Liz saremmo andati avanti finché non ci fossimo autodistrutti». Bevve. «Quindi siete tornati insieme?»

«Non ne abbiamo parlato. È come se stessimo insieme, ma con un asterisco. Ovvero insieme finché non ne parleremo davvero, e a quel punto è probabile che imploda tutto. Quindi sto cercando di non parlarne».

Joel sbuffò. «Be', mi sembra infallibile come sistema».

«Per adesso non ho alternative. Lei sta bene. Stare con lei mi fa stare bene. Aspetto questo momento da quando ho mandato tutto a puttane e, se gioco bene le mie carte, potrei restare per sempre con lei. Farò tutto quello che posso. Non perderò quest'opportunità».

«Be', se fossi in te probabilmente farei lo stesso. Però stai attento. Più tempo passate senza decidere cosa state facendo, più farà male quando andrà tutto in frantumi. Perché se non ne parlate, andrà in frantumi di sicuro».

«Capito». Bevvi un sorso.

«Bene. Visto? Non è stato così terribile. Perciò adesso ti chiederò cosa sta succedendo con Seth».

«Niente. Il suo coinquilino l'ha mollato e ha bisogno di un sostituto».

Diventò serio. «Tricky, se hai bisogno di un posto in cui abitare, puoi sempre venire qui».

«Lo so. Tecnicamente non ne ho bisogno. Ma non voglio più restare da West, capisci? Non mi sembra più casa mia, anche se non è colpa sua. Lui e Lily stanno iniziando una vita insieme, o qualcosa del genere. Non c'è posto per me».

«Lo capisco». Si portò la bottiglia alle labbra.

«E da Rose, c'è Rose, ma tutto il resto è indefinito. Potrebbe collassare tutto domani. Stanotte. Tra una settimana. Mai. Ma Seth ha una stanza libera adesso, e ha bisogno di un coinquilino. A un certo punto dovrò trovare una casa, se la cosa tra me e Rose non dovesse andare a buon fine». Il mio stomaco si rovesciò solo al pensiero. Feci del mio meglio per ignorarlo.

Lui continuava a guardarmi con serietà, anche se non mi stava giudicando. Era preoccupato. «Perché senti sempre il bisogno di salvarlo?».

Asciugai la condensa della bottiglia con il pollice. «È il primo amico che abbia mai avuto, Joel. Avevo sedici anni, ero solo a New York e non avevo niente a parte i soldi che mio padre mi aveva dato quando ero partito».

«'Fanculo al Sergente». Sollevò la bottiglia.

Feci lo stesso. «Ben detto».

Bevemmo entrambi.

Incrociai di nuovo i piedi di fronte a me, guardandomi i lacci degli stivali. «Seth era… non lo so. Era libero e selvaggio. Stare con lui mi faceva sentire invincibile. Quando lo incontrai ero isolato dal mondo, e lui mi mostrò com'era dall'altra parte».

«E ti fece diventare dipendente dalle droghe. L'eroina, tra l'altro. Non poteva fumare erba come la gente normale».

Scossi la testa. «È solo che non sa quando fermarsi. Come se i suoi geni di autoconservazione non funzionassero».

Joel mi puntò la bocca della bottiglia addosso. «È debole, e ti sfrutta».

Gli rivolsi un'occhiata inespressiva. «Non sono scemo, Joel. Quando si tratta di lui ho gli occhi bene aperti. L'ultima volta che abitammo insieme, tornai a casa e lo trovai disteso sul letto, praticamente incosciente e con un ago nel braccio, e cosa feci? Dissi subito basta, Joel. Appena si svegliò, chiusi tutto e lo sbattei fuori. Finita lì. Non sono un idiota».

«No, ma hai un debole per lui. Non mi stupisce che sia tornato a farsi vedere. Ha bisogno di qualcosa».

«Forse. Ma non mi ha chiesto niente».

«Per ora».

Presi fiato ed esalai lentamente. «Non lo so. Forse hai ragione. Non sto correndo da lui, soprattutto con tutte queste cose da chiarire con Rose. Ma Seth è pulito, o dice di esserlo, e lo sembra. Non l'ho mai visto così prima, e voglio crederci. Non voglio dirgli di no. È passato tanto tempo, e se ha messo la testa a posto sono disposto a prendere in considerazione l'idea».

Gli occhi di Joel erano pieni di consapevolezza e di

ammonimenti. «Ti mancano i vecchi tempi, ma il fatto è questo, Patrick: i vecchi tempi non erano reali. Erano un miraggio, un'idea che avevi di lui perché eri assetato di amicizia, ma non erano veri. La verità è che lui è troppo debole per smettere. Non tutti hanno quello che hai tu, la forza di volontà, i coglioni, capisci? Non sono guerrieri».

Sentii sopra il mio cuore la chiave che mi aveva regalato Rose. "Sopravvivi". E poi lo guardai negli occhi e gli dissi la vera ragione, che di solito tenevo protetta, nascosta. «Ho bisogno di credere che tutti possono cambiare, Joel. Che se ci credi abbastanza, puoi determinare il tuo destino. Ho bisogno di credere che ci sia una scelta».

«C'è una scelta e tutti *possono* cambiare, ma per alcuni è più difficile che per altri. Senti, so che Seth *vuole* cambiare. Ma non sempre quello che vogliamo e quello che facciamo corrispondono». Sospirò. «Sarò sincero. Non mi piace che ti giri intorno, e tanto meno mi piace l'idea che tu vada a vivere con lui».

«Ma non mi dire», dissi con un sorrisetto.

«Strafottente», borbottò, e bevve un sorso.

«Ti capisco, Joel. Mi guarderò le spalle, okay? Fidati di me, posso cavarmela. Me lo sono guadagnato, no?»

«Sì, te lo sei guadagnato», disse con riluttanza. «È solo che mi preoccupo, lo sai».

«Lo so. Ma non sei responsabile di quello che faccio, come io non sono responsabile di Seth».

Ma lui alzò le spalle, sorridendo. «Cosa posso dire? Ci tengo».

22
Lentamente

Patrick

Salutai Joel e andai da Habits per incontrare West e Lily, ma soprattutto per vedere Rose. Era dietro il bancone, i capelli scuri sciolti e le labbra rosse sorridenti.

Quel sorriso era mio.

La serata fu per la maggior parte irrilevante, solo noi quattro mentre Max ed Ellie si sbaciucchiavano poco lontano. Sembrava che Lily e West osservassero me e Rose. Io non riuscivo a staccarle gli occhi di dosso e lei, invece di evitarmi o distogliere lo sguardo, ricambiò le mie occhiate per tutta la notte, mi toccò il braccio, intrecciò le dita alle mie.

Stavo pensando a Seth, e volevo parlargliene. Ma non era ancora il momento. Prima dovevamo capire cosa ne sarebbe stato di *noi*.

Quando Lily si appoggiò sul bancone per salutare Rose, le effusioni di Ellie e Max erano diventate progressivamente più intense e mostravano sempre più lingua.

Ellie si staccò, sorridendo a Rose con le labbra gonfie e le palpebre pesanti.

«Andiamo da Max, quindi voi due avete casa libera. Non rompete altre lampade, okay?». Ci fece l'occhiolino. Dopodiché afferrò la borsa, scese dallo sgabello e prese Max per la camicia per farlo ritornare alla realtà. Lui mi fece un gran sorriso e la seguì fuori dal bar come un cagnolino.

E poi io e Rose rimanemmo soli. O soli come potevamo esserlo da Habits. Nel bar non c'era quasi nessuno, a parte una coppia sul retro, Shelby, l'altra barista, e Bob, che era sveglio solo in parte e stava sorseggiando un liquido liscio e ambrato a un tavolino nell'angolo in fondo.

Rose sospirò con un sorriso mentre portava via bicchieri e tovaglioli da cocktail e parlava delle sue giornate. Era tutto così familiare, la stessa serata che avevamo vissuto centinaia di volte, ma in qualche modo era diverso. Lei era diversa. Vibravo per l'eccitazione alla prospettiva che la nostra relazione potesse durare. Cercai di scacciare quel pensiero, dicendomi che a un certo punto ci sarebbe stato un disastro, ma non ero abbastanza forte per seppellire la sensazione.

Anche se volevo sapere quello che provava, non volevo rovinare le cose tra di noi parlando del futuro. Leggevo la sua espressione, i suoi gesti, e lo sapevo: anche lei era felice. Quindi non avrei fatto domande di cui non volevo sentire la risposta. Almeno non finché non fosse stato necessario.

In questo momento c'era una sola cosa di cui avevo bisogno, e non richiedeva una sola parola.

Shelby si avvicinò sorridendo, con gli occhi che si spostavano tra noi due. «Torna a casa, Rose. Chiudo io».

«Sei sicura?», chiese in tono speranzoso.

«Sì. Posso occuparmi di Bob, e Craig arriverà tra poco, quindi ho la scorta per tornare a casa».

«Per fortuna esistono i fidanzati muscolosi», disse con una risata. «Grazie, Shelby. Lascia che faccia rifornimento e finisca di pulire, almeno».

Sollevò le mani. «Se insisti. Divertitevi, voi due».

Rose iniziò a muoversi un po' più veloce, correndo in magazzino e tornando indietro con le bottiglie in braccio, e io la guardai, la linea del collo, la curva della vita, le dita che allineavano le bottiglie. E poi mi sorrise mentre camminava intorno al bancone e mi prendeva sottobraccio.

Mi sentivo quasi ubriaco, sospeso tra quello che avevamo vissuto quando eravamo stati insieme e quello che desideravo da quando ci eravamo lasciati. Ricordi, desideri, tutto si amalgamava in quello che eravamo adesso.

Camminammo fino al nostro condominio spalla contro spalla, chiacchierando con semplicità, e quando lei si appoggiò contro di me, la presi sotto il mio braccio, godendomi la sensazione. Salimmo le scale, varcammo la porta del suo appartamento. Quando la chiusi alle mie spalle, le osservai la schiena per un attimo mentre appoggiava la borsa e si chinava a sfilarsi gli stivali.

Si rialzò, e io andai verso di lei, la feci voltare, le accarezzai con una mano la curva del collo. Studiai il suo viso, gli occhi scuri pieni di domande e di risposte. Ma invece di chiederle di parlare, la baciai.

La notte precedente avevamo avuto bisogno l'uno dell'altra. Stanotte me la sarei presa comoda.

Mi avvolse lentamente le braccia intorno al collo, risalì con le mani fino alla mia nuca e me le passò tra i capelli mentre io chiudevo la bocca sul suo labbro inferiore e succhiavo.

Le sue braccia mi strinsero più forte, premendo il suo corpo contro il mio.

La sollevai e la trasportai attraverso l'appartamento fino alla sua stanza, dove la adagiai ai piedi del letto. Lei mi guardò con occhi ardenti.

Mi sfilai la giacca di pelle, gli occhi fissi sulle sue labbra, mentre lei non distoglieva lo sguardo dalle mie mani che sbottonavano la camicia. Le sue dita scivolarono sotto la stoffa, tracciando le linee dei miei tatuaggi fino agli addominali. Mi tolsi la camicia. I suoi polpastrelli sfiorarono il tatuaggio sul mio fianco, che probabilmente non aveva notato prima.

Sollevò lo sguardo, con gli occhi spalancati, senza staccare le dita dalla rosa circondata di spine tatuata sulla mia pelle. «Patrick...», sussurrò con voce pesante per la tristezza.

Ma io sorrisi. «Un promemoria dei miei rimorsi. Non commetterò lo stesso errore due volte».

Le coprii la bocca con la mia prima che potesse rispondere, perché non avevo bisogno di parole. Non le volevo. Sentivo il battito del suo cuore, il dolore dolceamaro del sì e del no che lottavano dentro di lei.

Con una mano le toccai il viso, allargando le dita sulla guancia, sul mento, e strinsi la mano, inclinandole la testa come volevo mentre con l'altra mano le cingevo la schiena, attirandola a me, il più vicino possibile. Sentii che si lasciava andare, cedendomi il controllo, come se mi avesse dato il permesso di fare di lei ciò che volevo. E fu esattamente quello che feci.

Mi staccai e feci un passo indietro, guardandola ansimare tanto da non riuscire quasi a tenere gli occhi aperti.

«Spogliati». L'ordine fu roco e basso, la voce ridotta a un soffio a causa sua.

Le sue labbra erano gonfie, socchiuse, gli occhi fissi nei miei mentre incrociava le braccia, afferrando l'orlo della camicia per sollevarla sopra la testa, e i capelli le si rovesciarono sul collo e sulla schiena nuda. Si sbottonò i pantaloni e io feci lo stesso, infilandoci dentro una mano per stringere la mia erezione, accarezzandomi lentamente con il pollice e osservando le sue dita che aprivano il bottone dei pantaloni. Senza staccare gli occhi dalla mia mano, se li abbassò sulle cosce, li tolse e si voltò, tornando a osservarmi da sopra la spalla. Ci guardammo negli occhi mentre lei si sganciava il reggiseno e faceva scivolare le spalline lungo le braccia, fino a terra. E quando infilò i pollici nelle mutandine nere e le abbassò oltre la curva del sedere, non riuscii più ad aspettare.

La presi tra le braccia.

Premette il sedere contro di me mentre le baciavo il collo, stringendole il fianco con una mano. Inarcò la schiena, piegando un braccio per toccarmi la testa, e mi infilò le mani nei capelli stringendomi a sé, incitandomi. La mia mano libera si posò sul suo seno, così afferrai la curva morbida nella mia mano, e lo strinsi una volta con delicatezza, prima di scendere, soffermandomi tra le sue gambe.

Lei inspirò mentre io risalivo con un dito tutta la sua lunghezza, umida e calda, girandoci intorno quando fui in cima, per poi scendere di nuovo e risalire, mentre lei ondeggiava lentamente i fianchi.

«Stenditi». La lasciai andare, e lei gattonò sul letto e si distese sulla schiena, guardandomi. Aspettandomi.

Sembrava che uno di noi fosse sempre in attesa.

Salii sul letto, prendendole una gamba e baciandole la coscia mentre me la appoggiavo sopra la spalla, senza staccare gli occhi dai suoi. Le risalii la gamba, sentendola tremare al contatto con la mia mano e le mie labbra. E quando arrivai in alto, la accarezzai dolcemente con la lingua, poi chiusi le labbra su di lei e succhiai. Lei sussultò, mi affondò le mani tra i capelli e li strinse.

Sapevo quello che voleva.

Mossi il collo mentre tracciavo con la lingua sagome irriconoscibili intorno al suo punto più sensibile, e le mie dita risalirono lungo la sua fessura, allargandola prima di scivolare dentro lentamente. Gemette.

Se la mia bocca non fosse stata impegnata avrei sorriso.

Conoscevo il suo corpo come se mi appartenesse – i mesi in cui eravamo stati lontani non mi avevano fatto dimenticare nulla. Lei ansimò di nuovo mentre la penetravo più in profondità, e quando sentii che si contraeva intorno alle mie dita, forte, la lasciai andare e le baciai la pancia. Aveva ancora le dita affondate nei miei capelli e mi tirò a sé con urgenza, alzandosi a sedere per venirmi incontro e impossessarsi delle mie labbra. Le cinsi il collo con una mano e la baciai intensamente mentre le sue mani armeggiavano con i miei pantaloni, infilandole dentro appena riuscì.

La afferrai per la vita, e invertii le nostre posizioni. Lei esplorò il mio corpo leccando una scia verso il basso e accarezzandomi lentamente finché non fu tra le mie gambe. Mi guardò negli occhi e iniziò a leccare la mia erezione, soffermandosi sulla pallina di metallo del piercing e sullo strato di pelle sottile e sensibile sopra la barretta. Poi leccò la pallina più in alto, girandoci intorno con la lingua prima di chiudere la bocca intorno al glande. Succhiò.

Avevo la bocca aperta e la guardavo, e lei ricambiava il mio sguardo. Mi leccai il labbro inferiore, e mugolò con le labbra socchiuse mentre mi prendeva fino in fondo.

Mi guardai sparire nella sua bocca, riapparire, sparire, la sua lingua che mi picchiettava il piercing, sconvolgendomi nell'intimo. Sapeva esattamente che effetto mi stava facendo. Le presi la nuca, spingendola verso il basso mentre lei mi avvolgeva un braccio intorno alla coscia, afferrandomi la vita con una mano e accelerando i movimenti. Il mio sedere si contrasse per andare il più a fondo possibile senza farle del male.

«Vieni qui», le dissi ringhiando quando non riuscii più a sopportare l'eccitazione, e mentre lei risaliva il mio corpo, la afferrai, invertendo di nuovo le posizioni. Mi sistemai tra le sue gambe e le presi un ginocchio, allargandole le cosce. Inspirò e spinse i fianchi verso di me, cullando la mia erezione contro la sua apertura umida. La pallina inferiore del mio piercing la accarezzava a ogni oscillazione dei fianchi, e lei chiuse le palpebre, i capelli scuri allargati in un ventaglio intorno al viso.

Avevo bisogno di lei.

Spinsi tanto forte che sussultò, e poi allungai una mano verso il comodino.

«No», borbottò lei.

«Rose…».

Lei ancheggiò di nuovo, strofinandosi intorno al piercing. «Dopo di te non sono stata con nessuno. Tu?».

Le allontanai i capelli dal viso e le accarezzai la mascella. «No».

«E allora no. È sicuro. Ho la spirale», sussurrò, graffiandomi delicatamente il sedere mentre si strofinava contro la mia erezione finché la punta si posò sulla sua apertura. «Adesso scopami».

Mi leccai le labbra con la lingua mentre la penetravo lentamente, scivolandole dentro, spingendo fino in fondo. Lei gemette, rovesciando la testa di lato, e io uscii, con gli occhi fissi su di lei mentre spingevo di nuovo finché i nostri corpi non diventarono una cosa sola.

Mi chinai a baciarle il collo allungato davanti a me come un invito, leccai una scia fino al suo orecchio dove respirai, mugolando a bassa voce. Lei sollevò anche l'altro ginocchio, premendomi i polpacci contro le costole, aprendosi in modo che potessi andare più a fondo.

«Cazzo», ansimò e allungò le mani sopra la testa, aggrappandosi alla testiera del letto mentre uscivo e la penetravo di nuovo con forza. Aveva gli occhi chiusi, le labbra gonfie, i seni che si muovevano a ogni spinta. Inarcò il collo. Corrugò la fronte. Le sue labbra si socchiusero in un ansito, per poi spalancarsi in un grido silenzioso quando spinsi di nuovo, e poi esplose intorno a me, stringendomi, pulsando, il corpo contratto mentre si lasciava andare.

Rallentai insieme a lei, piegandomi a baciarle un seno, chiudendo gli occhi mentre disegnavo un cerchio intorno al capezzolo prima di stringerlo tra le labbra, succhiandolo gentilmente nella mia bocca. Mi passò le dita tra i capelli, e passai un lungo momento così, cullato tra le sue braccia, i suoi seni nelle mie mani, contro la mia lingua.

Quando mi staccai, le baciai lo sterno e mi alzai a sedere, stringendole il fianco.

«Girati». Avevo la voce roca.

Aveva le palpebre pesanti mentre faceva quello che le avevo chiesto, sollevando il sedere e premendo le spalle sul letto. Mi guardò di nuovo, e io le percorsi con una mano la schiena fino ai fianchi, che afferrai per sollevarla più in alto. Afferrai la base della mia erezione, trovando l'angolazione giusta per premere la punta contro di lei.

Inspirai e la tirai verso di me.

Lei chiuse di nuovo le palpebre con un sospiro. Le presi i fianchi con entrambe le mani, il cuore che mi martellava nel petto mentre mi muovevo dentro e fuori, gli occhi che divoravano quella visione. Più veloce. Lei mugolò. Più forte. Il cuore mi faceva male. Più in profondità. Venni con un urlo, respirando affannosamente, e mi accasciai su di lei, infilando le braccia sotto il suo corpo e premendo il petto contro la sua schiena mentre aspettavo di rilassarmi.

Lei stava oscillando i fianchi in movimenti minuscoli, appena sufficienti a scatenare dei brividi dentro di me, lungo le mie cosce.

Le baciai una scapola e le strofinai la punta del naso sulla pelle.

Non era solo sesso. Lo capii da come intrecciò le dita

con le mie e le baciò teneramente. Lo capii da come quelle labbra si curvarono in un sorriso impercettibile. Lo capii dal suo respiro, dal battito del suo cuore – sentii che quel battito attraversava le sue costole e le mie e arrivava al mio cuore.

Ed ebbi più paura di perderla di quanta ne avessi mai avuta.

23
Ed la Rossa

Rose

Appena mi svegliai seppi che quel giorno avrebbe fatto schifo. Non era importante che Patrick mi stringesse tra le braccia, anche se era una vaga consolazione. Non era importante che non dovessi andare a lavoro, perché l'avrei passato nel modo peggiore possibile.

Sentii il leggero pizzicore alle ovaie che si sarebbe trasformato prima in un dolore sordo e poi in un crampo che mi avrebbe piegata in due, mentre il mio stupido utero mi puniva per non avergli dato un bambino.

Gemetti e mi trascinai fino al bagno, dove mi tenni la testa tra le mani mentre facevo la pipì. Perché una volta al mese quel maledetto demone dai capelli rossi che chiamavo Edwina la Rossa mi rovinava la vita per cinque o addirittura sette giorni.

Vedete, appartenevo alla fortunata categoria di donne che subivano delle mestruazioni infernali. Nessuna spirale né pillola super potente riusciva a domarle. Immagino che non dovrei lamentarmi: da quando ero passata alla spirale, anni prima, non avevo più bisogno di prendere medicine per rilassare i muscoli né istupidirmi di alcol per sopravvivere alla furia di Ed. Il compromesso erano ventiquattr'ore di inferno al posto di una settimana passata a piangere sul divano. Perché quel primo giorno era sempre un incubo.

A volte si vince, a volte si perde. Io la consideravo una vittoria.

Non era comunque divertente.

Dopo aver indossato un assorbente Super-Extra-Plus, che era quasi un pannolino, e aver preso una pastiglia di ibuprofene, tornai zoppicando in camera e mi infilai nel letto, cercando di non mugolare.

Patrick mi strinse a sé. «Ed?»

«Quella troia», borbottai.

Lui ridacchiò. «Hai fame?»

«No. Voglio morire».

«È esattamente quello che vuole lei. Non lasciarla vincere, Rosie».

Non avevo la forza di ridere, ma gli sorrisi.

«Pensi di poterti riaddormentare?», mi chiese.

«Forse per un po'».

«Provaci. Riposati, okay?». Iniziò ad allontanarsi, ma io gli afferrai un braccio e lo tirai contro di me.

«Non andare adesso. Ho bisogno di un abbraccio».

Sorrise e mi strinse più forte. «Vuoi che resti qui finché non ti riaddormenti?»

Annuii, e lui mi accarezzò i capelli. Nemmeno Ed la Rossa avrebbe potuto resistere, ed entro pochi minuti mi addormentai.

Rose

Qualche ora dopo mi svegliai sentendo che tornava e si toglieva gli stivali con un calcio prima di infilarsi nel letto accanto a me.

«Pensavo che stessi andando a lavorare», gracchiai e mi rannicchiai contro di lui.

«Oggi non lavoro. Come ti senti?»

«Come se un asino mi avesse dato un calcio nella vagina».

Mi baciò i capelli. «Fame?».

Gemetti.

«Sono andato da Cake», cercò di allettarmi.

Mi rianimai. «Hai preso i cupcake al caramello?»

«Sì, e quelli con menta e cioccolato».

Gemetti di nuovo, ma per un motivo completamente diverso. «Oh, mio Dio».

«Ho preso anche il caffè. Ti va di alzarti?»

«Cazzo, sì». Strisciai fuori dal letto, portandomi dietro la coperta. Me la avvolsi intorno alle spalle e lo seguii in salotto trascinando i piedi. Sul divano c'era uno scaldino elettrico che mi aspettava, già acceso e attaccato a una prolunga.

Mi fermai al centro della stanza, sopraffatta. Aveva fatto tutto questo per me – gli guardai la schiena mentre appoggiava i cupcake su un piatto.

Mi sentii fortunata. Molto fortunata. E provai anche una bella dose di paura.

Ed mi incise il suo nome nelle budella con un rasoio, e mi piegai, collassando sul divano con un grugnito. Mi misi lo scaldino in grembo, ringraziando il cielo per l'esistenza di una cosa tanto magica. Iniziai a sentirmi meglio quasi subito.

Patrick mi porse un piattino con un cupcake delizioso prima di appoggiare il mio bicchiere con il caffè sul tavolino. Mi leccai le labbra e tolsi la carta dal cupcake, mentre Patrick andava a prendere la sua colazione dal tavolo, per poi venire a sedersi all'altro capo del divano.

Prese in mano il telecomando mentre davo un morso.

Chiusi gli occhi e gemetti quando il morbido dolcetto mi

toccò la lingua. «Oh Dhiho, hè coshì buonho», dissi con la bocca piena.

Lui sorrise. «Ti senti meglio?»

«Mmhmh», risposi dando un altro morso enorme.

«Bene». Accese la televisione. «Ho salvato e caricato qualche film. *Kiss me*, *Giovani streghe*, *Generazione X* ed *Empire Records*».

Deglutii. «Non posso dire di no a Sexy Rexy. In più, Renée Zellweger versione giovane puttanella vince su tutto».

«Vada per *Empire Records*». Schiacciò "play" e si sistemò sul divano mentre *Video Killed the Radio Star* faceva da sottofondo ai titoli di testa.

Mentre scartava il cupcake lo osservai, studiando le sue dita tatuate e la mascella quando aprì la bocca per morderlo. Questo mi sembrava stare insieme. Davvero insieme. Solo che in teoria le cose non dovevano cambiare. Io non dovevo stare con lui. Me ne ero fatta una ragione, o quasi. Solo che adesso lui era qui, e mi portava dei cupcake e mi coccolava e si comportava come se fosse il mio ragazzo.

Mi sentii molto calma e tranquilla mentre rimettevo il cupcake sul piatto e me lo appoggiavo in grembo. «Cosa stiamo facendo, Patrick?».

Lui mi lanciò un'occhiata e deglutì. «Non lo so, Rose. Non penso che dobbiamo saperlo. Almeno, non adesso».

«Non so se riuscirei a sopportarlo di nuovo».

Lui appoggiò il piatto e si voltò verso di me prendendomi una mano con un'espressione stoica. Si guardò le dita che giocherellavano con le mie. «Non sto cercando risposte. Non ho bisogno di una definizione. Non ancora. So solo che questo mi piace davvero tanto. Quindi potremmo lasciare che le cose vadano avanti finché non capiamo cosa vogliamo».

«L'ultima volta abbiamo fatto così, e guarda com'è andata a finire».

«Pensi davvero che stavolta sarà uguale?».

Ci riflettei e gli risposi sinceramente: «No. Potrebbe andare peggio».

Lui alzò le spalle, continuando a guardarsi le dita. «Oppure no. Ti chiedo solo di darmi una possibilità. Per adesso non ne parliamo e diamoci un altro po' di tempo».

«Quindi vuoi giocare alla coppietta felice? Fare finta di niente finché non diventa impossibile?».

Patrick mi guardò negli occhi e fece un sorrisetto. «Non per così tanto tempo, ma almeno finché non abbiamo avuto un attimo per pensare a ciò che significa».

Arricciai le labbra, lanciando un'occhiata allo schermo, dove i dipendenti dell'Empire Records ballavano in giro per il negozio di dischi.

«Vuoi che me ne vada?», mi chiese.

«No».

«Vuoi che la finiamo qui?»

«No», gli risposi a bassa voce. *Ma ho paura che succederà.*

Prese il mio piatto e lo appoggiò sul tavolino, per poi piegarsi a toccarmi il viso. «Non dobbiamo decidere adesso cosa faremo, Rose. Un giorno alla volta. Ti chiedo solo questo».

Non potevo dirgli di no quando mi guardava così, soprattutto perché anch'io volevo che tutti i nostri problemi si risolvessero per magia. «Va bene». Gli misi una mano sulla guancia e lui si chinò a baciarmi delicatamente, dolcemente. E in quel momento ebbi la certezza che uno di noi si sarebbe ritrovato con il cuore spezzato.

24
Primo passo

Patrick

Era passata quasi una settimana. Semplicemente. Felicemente. Un giorno alla volta.

Era il mantra che ci faceva andare avanti. Lo vivevamo ogni minuto, ogni secondo, insieme. Era come se i mesi lontani non fossero mai esistiti, anche se il dolore non detto ci aspettava comunque, appena sotto la superficie.

Speravo che restasse sepolto per sempre.

Quando non stavo lavorando, ero con Rose, a dormire nel suo letto, a passare le giornate con lei e le notti da Habits. Eravamo di nuovo *insieme*. Non era solo sesso come aveva detto lei all'inizio – per colpa di Ed non avevamo fatto sesso per buona parte dell'ultima settimana. Ma non mi importava. Per me dormire con lei rannicchiata sul mio petto era più importante del sesso.

Mi sembrava tutto tremendamente giusto.

Con il passare dei giorni, la mia sicurezza riguardo al prossimo passo aumentava, finché non fui meno spaventato, meno ansioso. Non mi sentivo sicuro – avevo supposto già una volta di sapere cosa provava Rose, e l'avevo pagata cara. Ma mi sembrava che le probabilità fossero buone. Davvero buone.

Quella mattina avevo salutato Rose addormentata nel suo letto con un bacio e un sospiro, perché dovevo incontrare Seth per pranzo da Genie, e adesso ero lì, a divorare un cheeseburger di fronte al mio vecchio amico.

Seth masticò con un gemito. «Cristo. Era da una vita che non mangiavo uno dei cheeseburger di Genie».

«Peccato». Diedi un altro morso.

Sistemò la presa sul panino, inclinandolo per morderlo meglio. «Come va con Rose?».

Sorrisi. «Va bene. Davvero bene».

«Come funziona tra di voi? Nel senso, come è iniziata? Perché a essere sincero ho sempre pensato che se uno di noi aveva una chance, quello ero io». Ridacchiò e morse il cheeseburger.

Scacciai un lampo di gelosia mentre appoggiavo il mio pranzo e mi pulivo le mani. «Una sera eravamo da Rose. Lily era già andata a dormire, e io e Rose stavamo guardando un film. Un paio di settimane prima avevo sentito qualcosa… non so, *cambiare*. Non seppi cosa fare fino a quella sera. Lei mi guardò, semplicemente. Non dovette fare altro. In quel momento capii che ero spacciato, e che anche per lei era lo stesso. Quindi le proposi un accordo».

«Un accordo?»

«Non volevo perdere quello che avevamo, la nostra amicizia, quindi pensai che se non ne avessimo parlato, se non avessimo dato un nome alla nostra relazione, avremmo potuto farla finita con la stessa facilità con cui avevamo iniziato».

«E come andò?»

Sbuffai. «Avrebbe potuto funzionare, ma io mandai tutto a puttane. Comunque, le dissi che se uno di noi non se la sentiva più e voleva uscirne, bastava dirlo. Avremmo troncato, senza domande».

«E perché decise di troncare?»

«Non fu lei. Fui io».

Per una frazione di secondo mi fissò senza capire. «Cazzo, è stupidità al massimo livello, Tricky».

«Lo so, non serve che me lo dici. Avevo paura, Seth. Sai che non sono abituato alle storie a lungo termine, e non sapevo come gestire i miei sentimenti».

«Lo capisco. Sei già stato solo per troppo tempo, o abbandonato o tradito da coglioni come me, giusto?».

Scossi la testa. «Dai. Hai fatto del tuo meglio, ma non potevo restare intorno alla roba che usavi, e lo sapevi. Non mentre stavo cercando di disintossicarmi, di restare pulito. Mi avevi detto che avresti smesso».

«Lo so. Non sono stato affidabile. Non sono stato un buon amico».

«Non potevi comportarti diversamente», dissi, sapendo che era la verità.

«Smettila di trovarmi delle scuse, Tricky», mi rispose a bassa voce.

Sospirai. «Mi sono sempre sentito anch'io come se ti avessi abbandonato, sai».

«Non puoi aiutare qualcuno che non si aiuta. Non è colpa tua». Allontanò il discorso sul nostro passato. «Quindi *tu* lasciasti Rose Fisher?».

Sistemai il pane sopra al mio cheeseburger, evitando di guardarlo negli occhi. «Io… non lo so, Seth. Era prima delle vacanze, ed erano tutti con le loro famiglie. Per me quel periodo è sempre complicato, e quell'anno ero in una relazione che era diventata seria. E lo volevo, capisci? La volevo così tanto che non riuscivo a immaginare cosa sarebbe successo se mi avesse lasciato. Poi mi resi conto che probabilmente l'avrebbe fatto. Perciò mi tirai fuori per primo».

«Cazzo».

Annuii. «Dopo non abbiamo più parlato molto, almeno fino a poco tempo fa. Mi chiuse la porta in faccia, non mi parlò più. È stato un inferno. La vedevo quasi ogni giorno, e la maggior parte del tempo non mi guardava neanche. Ma adesso…». Ripresi in mano il cheeseburger. «È di nuovo mia. Non voglio perderla».

Seth si pulì la bocca con un tovagliolino di carta. «Sì, ti capisco».

Diedi un morso e ci pensai. «Una parte di me crede che se le circostanze sono giuste, andrà tutto bene. L'altra ha paura che siamo condannati, ma diventa più silenziosa ogni giorno che passa». Sospirai e bevvi un sorso della mia bibita per scacciare la paura. «In ogni caso, dimmi come stai tu. Hai trovato un coinquilino?».

Seth si appoggiò allo schienale della sedia con un sospiro. «Non ancora. Ho paura, Tricky. Anche se ho lavorato duro per iniziare una nuova vita, è ancora troppo presto. Non so come vivere "normalmente", qualunque cosa significhi. Per esempio senza fare festa. Cioè, non bevo neanche più, com'è possibile?». Scosse la testa. «Non so neanche cosa fa la gente per divertirsi senza droghe».

Sapevo quello che provava. Quando avevo lasciato Seth e il resto dei nostri amici ero stato fortunato a trovare Joel, che sapeva di cosa avevo bisogno e mi aiutò a restare pulito. Avevo provato a fare lo stesso con Seth e avevo fallito. «Puoi chiamarmi».

Lui annuì, sorridendomi. «Grazie. Probabilmente lo farò». Prese una patatina fritta e se la lanciò in bocca.

«Be', ho pensato parecchio a trasferirmi. Sono pronto ad avere un posto mio».

«Sul serio?», mi chiese, con la voce pesante per la speranza. «Visto che tu e Rose state insieme, pensavo che non ci fosse neanche da discutere».

Scossi la testa. «Voglio passare con lei ogni minuto che posso, ma…». Mi strofinai il viso. «Non so, Seth. Non voglio rovinare tutto. Non voglio stancarla, e ho bisogno dei miei spazi. Non posso vivere con lei, è troppo presto per mettere così sotto pressione lei e la nostra relazione. E anche se mi piacerebbe stare a vedere cosa succederà tra noi, tu hai bisogno di aiuto adesso. Ha senso. Devo solo parlarne con lei».

«Non gliene hai parlato?»

«No. Non sapevo come avrebbe reagito, e non ero neanche sicuro di volerlo fare. Quindi adesso devo solo trovare un modo per dirglielo».

«Be', spero che vada tutto bene».

Sorrisi. «Anch'io».

«E... grazie. Non me lo aspettavo, dopo quello che hai fatto per me, e quello che ti ho fatto io. Sei il miglior amico che abbia mai avuto, Tricky».

«Sono solo felice di poterti aiutare, Seth».

Con lui seduto di fronte a me che mi sorrideva come se l'avessi salvato di nuovo, fui sopraffatto dalla sensazione che tutto fosse perfetto. Come se tutto stesse finalmente trovando il suo posto.

Rose

La mattina dopo mi svegliai insieme a Patrick e feci colazione con lui prima che andasse a lavorare. Mi salutò sulla porta dandomi un bacio lungo ed eccitante che mi prometteva molte altre cose.

L'ultima settimana era stata tutto quello che avevo sempre desiderato.

Non avevo paura che se ne andasse. Non avevo paura che finisse. Ero semplicemente piena di lui, in estasi, e accettavo ogni secondo per quello che era.

Stavamo insieme – talmente insieme che ero certa che fossimo arrivati. Dopo averlo desiderato così a lungo, il sollievo era quasi tangibile. Volevo solo restare con lui.

Di tanto in tanto ero invasa dalla paura perché ricordavo che non ne avevamo parlato, che non avevamo definito niente. Speravo che fossimo abbastanza forti per occuparcene quando sarebbe diventato inevitabile, ma soprattutto speravo che non avremmo mai dovuto discuterne.

Diedi un'occhiata all'orologio mentre chiudevo la porta, rendendomi conto solo in quel momento di quanto fosse presto. Mi guardai intorno, chiedendomi cosa avrei potuto fare. Alzarsi presto voleva dire che avevo molto più tempo a disposizione, e mi svegliavo insieme a lui sempre più spesso, andando a dormire a ore normali quando ne avevo la possibilità solo per potermi addormentare con lui.

Mi sorpresi a sorridere mentre prendevo in mano una copia letta e riletta di uno dei miei libri preferiti, *La straniera*. Era il libro che mi aveva fatto scoprire che avevo un debole per i rossi in gonna, e mi rannicchiai sul divano. Valentino uscì dalla vecchia stanza di Lily muovendo la coda a scatti, e saltò vicino a me, accoccolandosi sulle mie gambe. Ellie aveva passato quasi ogni notte da Max, e penso che il gatto sentisse la sua mancanza. Gli grattai la testa, e lui mi guardò come avrei fatto io.

Un paio d'ore dopo, qualcuno bussò alla porta prima di aprire. Cooper si affacciò e sorrise vedendomi sul divano.

«Oh, bene. Sei in piedi».

Piegai la testa di lato e chiusi il libro. «Ehi, Coop. Come va?».

Lui entrò e chiuse la porta, riuscendo ad apparire ricco da far schifo anche con addosso un paio di bermuda e una maglietta a maniche lunghe arrotolata sugli avambracci.

«Mi dispiace scocciarti di sabato».

Scrollai le spalle e appoggiai il libro, alzandomi per salutarlo. «Sabato è come giovedì, per me. Cosa fai qui? Patrick è a lavoro... stavi andando a trovare West?»

«Ehi, non sembrare così contenta di vedermi, Rosie».

Alzai gli occhi al cielo con un sorriso. «Non è vero, stronzo».

Si sfilò la borsa e la appoggiò sul tavolo, aprendola per estrarre una cartellina. «Volevo solo parlarti dell'Alcolibrista».

«Cosa?», gli chiesi con una risata incredula.

Mi guardò come se fossi un'imbecille mentre si sedeva al tavolo. «La libreria?», scherzò.

«Sì, me ne ricordo, ma non puoi essere serio riguardo a quella storia».

«Perché no?». Aprì la cartellina e mi guardò con aria d'attesa. Quando non mi mossi, indicò la sedia di fronte a sé.

Mi sedetti con riluttanza. «Non so, Cooper. Perché è una follia?»

«Come mai? Abbiamo un interesse in comune. Io ho i fondi per finanziare l'impresa, e tu hai i mezzi per farlo funzionare. Vorresti gestirlo?».

Mi appoggiai al tavolo con la mente in subbuglio. «Non... non lo so. Non ci ho pensato sul serio».

Cooper sorrise. «Be', adesso è il momento». Iniziò a estrarre dei fogli dalla cartellina, passandomeli attraverso il tavolo. «Ho parlato con alcuni dei miei consulenti immobiliari, e sembra che l'Upper West Side abbia un ampio mercato per un'attività di questo tipo, soprattutto vicino al campus della Columbia University». Indicò dei punti cerchiati sulla mappa. «Ho trovato alcuni posti che sarebbero ottimi, grandi, a due piani. Il mio preferito è questo». Batté il dito su un punto. «Dovremmo comprare due lotti e buttare giù il muro in mezzo, ma sarebbe perfetto. Ci sarà bisogno di installare l'impianto idraulico per il bar, ma dai un'occhiata qui».

Barcollai sulla sedia quando posò alcune foto sul tavolo.

«Questo è l'interno. Sto pensando che nella mansarda potremmo fare delle sale per gli incontri dei gruppi di lettura oppure per delle riunioni. Da questa parte potremmo mettere i fumetti, anche quelli rari, potremmo fare addirittura un settore per i manga in lingua originale». Aveva gli occhi illuminati. «Un negozio di fumetti ideale, con il massimo delle risorse. L'altro lato avrebbe le stesse dimensioni e sarebbe per i romanzi, con qualsiasi proporzione che vuoi per i generi. Pensaci. Possiamo allineare le librerie così», disse tracciando delle linee su una delle foto, «poi mettere i divani e i tavolini da caffè in mezzo. Oh, ho anche pensato che un lato del bar potrebbe essere per il caffè, e l'altro per gli alcolici».

«Sei serio». Incredulità. Era l'unica risposta che riuscivo a formulare.

«Serio da morire. Potrebbe funzionare, Rosie. Io non posso aiutarti a gestirlo, ma posso aiutarti a progettarlo e darti tutti i soldi di cui hai bisogno per farlo funzionare. Ho già parlato con la mia consulente finanziaria, e ha preparato dei dati su costi e profitti. Ho consulenti, ragionieri, contabili, tutti pronti a lavorarci. Tutto quello che ti chiedo è di lasciarmi decidere che fumetti tenere. Per il resto, hai carta bianca».

Fissai i fogli sparpagliati sul tavolo della mia cucina. «Non so cosa dire, Coop».

«Dì che ci stai. Sinceramente, se non avessi un lavoro che amo e che occupa tutte le mie energie, lo farei da solo e ti assumerei per gestirlo. Ma in questo momento non posso. Dovresti farlo con me. Ho inserito nel budget la tua paga per il primo anno».

Spinse sul tavolo un altro pezzo di carta con un mucchio di numeri. Il mio stipendio era evidenziato.

Inspirai profondamente e trattenni il fiato finché i polmoni non mi bruciarono. Poi gli restituii il foglio.

«Non posso accettarlo».

«Certo che puoi. Devi solo dire: "Wow, è fantastico, Coop. Facciamolo". È semplice, davvero».

«È più di quello che guadagno in due anni, Cooper».

«Bene. Allora dovrebbe essere una scelta facile. E quello stipendio non cambierà fino alla fine del tuo contratto – anzi, aumenterà quando usciremo dal rosso».

Ma scossi la testa. «Non posso accettare i tuoi soldi».

«Non lo stai facendo. Questa è una proposta d'affari. Fidati di me, quei soldi non sembreranno così tanti quando vedrai tutto l'impegno che ci vorrà per iniziare. Ma è per questo che sono qui. Io ho i mezzi per farlo funzionare, e ci tengo. Tu sei intelligente, sai come gestire un bar e sai come occuparti delle persone. Dopo che avrai assunto qualcuno, sarai in grado di scegliere un manager per occuparsi della routine di tutti i giorni. Sarai libera. Voglio che accetti la mia proposta, Rose. Diventiamo partner commerciali».

Mi morsi il labbro, riflettendoci, ma non riuscii a formulare un pensiero coerente. «Posso pensarci?»

«Certo. Tieni tutto», disse mentre raccoglieva i fogli e li impilava, rimettendoli nella cartellina. «Tutto quello che ti ho detto riguardo ai nostri ruoli sarà esplicitato nel contratto. Davvero, voglio solo fare parte di una cosa del genere, avere un progetto appassionante. Un investimento. E sarebbe qualcosa a cui potresti dedicarti, che ti appassiona. Qualcosa che saprai fare bene – ne sono sicuro. Credo in te, Rose. Quindi pensaci. Se è una cosa che ti va di fare, facciamolo. Possiamo iniziare appena sarai pronta».

Avevo la gola stretta e deglutii, sentendomi sopraffatta.

«Grazie, Cooper. Grazie per chiedermi di farne parte e per avere fiducia in me. Ho bisogno di tempo per realizzare il fatto che sia una possibilità reale».

Mi rivolse un sorriso sbilenco. «Prenditi tutto il tempo di cui hai bisogno – non ti farò pressione. L'offerta resta valida per un tempo indefinito». Si appoggiò allo schienale della sedia. «Cosa fai oggi?»

«Fisserò questi fogli finché non andrò a lavorare stasera. Voi ragazzi venite?»

«Io ci sarò». Allontanò la sedia dal tavolo e si alzò. «Vado da West per un po', se vuoi venire anche tu. Se no, ti lascio tranquilla».

Mi alzai anch'io e girai intorno al tavolo per abbracciarlo. «Grazie, Coop. Davvero».

Mi strinse. «Figurati, Rosie. Ci vediamo dopo», disse prima di lasciarmi sola con i miei pensieri.

La mia libreria. Il mio bar. Mi sedetti di nuovo e tirai fuori i fogli, toccandoli uno a uno, immaginandomi come sarebbe stato. Potevo farlo? E potevo farlo funzionare bene? Lavorando da Habits avevo imparato molte cose, abbastanza da poter gestire facilmente il bar. Se Cooper aveva dei consulenti che avrebbero aiutato con il resto… volevo farlo?

In un mondo perfetto, la risposta era "cazzo, sì". Nel nostro mondo imperfetto, la domanda era se *sarei riuscita* a farlo.

Ovviamente la risposta era che non l'avrei saputo finché non ci avessi provato. Dovevo solo essere abbastanza coraggiosa da buttarmi.

25
Spaccarsi il culo

Rose

Quel pomeriggio, più tardi, io e Patrick attraversammo il parco tenendoci per mano, due longboard sottobraccio, per la sua prima lezione. Ero talmente stordita che riuscivo a mantenere la calma a stento, e non solo perché aveva finalmente accettato che gli insegnassi ad andare sullo skate.

«Oggi è venuto Cooper», iniziai.

Mi lanciò un'occhiata, sorridendo. «Ah sì?»

«Mmhmhh». Presi fiato. «Vuole aprire davvero l'Alcolibrista. Aveva una cartellina e dei grafici e delle tabelle e…». Presi fiato per interrompere lo sproloquio. «Vuole farlo davvero. E vuole che io lo gestisca».

«È… è fantastico». Aveva il viso dolce, pieno di meraviglia, e le sue dita strinsero le mie. «Quindi lo farai?»

«Non lo so», dissi. «Vorrei, ma penso anche che sia folle e assurdo. Voglio dire, non so niente di come gestire un negozio, però Coop ha della gente pronta ad aiutarmi. Solo… non so. Cosa ne pensi? Dovrei farlo? O sono pazza a pensare che potrebbe funzionare?».

Ci fermammo su uno dei sentieri più tranquilli e pianeggianti, e Patrick si voltò verso di me, lasciandomi la mano per toccarmi una guancia. «Non penso che sei pazza o folle o assurda». Si avvicinò finché i nostri corpi non si toccarono, guardandomi con occhi adoranti. «Penso che tu possa fare tutto, Rose. Penso che dovresti farlo».

Sorrisi, sopraffatta, e lui mi baciò, accarezzandomi la guancia con un pollice e trasmettendomi tutta la fiducia di cui potevo avere bisogno.

Quando si allontanò, mi appoggiai a lui perché non volevo che il bacio finisse. Mi sfiorò una tempia con le labbra e fece un passo indietro per appoggiare la tavola. Appoggiai anche la mia e mi guardai intorno. Attraverso gli alberi si riversava sul parco la luce dorata del sole, che stava iniziando la sua discesa, anche se probabilmente avevamo ancora un paio d'ore prima che se ne andasse del tutto. Giorni come questo mi ricordavano di casa mia. Erano i miei preferiti.

«Okay, qui va bene. Sei pronto?». Mi ritrovai a sorridere come una ragazzina mentre lo guardavo appoggiare la mia tavola di riserva sul sentiero e grattarsi la mascella.

«Penso di sì».

«Non riesco a credere che tu abbia finalmente deciso di imparare».

Lui fece un sorrisetto. «Prometti solo che non mi giudicherai troppo quando sembrerò un pagliaccio».

«D'accordo, be', ricordati che ridere quando la gente cade è uno dei miei punti deboli, quindi non garantisco niente. Ma prometto che mi sentirò in colpa se rido, se ti può aiutare».

Lui rise. «Immagino che dovrò accontentarmi».

«Saggia decisione».

Aveva ancora quel mezzo sorriso e, quando appoggiò un piede sullo skate e si infilò le mani nelle tasche dei jeans scuri, il cuore mi fece un salto nel petto.

Mi lanciai nel compito di insegnante perché, se continuavo a restare lì a fissarlo, avrei finito per baciarlo, e poi lui mi avrebbe baciata, e poi l'avrei trascinato a casa per strappargli i vestiti di dosso.

Mi schiarii la gola. «Okay. Allora, la parte positiva dei longboard è che sono più facili per imparare e per andare in giro, quindi non dovresti cadere così spesso».

«Così spesso?», chiese sollevando le sopracciglia.

«Sì, perché cadrai di sicuro. Preparati».

Ridacchiò.

Lo spinsi forte sulle spalle, e lui fece un passo indietro per rimanere in piedi, lanciandomi un'occhiataccia.

Ma io gli sorrisi. «Probabilmente sei *regular*, visto che ti sei sostenuto con il piede sinistro».

«Non c'era un altro modo per scoprirlo?»

«Ce ne sono, ma così era più divertente. Almeno per me». Appoggiai il piede destro sulla tavola, verso il fondo. «La tua gamba dominante è sulla tavola verso il fondo, e ti devi bilanciare sulla gamba sinistra. Mettila davanti, un po' più ampia della larghezza delle spalle rispetto al piede dietro, sul *truck*».

«Le ruote?»

«Le assi, sì, dove ci sono i bulloni», dissi indicando la tavola. «Okay, adesso prova a salire».

«Dove devo mettere i piedi?», chiese.

«Non pensarci, devi solo mettere il piede destro dietro».

Salì con il piede perpendicolare alla tavola e mi guardò per avere indicazioni mentre io salivo sul mio longboard di fronte a lui. «Okay. Adesso prova a sentire come funziona. Abbassati e alzati per capire dove hai il baricentro. Salta un po' e senti quanto cede».

Fece come gli avevo detto, poi spostò i fianchi, muovendo la tavola avanti e indietro.

Sorrisi. «Bene. Okay, adesso prova a muovere un po' i piedi su e giù sopra la tavola senza scendere».

Era un po' rigido mentre cercava di muoversi sulla tavola senza cadere.

«Piega le ginocchia un po' di più, sarà più facile. Pensa alla direzione in cui ti stai sbilanciando e cerca di esserne consapevole. Quando ho iniziato mi piegavo troppo all'indietro».

Si piegò un po'. «Oh, sì. È più facile».

«Come va?».

Annuì. «Bene».

«Okay, adesso spingi». Presi posizione. «Metti il peso sul piede sinistro, e spingi con il destro. Solo una volta per adesso». Spinsi e avanzai mentre lui mi osservava.

Annuì e spinse una volta, in apparenza abbastanza stabile. Il mio sorriso si allargò mentre mi si avvicinava.

«Pensa a dove hai il baricentro. Più ti abbassi, più sarai a tuo agio, quindi se sei nella merda, abbassati per cercare di ritrovare l'equilibrio, ma fai attenzione: andrai più veloce».

«Abbassarsi. Capito».

«Spingi un paio di volte e poi vai».

Lo fece, e io lo seguii, avanzando con il piede sinistro in modo da guardarlo in faccia. «Cosa ne pensi?».

Mi sorrise. «Mi piace».

Il mio cuore fece un altro salto, dandomi l'impressione di avere un idiota saltellante nel petto, e guardai davanti a noi mentre davamo un'altra spinta. «Okay, vedi quella piccola discesa? Non spingere, continua per inerzia e piega le ginocchia quando stai accelerando».

Assunse un'espressione determinata. «Va bene».

Lo osservai mentre faceva la discesa con sicurezza, facendomi un sorrisetto quando rallentò.

«E per fermarsi?», mi chiese.

«Quello è un po' più difficile. Oggi non andremo troppo veloci, quindi dovrebbe bastarti la frenata con i piedi.

Praticamente devi trascinare il piede a terra per rallentare. Se no puoi continuare finché non ti fermi. Ma se perdi il controllo, vai verso l'erba e molla tutto».

«Cioè salto giù?»

«Abbassati e copriti, Tricky. Abbassati e copriti».

Lui ridacchiò.

«Scherzo. Di solito semplicemente tocchi terra di corsa, ma se vai troppo veloce per correre, rotola. Puoi anche girare la tavola per fermarti, ma ci vuole pratica. Okay, forza. Giriamo ancora un po'». Partii, e ci muovemmo a una velocità tranquilla. «Per girare, devi piegarti nella direzione in cui vuoi andare. Ti rallenterà, anche».

Si fissava le Converse sulla tavola.

«Cerca di guardare avanti. I tuoi piedi sanno cosa fare, anche se ti sembra strano».

Annuì e alzò lo sguardo.

«Ci sei?».

Lui sorrise. «Si sta bene».

«Allora continuiamo». Accelerai un po' l'andatura, e lui mi tenne dietro, arrivando al punto in cui riuscì a parlare invece di doversi solo concentrare. Era bello su una tavola, come se fosse sempre stato il suo posto.

Più tardi superammo una curva e vedemmo due persone in arrivo dalla direzione opposta, in bici una di fianco all'altra, con un cane al guinzaglio. Visto che Patrick era a suo agio stavamo andando abbastanza veloci, per lui, e di colpo spalancò gli occhi.

Frenai, trascinando il piede sull'asfalto per lasciare che continuasse di fronte a me. «Tricky, gira! Verso l'erba».

Si piegò e andò verso l'erba, ma si dimenticò di saltare e la forza lo fece cadere dalla tavola proprio mentre il gruppo ci superava.

«Stronzi!», gridai con la faccia più incazzata che riuscii

a fare, smettendo di prestare attenzione a dove andavo. La mia tavola andò addosso a quella di Patrick, e volai a terra. «Oddio!».

Finii a terra con un tonfo, atterrando di pancia di fianco a Patrick, che era disteso di schiena con una mano sul petto e rideva di me.

Non potei fare a meno di ridere anch'io, appoggiandomi la testa sugli avambracci mentre cercavo di riprendere il fiato che avevo perso. Mi girai sulla schiena, e le nostre braccia si toccarono. Lui intrecciò le dita alle mie. Ci voltammo l'uno verso l'altra e ci guardammo, e le sue dita mi sfiorarono la guancia, le labbra.

Voleva dirmi qualcosa – nei suoi occhi c'era qualcosa che mi spaventava. Non sapevo cosa fosse. Non pensavo di volerlo sapere. Quindi lo baciai, sperando di cancellare quel pensiero, almeno per un attimo.

Ebbi ragione. Quando riaprimmo gli occhi, se n'era andato insieme alla mia paura.

Facemmo skate un altro po', poi tornammo a casa, ordinammo da mangiare e passammo un'altra serata felicemente soli – Ellie aveva passato quasi ogni notte con Max. Mi stesi sul divano con i piedi appoggiati sul suo grembo a leggere un libro, mentre lui disegnava. In bagno ci lavammo i denti insieme, come se fosse la cosa più normale al mondo.

Nel corso dell'ultima settimana avevo dimenticato le parti brutte. Mi ero ricordata di quanto fosse bello stare insieme.

Ma sentivo che il nostro passato era sempre lì con noi, sottinteso a ogni bacio e a ogni parola. Anche se speravo che un giorno ci saremmo svegliati con tutti i casini alle spalle, sapevo benissimo che sarebbero tornati a galla a ogni discussione, ogni litigio, ogni brutta giornata. Non ci avrebbero lasciati in pace. A essere un'artista della fuga avevo imparato solo quello. Era l'unica cosa su cui potevo contare.

Distesa al suo fianco, mi resi conto che la nostra situazione era stabile quanto la nitroglicerina, e fui certa che l'esplosione sarebbe stata silenziosa e distruttiva allo stesso tempo. Perché io e lui funzionavamo così. E adesso vivevamo insieme facendo finta che andasse tutto bene, mentre in realtà il gas continuava a colare e colare nella stanza. Mi chiesi chi sarebbe stato ad accendere il fiammifero.

26
Tic tac

Patrick

La sera dopo mi sentivo bene mentre salivo le scale del nostro palazzo. Avevo deciso di dormirci sopra, e mi ero svegliato pensando ancora che trasferirmi da Seth fosse la cosa giusta da fare e quello che volevo. Stasera l'avrei detto a Rose.

Sorrisi tra me e me. Sarebbe andato bene. Sarebbe andato tutto bene.

Infilai la chiave nella serratura del mio appartamento e aprii la porta, trovando Cooper e West seduti al tavolo con una bottiglia di scotch tra di loro.

Cooper si alzò per andare a prendermi un bicchiere mentre ci salutavamo. «Bevi qualcosa con noi prima di andare da Habits».

Mi sedetti e Cooper mi riempì il bicchiere. «È tutto il giorno che aspetto di bere».

«Be', sono felice di accontentarti». Si sedette e prese il suo bicchiere. «Come va, Trick?»

Alzai le spalle, senza sapere se volevo davvero parlare. «Bene, penso».

West ridacchiò. «Convincente».

Sorrisi. «È complicato».

«C'è qualcosa che non lo è?», chiese Cooper bevendo.

«Dove sono le ragazze?».

West appoggiò i gomiti sul tavolo. «Da Habits con Rose».

Mi rilassai un po', sapendo che Lily non era a portata d'orecchio. Mi strofinai la mascella. «Senti, West. Dobbiamo parlare della mia situazione qui».

I sorrisi scomparvero e diventammo seri. Bevvi un sorso. «Penso che sia ora che mi trasferisca».

West aveva un'espressione solenne, e abbassò lo sguardo verso il bicchiere. «Abitavi qui per primo, Patrick. È ancora casa tua. Io e Lily possiamo trasferirci. O potremmo andare da lei».

Scossi la testa e gli rivolsi un sorriso rassicurante. «No. Questa è casa vostra, di tutti e due. E io e Rose non siamo pronti a vivere insieme, almeno non ufficialmente. Devo prendere una decisione, perché vivere in un limbo sta diventando troppo difficile».

«Dove andrai?», mi chiese West.

«Seth ha bisogno di un coinquilino. Non abita lontano, ed è nei casini».

Quattro occhi pieni di rimprovero mi fissarono da entrambi i lati del tavolo.

«Sei sicuro che sia una buona idea, Tricky?». West era molto serio, con gli occhi di un azzurro più scuro del solito.

«No. Ma quello di cui *sono* sicuro è che posso cavarmela. Mi fido di lui, ma non sono cieco. Potrebbe essere il momento buono per dargli il buon esempio. Comportarmi da amico adesso che è da solo, sobrio. Penso che gli farebbe bene, ma non ho illusioni. Solo speranze».

Cooper sorseggiò il suo drink e West si strofinò una mano sulla barba. «Non ti farò la predica, perché non sono tua madre. Se pensi di avere la situazione sotto controllo ed è quello che vuoi, non posso dirti di no. Sappi solo che qui hai una casa. Non vogliamo che tu te ne vada, e so che anche Rose non lo vorrebbe».

«Lo so. Ma sono pronto ad avere di nuovo una casa mia».

West scosse la testa. «Non pensavo che sarebbe finita così».

Aggrottai le sopracciglia. «Così come?»

«Ero contento che dormissi di là, ma non pensavo che io e Lily ti avremmo spinto ad andartene».

Il bicchiere era fresco nella mia mano quando lo presi per bere. «Non è solo quello, West. Sono felice per voi, e sono felice con Rose. Ma questa è la scelta giusta per me, e nel frattempo posso aiutare un amico. Non c'è niente da sistemare. Volevo solo dirvi che sta per succedere».

Lui sospirò, guardandomi con occhi tristi. «Be', abbiamo passato dei bei momenti, Tricky».

West sollevò il bicchiere, e anche Cooper lo fece, e io toccai l'orlo dei loro bicchieri con il mio, sorridendo. «Lo sono stati davvero».

Patrick

Qualche ora dopo eravamo seduti intorno al bancone di Habits, come sempre, e io guardavo Rose, e sentii di nuovo che qualcosa stava cambiando. Prima era successo intorno a me, mentre io restavo fermo a osservare tutto che si allontanava. Ma adesso ero dentro alla corrente e sentivo che il movimento mi trascinava con sé, portandomi via, che lo volessi o no.

Finii il mio whisky mentre Rose me ne passava un altro. Ci scambiammo un sorriso di quelli che possono esistere solo tra due persone che si conoscono e si amano e si sono ferite a vicenda. E poi feci una piccola preghiera, sperando che tutto andasse bene.

27
Kamikaze

Rose

Patrick rimase fino alla chiusura del bar, molto dopo che tutti gli altri si erano salutati con cenni e sorrisi e avevamo spento le luci. Tornammo a casa tenendoci per mano in silenzio, felici e persi nei nostri pensieri.

L'appartamento era calmo e buio, e andammo in camera mia in silenzio senza preoccuparci di accendere le luci, limitandoci a spogliarci prima di infilarci sotto le coperte. E poi ero tra le sue braccia. Il suo cuore mi batteva sotto la guancia, le sue gambe erano intrecciate alle mie. Dopo un attimo inclinai il mento, piegandomi all'indietro e appoggiandogli una mano sulla mascella, e lo baciai.

Era semplice: la facilità con cui si mossero le nostre mani, le nostre labbra, i nostri corpi, e la lentezza con cui ci unimmo quella notte, quando, per alcuni momenti, tutto fu esattamente come doveva essere. Ci ritrovammo dopo quello che era successo. Adesso sembrava tutto così stupido e insensato. Come le cose che hai fatto da giovane e che ti hanno lasciato addosso un segno, ma di cui non riesci a ricordare i dettagli, solo il risultato. E potevo ancora sentire lo strappo nel mio cuore, il bruciore della ferita, anche se ormai ero guarita.

Stavo iniziando a convincermi che lui non mi avrebbe ferita, e ovviamente fu in quel momento che lo fece.

Eravamo abbracciati, con i cuori che si erano finalmente calmati, le sue dita tra i miei capelli mentre respiravamo insieme. E poi parlò.

«Grazie di avermi fatto restare qui, Rose».

Sorrisi. «Prego».

«Ho pensato molto a noi. A quanto mi sei mancata».

«Anche tu», dissi io a bassa voce. «Così tanto».

Lui prese fiato, e io sentii il suo cuore battere più veloce sotto la mia guancia. «Ho cenato con Seth l'altra sera. Lui… insomma, ha bisogno di un coinquilino».

Ridacchiai. «Digli di mettere un annuncio su internet».

«Non è così semplice. Non può avere un coinquilino normale che beve e fuma erba e tiene alcol in casa, adesso che sta cercando di restare pulito. E io ho la possibilità di aiutarlo. Qui non ho più una casa, e anche se mi piace stare da te, non posso continuare così».

Il mio corpo si irrigidì. «Non lo stai prendendo in considerazione sul serio, vero?»

«Gli ho già detto di sì. Ho bisogno di una casa mia, e lui ha bisogno di aiuto».

Mi alzai a sedere, portandomi dietro le lenzuola. «Seth ha sempre bisogno di aiuto».

Lui accese la luce e si alzò, appoggiandosi ai cuscini. «Sì, be', è pulito e si sta impegnando. Questa volta è diverso, Rose».

«Non puoi sapere se è vero».

«Devo crederci».

Avevo il cuore che mi martellava nel petto. «Non puoi vivere con Seth. E se ti derubasse? Non sarebbe la prima volta. O se finisse in qualche casino e ti arrestassero di nuovo? Potrebbe avere delle droghe in casa. Non puoi metterti in una posizione simile, Patrick».

Lui si incupì. «Abitare qui è altrettanto pauroso, solo in un modo diverso».

Mi sentii come se mi avesse schiaffeggiata. «Mi hai appena paragonata a Seth?»

«Mi sto mettendo in pericolo qui come lo farei con Seth. Non abbiamo parlato di... niente, in realtà. Niente di quello che è successo o che succederà. Neanche una parola sui nostri sentimenti».

«Perché *tu* hai detto che era meglio se facevamo finta di niente».

«Non ho detto così, Rose. Ho detto un giorno alla volta, che è quello che stiamo facendo. Ma sono bloccato tra qui e casa mia come una monetina in un testa o croce. Non ho una casa, e non posso continuare a restare qui».

«Quindi vuoi andare a vivere con *Seth*?». Scossi la testa, avevo le guance che mi bruciavano. «Può essere solo un disastro».

Lui mi guardò socchiudendo gli occhi, con la mascella dura. «Come faccio a sapere che anche questa cosa tra noi due, qualsiasi cosa sia, non si rivelerà un disastro?». Aspettò un secondo. «Non lo so. Non lo so più di quanto non lo sappia con Seth. Ma ho fiducia in voi due».

Feci un respiro profondo, cercando di stare dietro a quello che stava succedendo. «Io non capisco. Dopo tutto quello che ti ha fatto Seth, non riesco a credere che tu abbia ancora fiducia in lui. Ti ha ferito».

«E anch'io gli ho fatto del male. E tu mi hai fatto del male, e io ti ho fatto del male. Sono tutti dei rischi, qualsiasi cosa faccia».

«Io ho fatto del male *a te*?». Mi tremavano le mani mentre stringevo il lenzuolo sotto le braccia. «Io ti ho fatto del male. *Tu mi hai distrutto*».

Lui serrò la mascella. «Pensi che sia stato facile per me? Per sette mesi ho cercato di andare avanti. Ho passato sette mesi a punirmi, a desiderare che tu mi punissi.

Sette mesi di rimorsi. Non sei la sola che è stata ferita, Rose».

«Be', *tu* hai mandato tutto a puttane». Le lacrime mi bruciavano gli occhi. «Tu mi hai lasciata senza una spiegazione. Mi hai abbandonata qui a chiedermi dove avevo sbagliato, a pensare che non ero abbastanza per te, e poi sei tornato con un'altra per ribadire il concetto. Pensavo che tu fossi quello giusto. Pensavo che tu fossi tutto, ma non mi rispettavi neanche abbastanza per dirmi perché mi stavi lasciando».

Ogni parola era tagliente come un coltello. «E tu non mi rispettavi abbastanza per lasciare che ti spiegassi. Non ti importava abbastanza da mettere da parte l'orgoglio e perdonarmi. Mi hai lasciato soffrire per tutto quel tempo. Ti è piaciuto? Ti ha fatto sentire meglio sapere che avrei passato il resto della mia vita pensando di non poter sistemare le cose? Sapevi quanto mi faceva male e hai lasciato che succedesse».

Il mio corpo era gelido. «Solo perché ho fatto finta che non mi importasse non significa che sia stato facile».

Lui scosse la testa. «Non volevi lottare per me perché avevi paura, e ce l'hai ancora».

«Io non ho paura. Sei stato tu a scappare, Patrick».

«La differenza è che io sono tornato». Sollevò il lenzuolo con uno scatto e si alzò, attraversando la stanza verso i suoi vestiti. Afferrò i pantaloni e se li infilò mentre io lo fissavo a bocca aperta con il cuore che mi martellava contro le costole.

«Fai sempre così. Te ne vai. Non possiamo risolvere niente perché tu non mi parli».

Lui si voltò di scatto, il viso piegato dalla sofferenza. «No. Non possiamo risolvere niente perché siamo troppo feriti per far funzionare una relazione. Tu non puoi lasciarmi entrare, e lo stesso vale per me, perché siamo fottuti. Ti voglio. Voglio stare con te. Ma non riesci a chiedermi di restare. Non riesci ad alzarti e a dirmi che lotterai per me. È una cosa troppo grande e difficile e paurosa, e tu continuerai a scappare per sempre. E io non posso inseguirti, Rose. Non posso...». Gli si spezzò la voce e si voltò di nuovo, piegandosi a raccogliere la camicia. «Non posso, Rose. Non posso».

Uscii dal letto, tirandomi dietro il lenzuolo, protendendomi verso il suo braccio, le lacrime che mi scorrevano lungo le guance. «Patrick, io...».

Si voltò verso di me, il viso pieno di paura e dolore e speranza mentre aspettava che gli dicessi le parole che mi si stavano bloccando in gola. Non riuscii a parlare, il mio cuore sofferente era paralizzato dal silenzio, e la speranza abbandonò il suo viso, svanendo come un sogno.

«Dopo tutto quello che è successo, non ti fidi ancora di me. Ho fatto tutto quello che posso, tutto quello che so fare. Non posso fare nient'altro, a parte andarmene». Si voltò e si allontanò, sparendo nell'oscurità. «Ci vediamo in giro, Rose», disse, e poi se ne andò.

28
Colpa e responsabilità

Patrick

Il giorno dopo stavo trascinando un'altra scatola di materiale da disegno su per le scale del palazzo di Seth. Spalancai la porta con un calcio, spostando la presa mentre attraversavo l'appartamento e mi dirigevo verso la mia nuova stanza. Era abbastanza grande e luminosa. Per ora avevo portato solo le attrezzature da disegno e un borsone pieno di vestiti, che appoggiai sopra al materasso ad aria che mi aveva preparato Seth.

Mi misi le mani sui fianchi mentre guardavo fuori dalla finestra con gli occhi fissi sulla strada in basso, il cuore che mi batteva forte e il respiro più pesante di come avrebbe dovuto essere.

Non era stato facile. Non c'era mai stato niente di facile. Ma ogni scelta che avevo fatto mi aveva portato dove mi trovavo ora. Se la mia vita fosse stata diversa, forse sarei stato diverso. Forse no. Forse non avrei avuto paura. Forse l'avrei avuta comunque.

Quando non c'è niente di sicuro nella tua vita – la tua famiglia, i tuoi amici – sbatti fuori tutti. No, anzi, non li sbatti fuori. Li tieni a distanza. Li fermi prima che entrino. Perché se si avvicinano troppo hai qualcosa da perdere.

Era il motivo per cui l'avevo lasciata la prima volta, ma adesso era diverso. Questa volta ero stanco.

Non potevo costringerla, prenderla per mano e tirarla in modo che mi seguisse. Lei non era riuscita a dire quelle parole. Non era riuscita a dirmi che mi voleva dopo tutto quello che era successo, dopo tutto questo tempo. Quella era la fine. Avevo bisogno di sentirmi dire che ero importante, che significavo qualcosa per lei. Ma il suo silenzio mi diceva tutto quello che avevo bisogno di sapere.

C'era solo un modo per andare avanti, ed era restare il più lontano possibile da Rose. E lontano da Rose significava lontano da tutti loro. Li amavo – erano la mia famiglia. Ma tutti stavano andando avanti con la loro vita, e io dovevo fare lo stesso.

Era l'unico modo per salvare quello che restava del mio cuore.

Seth bussò gentilmente sullo stipite della porta, e io mi voltai e lo trovai che mi fissava con serietà. «Ehi».

«Ehi». Infilai una mano in una scatola di colori e iniziai a mescolarli solo per tenermi occupate le mani.

«Sicuro di star bene?»

«Passerà».

«Come sempre». Diede un'occhiata alle scatole. «Hai altro?»

«Solo questo, per ora».

Si avvicinò a una e sbirciò dentro. «Hai portato qualcosa a parte colori e vestiti?»

«Di cos'altro ho bisogno?».

Lui ridacchiò. «Dunque qual è il tuo piano? Con Rose, intendo».

Presi la scatola del cavalletto e iniziai a montarlo, evitando di guardarlo negli occhi e cercando di sembrare indifferente. «Niente. Tenere un profilo basso, penso. Lavorare. Dipingere».

«Non vuoi inseguirla? Nessun gesto eclatante? La lasci andare così?»

«Quando stringi Rose, sei tu che sanguini. Tornare indietro non è possibile, non adesso. Voglio solo…». Mi passai una mano tra i capelli. «Non lo so, Seth. Non so nemmeno se voglio provarci di nuovo. Anche se la desidero, anche se ho *bisogno* di lei, non posso continuare a farmi del male. Uno di noi due manderà tutto a puttane, quindi perché restare ad aspettare? Mi sono stancato di aspettare. Per cui raccolgo le mie carte».

«È parecchio triste, perfino per te».

Ridacchiai fissandomi i piedi. «Sì, be'. Starò bene, e anche lei. Alla lunga saremo entrambi più felici».

«Come farai a staccarti se continui a passare il tempo con lei?»

«Non posso. Ma le cose non sono più come una volta. Tutti sono impegnati e in coppia e… stanno crescendo, credo. Vanno avanti. L'unico modo per superare Rose è tirarmi fuori».

Lui sospirò e si passò una mano tra i capelli biondi. «Mi dispiace, Patrick».

«Non devi».

Lui annuì. «Sono felice che tu sia qui. Davvero felice».

Gli sorrisi con gentilezza desiderando un centinaio di cose che non potevo avere, ma grato per quello che avevo. «Anch'io».

Rose

Quel pomeriggio quando mi svegliai avevo freddo. Forse era per colpa delle lenzuola abbassate intorno alla mia vita, che mi lasciavano scoperte le braccia nude sotto l'effetto del ventilatore. O forse era perché ero sola.

Afferrai la coperta e la sollevai, avvolgendomela intorno come se fossi stata un burrito.

Se n'è andato per colpa tua.

Chiusi gli occhi per il dolore.

Lui aveva ragione, lo sapevo. Riguardo a tutto. Non ero riuscita a chiedergli di restare. Non ero riuscita a dirgli che lo volevo, anche dopo che me l'aveva chiesto. Non ero riuscita a dargli quello che desiderava, e nemmeno quello che desideravo io.

Avevo *davvero* paura. E anche stavolta l'avevo lasciato andare via.

Sembrava che fossimo destinati a ripetere le nostre azioni, ancora e ancora, all'infinito.

La mia porta si socchiuse con uno scricchiolio, mentre una lacrima mi scivolava lungo la guancia. «Rosie?», chiamò Lily dalla soglia.

«Ehi», risposi con voce soffocata, e piegai il collo per asciugarmi la lacrima sulla coperta.

Il ventilatore si spense, la lampada si accese e il materasso si abbassò mentre Lily saliva sul letto. Tirò gentilmente un orlo della coperta. «Sei lì sotto?»

«No».

«Dai. Dammi un po' di coperta. Fa freddo».

Sbirciai fuori e vidi il suo viso familiare e sorridente, il suo sguardo dolce, e altre lacrime mi bruciarono gli occhi. Sbattei le palpebre per liberarle e mi spostai per lasciarle una parte del mio rifugio.

Ci mettemmo una di fronte all'altra.

«Patrick mi ha detto quello che è successo».

Sollevai un sopracciglio.

«Be', all'incirca. Sai, in quel modo che ha lui: una frase per volta e tutte molto generiche».

Ridacchiai.

«Stai bene?»

«Non proprio».

«Vuoi parlarne?»

«Non proprio».

Lei sorrise, e fece un gesto con cui voleva dire di smetterla con le stronzate.

Sospirai. «Non so nemmeno cosa dire. Era qui, e andava tutto bene. E poi ha tirato fuori Seth, e adesso se ne è andato».

Mi diede un'occhiata. «Stai cercando di dare la colpa a Seth?»

«Be', un po' sì. Se non fosse venuto qui a mostrare le chiavi del suo appartamento, non avremmo litigato».

«D'accordo, ma il litigio non riguardava quello, vero?», mi chiese come se sapesse già la risposta.

Evitai di rispondere facendole a mia volta una domanda. «Cosa ti ha detto Tricky?»

«Ha detto che si stava trasferendo da Seth e ha parlato poco del litigio. Ha solo accennato che lui è disposto a riprovarci, e tu non sei pronta».

Resistetti all'impulso di seppellirmi sotto le coperte in modo che non potesse vedermi. «Non lo so, Lil. È iniziata con Seth, ma non riguardava davvero a Seth. Riguardava noi. Ci siamo detti la verità su come sono andate le cose, e non è stato affatto bello da sentire. Né da dire».

«Be', non mi sembra così irreparabile. Forse avete solo bisogno di un po' di tempo per calmarvi».

«Non penso. Credo...». Deglutii. «Credo che sia finita. Voleva che io gli chiedessi di restare, e non l'ho fatto. Non ci sono riuscita. L'ho deluso, ma lui non è stato corretto a esigere che io gli dicessi quello che voleva così, sul momento».

Alzò gli occhi al cielo. «Non essere drammatica, Rose».

«Ah. Divertente che sia tu a dirlo».

«Ah, ah». Mi pizzicò un braccio, e io sogghignai. «Ti capisco. Non reagisci bene sotto pressione, quando ti mettono alle strette».

«No, trovarmi con le spalle al muro mi fa quell'effetto». Sospirai.

Lei scosse la testa. «Hai ragione. Non è stato molto corretto».

«Ma poi... non so». Mi agitai sotto la coperta, sentendomi a disagio. «Ci siamo fatti male a vicenda. Non credo che ci sia un modo per superare il problema. Penso che nessuno di noi due riesca ad andare oltre i propri sentimenti abbastanza da riuscire a vedere il punto di vista dell'altro».

«Perciò è esploso questo casino».

«No, il casino già c'era. Probabilmente dalla prima volta che l'ho visto».

Mi lanciò un'occhiata. «Sul serio, chi sei, un'attrice tragica?», scherzò.

«Non so», dissi con un briciolo di disperazione. «Mi sa che sto degenerando. Tra un po' mi metterò a piangere e mangiare gelato direttamente dalla vaschetta mentre guardo *Le pagine della nostra vita*».

«Pensavo che non avessi più le mestruazioni».

Feci una smorfia. «Non ho bisogno di una scusa per provare dei sentimenti, Lilith!».

Lei rise. «Posso andare a comprarti il gelato e renderlo possibile. In effetti, ho una vaschetta di gelato al cioccolato nel congelatore di West, se vuoi vado a prenderlo».

Mi mordicchiai il labbro. «Forse».

«Basta che tu me lo dica».

La guardai negli occhi, e fui sopraffatta dalla tristezza. «È cambiato tutto».

«Lo so», disse a bassa voce.

«Non so più qual è il mio posto. Nemmeno Patrick lo sa. È per quello che era qui, in realtà, e lo capisco. E a un certo punto, probabilmente presto, tu e West andrete a vivere insieme. E poi cosa succederà?».

Lei sospirò e tirò la coperta. «Sinceramente, non ne abbiamo ancora parlato sul serio. Non mi dispiace avere Tricky intorno, e neanche a West dispiace, ma a lui non va di stare con noi, a parte la storia del sesso. Non fraintendermi, non mi ha fatto sentire inopportuna o roba del genere, ma vedo che c'è qualcosa che gli dà fastidio, più importante del problema con me e West».

«Gli ricordate che noi siamo soli».

Lei non reagì, anche se i suoi occhi diventarono ancora più dolci.

Le presi una mano. La mia migliore amica. «Finora eravamo da soli *insieme*. Adesso è diverso. Tu e West ormai siete un'unica entità. Non è che non vi vediamo da soli, ma una parte di voi è sempre con l'altro. È bello e fantastico, e *vogliamo* che funzioni, ma sottolinea quello che ci manca. Per un attimo ho pensato...». Sospirai di nuovo. «Forse ho pensato che io e Patrick saremmo tornati insieme. Avrei dovuto sapere che non avrebbe mai funzionato. Siamo condannati».

«Dovete solo parlarvi», disse lei, in tono concreto.

«Noi non parliamo, Lily».

«Uff, siete così fastidiosi».

«Cosa? Non tutti sono come te».

Lei sbuffò. «Lo so, ma comunque. Il novanta per cento dei vostri problemi sarebbe risolto se solo ne parlaste».

«Ma per noi funziona così. Noi siamo fatti così, Lil. Quando stiamo bene, stiamo bene. E quando non va, ce ne andiamo e chiudiamo tutto. Il problema è che siamo *entrambi* così, quindi in totale risolviamo zero problemi».

«Allora spezza il circolo vizioso. Vai a parlargli». Mi diede quel consiglio come se fosse davvero così semplice.

«E cosa gli dico? Giuro che inizio le conversazioni con lui con la ferma intenzione di essere onesta e aperta, ma poi sul momento è come se qualcuno schiacciasse un interruttore, e mi blocco. Tipo, la mia bocca dà i numeri e tutto quello che dice è "Vabbè" e "Okay". Non è una conversazione. Non sappiamo come fare».

«E perché non gli scrivi una lettera? In quel modo puoi pensare a tutto quello che vuoi dire».

«Non so nemmeno cosa *voglio* dire».

«Be', ovviamente prima devi capirlo».

Provai a pensare a quello che avrei potuto dire, ma appena il dolore nel mio petto si intensificò, scacciai quei pensieri. «Non sono pronta».

Lily sorrise e mi abbracciò. «Be', quello è il primo passo. E non c'è fretta». Mi strinse più forte. «Andrà tutto bene, Rosie».

Le lacrime si riaffacciarono calde e brucianti in fondo ai miei occhi, e sentii un nodo stringermi la gola. Non riuscivo a essere altrettanto ottimista.

29
Prince risolve tutto

Patrick

Quella sera mi incamminai con West da Habits pieno di timore, senza sentirmi meglio nonostante la lunga conversazione che avevamo avuto nel suo appartamento, rielaborando tutto. La mia unica consolazione era che mi sentivo deciso, rinforzato da tutti i discorsi che avevamo fatto.

Io e Rose ci facevamo del male a vicenda. Non era possibile riparare ciò che avevamo distrutto – avevamo già fatto abbastanza danni.

Stasera ci saremmo riuniti tutti, perché Maggie era stata promossa come dipendente a tempo pieno del ricovero per i senzatetto, e non potevo non andare a farle le congratulazioni solo a causa mia e di Rose. D'altronde ero andato avanti senza di lei per tutti questi mesi. Adesso non era cambiato niente.

Appena superai la soglia e la vidi dietro il bancone, mi resi conto che era una bugia.

Per poco non smisi di camminare, ma mi ripresi e continuai, distogliendo lo sguardo dal suo per cercare gli altri. Il gruppo era riunito davanti al bancone, e tutti ridevano e sorridevano come sempre, le coppie felici, più me e Rose.

Ci salutarono quando ci avvicinammo.

Feci un giro per salutare tutti, facendo le congratulazioni

a Maggie con un bacio sulla guancia, cercando di mettere quanta più distanza possibile tra me e Rose, come l'abisso che c'era tra noi. Ma era inutile. Non so dove trovai il coraggio di avvicinarmi al bancone e ordinare un drink, restando a guardarla mentre lei me lo preparava, entrambi in silenzio. Non riuscivo a distogliere gli occhi. Sembrava felice, con le spalle dritte e il mento alto. Ma sapevo che era una messinscena. Potevo percepire il suo dolore come se fosse il mio.

Lei evitò il mio sguardo, mi porse il bicchiere mentre le passavo i soldi e trovavo un posto dove sarei stato abbastanza lontano, a un angolo in cui non l'avrei dovuta guardare negli occhi. Ogni minuto fu una tortura e, poco dopo aver finito il bicchiere, salutai tutti.

Per essere giugno, l'aria era fresca, con un vento che ti soffiava il freddo dentro, spingendolo fin nelle ossa. Ma non volevo prendere un taxi. Volevo sentire il freddo e la terra sotto i miei piedi. Volevo ricordarmi perché quella era la cosa giusta da fare, l'unica. Ma mi ritrovai a cercare le risposte e a ripetermi nella mente i motivi ancora e ancora, come una preghiera.

Rose

Essere nella stessa stanza era un inferno.

Appena entrò percepii la sua presenza; i miei occhi trovarono i suoi, i suoi i miei, prima che li distogliesse di scatto come se non mi conoscesse. Le uniche parole che ci scambiammo furono quando ordinò da bere, guardandomi con uno sguardo così pesante che riuscii a malapena a respirare. Ma pochi minuti dopo, se ne andò senza neanche voltarsi.

Il gelo si insinuò nel mio cuore.

Appena se ne fu andato, i nostri amici mi guardarono come se mia nonna fosse morta. Alzai gli occhi al cielo, facendo finta di non sentirmi come se mi avessero sparato.

«Dateci un taglio».

Spostarono tutti timidamente lo sguardo altrove, e Cooper prese l'iniziativa, dando il via a una nuova conversazione. Lily si appoggiò al bancone con la fronte corrugata.

«Tutto okay?», mi chiese a bassa voce.

«Sto bene».

Aveva gli occhi fissi sul bicchiere, ma le sopracciglia sollevate. «Non puoi mentirmi, Rose Fisher».

Presi fiato e abbassai il mento, socchiudendo gli occhi e sentendo un nodo stringermi la gola. «Cosa vuoi che ti dica, Lil? È stato orribile, cazzo. È stato orribile, e voglio nascondermi sotto il bancone e bermi una bottiglia di whisky da sola». Mi tremava la voce. «Ecco. Ti senti meglio? Sono stata abbastanza onesta?».

Mi osservò. «Karaoke».

Sbuffai e sollevai le mani. «Non è una risposta, porca puttana».

Lily alzò le spalle. «Certo che lo è. Vuoi la pace nel mondo? Metti tutti insieme a cantare *The Humpty Dance*». Si voltò sullo sgabello per rivolgersi a Ellie e Maggie. «Andiamo a fare un karaoke. Ci state?».

Cooper aprì la bocca per parlare, ma Lily lo zittì agitando un dito.

«No. Solo ragazze. Che ne dite, belle? Penso che il dottore abbia ordinato a Rosie un po' di terapia sotto forma di *When Doves Cry*».

Alzai di nuovo gli occhi al cielo, ingoiando le lacrime, scherzando per nascondere il dolore. «Per piacere. Prince è fuori dalla mia portata».

Le ragazze annuirono e risero, e Lily si voltò verso di me con aria soddisfatta. «Vedi? Lo facciamo».

Scossi la testa. «Non posso. Sarò qui fino alle tre di mattina».

Lily chiamò Shelby con un cenno. «Shelbs, possiamo rubare depri-Rosie stanotte prima della chiusura? Dobbiamo riempirla di alcol e farle cantare canzoni degli anni Ottanta il prima possibile».

«Sì, fatelo». Sorrise. «Appena si calma l'afflusso potete andare».

Cercai di non guardare storto quella traditrice, anche se rivolsi un'occhiataccia a Lily. «Okay, hai vinto».

Lei rise, evidentemente compiaciuta. «Che novità».

Rose

Qualche ora dopo noi quattro eravamo sedute a un tavolino mentre un uomo con un cappello da cowboy e dei grossi baffi grigi cantava una canzone di Roy Orbison, gli occhi chiusi e il viso pieno di convinzione.

«Il karaoke spacca». Sollevai il bicchiere e gridai insieme al resto del pubblico quando finì. Dopo aver fatto un bell'urlo, buttai giù quello che restava del mio whisky e presi il nuovo bicchiere che ci aveva portato la nostra cameriera.

Eravamo tutte ubriache. E io ero abbastanza intorpidita da riuscire a far finta che gli ultimi giorni non fossero mai esistiti. Sembrava tutto lontano, come se fosse una storia capitata a una ragazza di nome Rose, non la mia vera vita.

Cinque o sei o otto bicchieri di whisky mi facevano quell'effetto.

Il DJ parlò agli altoparlanti e chiamò Ellie. Lei saltò giù dallo sgabello e andò sul palco, ridacchiando al microfono.

«Ciao a tutti».

Gli uomini fischiarono e applaudirono, e lei sorrise, lisciandosi il vestito corto sui fianchi sotto le note di *Like a Virgin*, che Ellie cantò secondo lo stile di Betty Boop. Fu l'interpretazione più esilarante che avessi mai sentito: era tutto un agitare di fianchi e labbra imbronciate, con una scollatura mozzafiato e i capelli rossi che le scendevano sulle spalle. Giuro su Dio, ogni uomo nel locale aveva gli occhi incollati su di lei. Potevo praticamente sentire le trombe da stadio quando si passò una mano sul corpo durante il ritornello.

Non riuscivamo a smettere di ridere.

«Mi sto per pisciare addosso», strillò Lily.

«Oh, Dio, se fai la pipì, lo metto su Instagram», esclamai.

Maggie non riusciva nemmeno a fare rumore. Lasciò cadere la testa sul tavolo, le spalle scosse dalle risate.

Ellie ci salutò agitando le dita e ci fece l'occhiolino, ridacchiando, mentre attraversava il palco accarezzando il microfono come se fosse un enorme cazzo.

Quando ebbe finito, avevamo ripreso fiato a sufficienza per urlare mentre appoggiava il microfono.

«Sposami», gridò un uomo dalla folla.

Ellie rivolse un sorriso nella sua direzione. «Mostrami il tuo estratto conto e possiamo parlarne, tesoro». Rispose ai fischi e alle urla salutando con le dita mentre scendeva dal palco.

Applaudimmo ed esultammo mentre tornava da noi.

«È stato bellissimo!», applaudì Maggie.

Ellie sorrise e ci fece una piccola riverenza prima di sedersi. «Grazie. Quella canzone è sempre una bomba nei karaoke. È meglio solo quando la canta un uomo grasso e peloso».

Scossi la testa ridendo. «Sono certa che fossi una spogliarellista nella tua vita precedente».

«Non posso farne a meno. Ho tutta questa roba da sfruttare». Indicò il suo corpo formoso. «Tipo, sapete quanto è facile per me ballare facendo "twerk"? Guardate, vi mostro». Fece per alzarsi, e noi ridemmo ancora più forte.

Le toccai un braccio. «Dopo. Quando avrai dei pantaloni».

«Uff». Lei agitò una mano senza il minimo accenno di imbarazzo, ma si sedette.

Sul palco salì la cantante successiva, che era *davvero* brava e cantava a squarciagola *Barracuda* come una professionista. Maggie ed Ellie si agitarono sulle sedie seguendo il ritmo e cantando.

Lily aspettò un minuto prima di piegarsi verso di me. «Va meglio?».

Le feci un sorrisino e sollevai il bicchiere. «Ancora una volta avevi ragione. Il karaoke risolve i problemi».

«O almeno li allontana per un po'».

Le toccai il naso. «Oooh, una perla di saggezza di Liliaca».

Lei annuì con serietà. «Quando Lily Ubriaca raggiunge lo stadio Liliaca, si fanno conversazioni importanti».

«È verissimo. L'alcol influenza i tuoi filtri nel modo migliore».

Ridacchiò e prese in mano il suo gin tonic. «Neanche Rosiaca è male».

Alzai le spalle, poco convinta. «Rosiaca è accettabile. Però sono un po' preoccupata di come faremo a tenere i vestiti addosso a Elliaca».

«Sì, forse hai ragione». Sollevò il bicchiere per brindare con me. «Tricky, chi?»

«Tricky, chi», echeggiai e portai il mio bicchiere al suo.

«Idee su cosa fare dopo?».

Tirai su col naso e feci una smorfia. «Non proprio. Sopportare la parte imbarazzante e sperare che un giorno potremo passare di nuovo del tempo insieme. Ma per ora non voglio vederlo».

Si piegò in avanti, socchiudendo gli occhi come se non mi vedesse. «È vero? Cioè, proprio vero?»

«Sì e no, penso. Una parte di me vuole vederlo e fare finta che sia tutto a posto e poi scoparlo di brutto. L'altra parte non vuole vederlo mai più e dimenticarsi della sua esistenza». Bevvi un sorso. «Immagino che sia possibile che non ci vedremo più così tanto, adesso che abita con Seth». Nell'abisso del mio stomaco si poteva quasi sentire l'eco, talmente era nero e buio.

Lei sospirò. «Tutta questa storia fa schifo. Dopo tutto quello che è successo, abitavate insieme, stavate per tornare insieme. Che cazzo di presa in giro».

«Lo so».

Lily si tormentò un labbro. «Mi sento in parte responsabile».

«Perché dovresti sentirti responsabile? Non ha niente a che fare con te». Le toccai un braccio.

Mi guardò facendo dei grandi occhioni innocenti, e io strinsi le labbra.

«Cosa hai fatto?».

Lei si prese le punte dei capelli e se li arrotolò intorno alle dita. «Be', è stata un'idea di West».

Socchiusi gli occhi. «Che cosa è stata un'idea di West?»

«Be', ci sto arrivando, se mi lasci parlare».

Mi sentivo irritabile, appoggiai la schiena sulla sedia e presi il mio bicchiere, incrociando un braccio sotto il gomito. «Prego. Accomodati». Feci un cenno con il bicchiere.

Lei bevve un sorso e prese fiato. «Allora, ovviamente sappiamo cosa provate l'uno per l'altro, e le... *difficoltà* che affrontate. Sai, il fatto che non parlate tra di voi».

«Ne sono consapevole».

Aveva un'espressione tremendamente colpevole. «Be', forse, in qualche modo, tipo, abbiamo finto tutta la faccenda del sesso rumoroso».

Sbattei le palpebre. «Cosa?»

«Cioè, non era del tutto finta», chiarì. «A volte era *molto* vera». Sogghignò.

Sollevai una mano e feci una smorfia. «Che schifo».

«Comunque, ho suggerito a Patrick di dormire nel mio letto, e io e West ci siamo messi una sveglia ogni notte per sbattere sui muri. West ha sabotato tutti i ventilatori e le macchine per il rumore bianco che Patrick continuava a comprare, sperando che avrebbe iniziato a dormire da noi, e che voi due sareste stati... non lo so. Obbligati a scusarvi».

Avevo la bocca spalancata. «Lilith Jane Thomas. Non posso crederci, cazzo».

«Be', ha funzionato, no?», disse, sulla difensiva, ma anche un po' implorante.

«Mi hai mentito, stronza!»

«Sì, perché ti voglio bene, il che lo giustifica», disse austeramente. «In ogni caso, se fossi stata al mio posto avresti fatto lo stesso».

Aprii la bocca per protestare, ma poi la richiusi. «Sì, probabilmente. Ma cazzo, Lily. Avete esagerato».

«Lo so. Mi dispiace. Mi dispiace davvero. Ti voglio bene, Rosie, e voglio che tu sia felice e pensavo di poterti aiutare. Avevo delle buone intenzioni».

Mi imbronciai. «Sappi che questo è il solo motivo per cui non mi sto togliendo gli orecchini per tirarti un pugno».

Lei sorrise con aria di scusa. «Prometti di sgridare anche West?»

«Oh, fidati di me, a lui andrà peggio». Bevvi un sorso.

«Be', mi sento meglio», disse felicemente. «Penso ancora che dovresti parlare con Patrick».

«Non so cosa dire». Mi appoggiai al tavolo e mossi il ghiaccio nel mio bicchiere, che era di nuovo quasi vuoto.

«Vuoi parlargli?».

Alzai gli occhi al cielo. «Uff, Lily. Non lo so».

«Okay, okay. Partiamo dalle cose semplici. Ti manca?».

Ci pensai. «Sì».

«Be', è già qualcosa». La cameriera ci passò di fianco e Lily le fece segno di portarci altri due bicchieri.

Spinsi in avanti le labbra, anche se non le sentivo più. I miei pensieri zoppicavano e inciampavano gli uni sugli altri, proprio come facevamo sempre io e Patrick. «Patrick è grande e pauroso e incasinato. Non so nemmeno come gestire quello che provo per lui – dolore, tradimento, desiderio, amicizia, divertimento, tutto. Mi fa sentire tutto, il che è il motivo per cui ho evitato di pensarci per tutto questo tempo. Ricominciare da capo sembrava più semplice».

«Però non lo è».

«Perché siamo sempre stati vicini. Adesso che se ne è andato, forse posso dimenticarlo».

«Tu vuoi dimenticarlo?».

Bevvi un lungo sorso e posai il bicchiere. «Sì».

«No, non vuoi».

Sospirai. «No, non voglio. Ma non so come gestire questa situazione».

Mi rivolse un'occhiata simile a come mi guardava una volta mia madre. «Penso che tu debba iniziare scusandoti».

«Per cosa?», sbottai.

Lily alzò gli occhi al cielo. «Oh, Rose. Non so. Averlo rifiutato e ferito?».

In una frazione di secondo le mie guance erano in fiamme. «Ma *lui* ha rifiutato *me*. *Lui* ha ferito *me*».

«Vi siete feriti *a vicenda*. Perciò inizia a scusarti per la tua parte di responsabilità».

Per un attimo non le risposi, sorpresa. Aveva ragione, e io non ci avevo neanche lontanamente pensato. *È per questo che sono un disastro nelle relazioni*. «E poi cosa devo fare?»

«Sperare che anche lui si scusi e che possiate parlare di tutte le cose che vi spaventano senza scappare a nascondervi». Bevve un sorso.

«E se non fosse così?»

«In quel caso, almeno ci avrai provato. Puoi ridurre al minimo il rimpianto facendo tutto il possibile per sistemare le cose».

La cameriera ci portò i nostri drink, e ne presi uno, promettendomi svogliatamente che sarebbe stato l'ultimo. «Ma credi sia saggio sistemare le cose? Forse non siamo fatti per stare insieme, semplicemente».

«Non è vero. Dovete solo capire come comunicare. È abbastanza facile. Devi solo...». Mi afferrò il mento con una mano e mi mosse il labbro inferiore con il pollice. «"Ehi, Tricky, bel maschione. Mi dispiace essere stata una merda puzzolente, ma non riesco a sopportare di starti lontana, quindi che ne dici se ci baciamo e facciamo la pace?"». Imitò il rumore di baci molto rumorosi, e scoppiai a ridere. Lei alzò le spalle. «Vedi? Facile».

Fissai il whisky ambrato nel mio bicchiere. «Quindi mi scuso e vedo cosa succede?»

«Tu lo vuoi. Lui ti vuole. Non puoi fare altro, Rosie. Devi solo lasciare a casa l'orgoglio e strisciare un po'».

Feci una smorfia. «Perché l'idea mi innervosisce?»

«Probabilmente perché preferisci evitare i problemi invece di chiedere scusa. Ma se vuoi riprendertelo, devi fartene una ragione. Hai lasciato che se ne andasse pensando che non ti importava di lui, ma non è vero. Devi dirglielo. Devi dirgli quello che provi per lui. Ha aspettato che tu glielo dicessi per tutto questo tempo, da sempre. E adesso è la tua ultima occasione».

Il pensiero di dichiarare i miei sentimenti mi provocò un brivido di eccitazione e di terrore, seguito da lampi di scenari possibili – rifiuto, accettazione, baci, pianti. Entrambi. «Hai ragione», dissi a bassa voce.

«Lo so. Liliaca ha sempre ragione». Mi prese una mano e mi guardò negli occhi. «Andrà tutto bene. Lo sai, vero?»

«Be', peggio di così non può andare».

«Non dirlo mai, Rose», mi rimproverò. «La notte è ancora giovane, ed Ellie ha appena ordinato un altro martini».

Mi girai verso Ellie, che stava ballando *Karma Chameleon* come Molly Ringwald, con le tette che rimbalzavano e rischiavano di saltare fuori dal vestito per semplice effetto della fisica.

«Oh, Dio», dissi con una risata.

«Vedi?», disse, contenta di avere di nuovo ragione. «Può *sempre* andare peggio».

30
Una volta per tutte

Patrick

Immersi il pennello nella vernice color catrame prima di premere le setole rigide sulla tela, trascinandole verso il basso. Premetti. Una curva. Una linea. E poi avevo finito il colore, prima di concludere quello che volevo, che era riempire la tela di oscurità. Inzuppai di nuovo il pennello.

Non c'era niente di semplice, tranne questo.

Avevo disegnato il suo viso migliaia di volte. Certi giorni, era l'unica cosa che riuscivo a vedere. Ma io e lei non eravamo destinati a stare insieme. La distanza che ci separava non era una linea retta.

Era una serie di corridoi tortuosi illuminati da lampadine fredde. Non conoscevamo il percorso, né potevamo trovare l'uscita.

Persi. Io e Rose eravamo persi.

Dipinsi la tela interamente di nero, a parte i punti in cui la luce toccava il suo profilo, quello spazio negativo che creava i tratti del viso che mi tormentava. Ma lei era solo un fantasma di foschia e di fumo.

Mi sembrò di sentire qualcuno bussare alla porta e mi voltai verso il rumore, pulendomi una mano sui jeans prima di afferrare il telefono per abbassare la musica e ascoltare. Sentii bussare di nuovo, e mi alzai, andando ad aprire la porta con curiosità.

Dall'altra parte non mi sarei mai aspettato di vedere Rose.

Mi si bloccò il respiro in gola mentre la osservavo. Sembrava piccola, con le spalle piegate timidamente e un labbro stretto tra i denti. Quando i suoi occhi scuri incontrarono i miei, mi sembrarono infiniti.

«Ehi», disse, una sola parola carica di nervosismo e speranza e timore.

Il cuore mi martellava nel petto mentre restavo sulla soglia a fissarla, con una mano sulla maniglia. «Ehi», fu tutto quello che riuscii a dire.

«Posso entrare?».

Annuii e la lasciai passare, e lei entrò come se avesse paura di toccare qualsiasi cosa, tenendo le mani in tasca e gli occhi a terra. Chiusi la porta e mi voltai per guardarla in faccia, senza sapere cosa dire, cosa mi avrebbe detto.

Alzò lo sguardo con un'espressione più determinata di prima. «Ti... ti devo delle scuse, Patrick. Mi dispiace per come ci siamo lasciati. Non solo questa volta, ma anche prima».

Annuii e dissi a bassa voce: «Anche a me dispiace».

Lei inspirò. «Non ho sofferto solo io, ma non l'ho mai ammesso, non ti ho mai detto che mi dispiace averti ferito. Mi dispiace averti allontanato. Ti ho punito e mi dispiace, non è una cosa che ho fatto con piacere. Neanche per un istante il tuo dolore me ne ha fatto provare di meno». Deglutì. «Tutti i nostri problemi derivano da un ostacolo che ha inceppato tutto il resto».

«E quale sarebbe?»

«Non riusciamo a dirci onestamente quello che proviamo. Non ti chiesi di restare quando mi lasciasti. L'altra notte non ti ho impedito di andare via. Non ti ho detto la verità. E la verità è che non voglio che tu te ne vada. Mi manchi, ho bisogno di te e ti voglio. Sono contenta che tu mi abbia mentito e sia venuto a dormire a casa mia. Perché se non l'avessi fatto non ti avrei ritrovato. Solo… mi dispiace di averti deluso. Mi dispiace di avere paura».

Mi avvicinai a lei, le infilai una mano nei capelli. Lei mi appoggiò una mano sulla vita, sopra le rose. Sopra le spine. «Anch'io avevo paura, Rose. Avevo paura che te ne saresti andata, che mi avresti ferito. Quindi ti feci del male per primo».

Lei chiuse gli occhi e appoggiò una mano sulla mia.

«Ma…», iniziai.

Riaprì gli occhi, lucidi per le lacrime e tremanti di paura.

Le parole mi si bloccarono in gola, e le mandai giù, sapendo qual era la verità. Sapendo quello che dovevo fare per entrambi. «Ho aspettato per così tanto tempo di ritrovarmi qui, in questo posto, nello stesso posto. Ma è troppo tardi».

Le tremò il mento, e lo abbassò. Le premetti le labbra sulla fronte.

«Rose… non stiamo bene insieme. Continueremmo solo a ferirci a vicenda, ancora e ancora. Sarebbe crudele e distruttivo. Guarda cosa ci siamo fatti. Non sappiamo fare altro, ma io non voglio più ferirti. Non voglio soffrire. Mi dispiace, Rose», sussurrai, con il naso che bruciava e la voce roca, chiudendo gli occhi. «Mi dispiace così tanto».

Non rispose, fece solo un respiro tremante.

Una lacrima calda mi cadde sulla mano che le avevo appoggiato sulla guancia. Restava solo una cosa da dire, le parole che non le avevo mai detto e che lei aveva bisogno di sentire, di sapere. Perciò inspirai e sussurrai: «Ti amo, lo sai».

«Lo so», mi sussurrò, restando immobile per un lungo istante prima di fare un passo indietro, asciugandosi una lacrima dalla guancia. «È meglio che vada».

Annuii con la gola stretta, e indietreggiai per aumentare la distanza tra noi. E poi lei se ne andò, e io chiusi la porta, sentendomi completamente vuoto.

Rose

Scesi di corsa le scale del palazzo di Seth, inspirando affannosamente come se stessi respirando con una cannuccia. Non avevo abbastanza aria, neanche quando uscii sul marciapiede e iniziai a farmi strada tra la gente, la vista offuscata dalle lacrime.

Ero stata stupida ad andare da lui. Stupida a pensare che avremmo potuto far funzionare la nostra relazione, perché lui aveva ragione. L'avevo saputo fin dall'inizio.

Quel pensiero non mi consolò.

Avrei solo voluto essere già a casa, nel mio letto, dove sarei potuta crollare, mentre attraversavo gli isolati in preda alla confusione, soffocando i singhiozzi e asciugandomi le lacrime che non si vergognavano della gente intorno.

Aprii la porta con un'ondata di sollievo, perdendo il poco autocontrollo che mi restava. Avevo le mani che tremavano. Mi sfuggì un singhiozzo. E poi fui dentro.

Ellie mi lanciò un'occhiata, ma io la vidi solo con la coda dell'occhio attraverso la mia visione offuscata, mentre correvo nella mia stanza, chiudendomi la porta alle spalle al suono della sua voce che mi chiamava.

Mi levai le scarpe. Mi infilai nel letto. Afferrai un cuscino. E poi piansi.

La mia anima era messa a nudo, le estremità strappate e i nervi urlanti. Avevo perso. Non sapevo nemmeno se avevo mai avuto la possibilità di vincere.

Era finita. Ci eravamo detti la verità – non sui nostri sentimenti, ma sul fatto che non eravamo adatti per stare insieme.

Non sapevo cosa fosse peggio. Quella verità, o la menzogna che l'aveva preceduta.

Dopo un po' le lacrime rallentarono e il dolore si attenuò, lasciando solo qualche brace ardente. La porta si socchiuse.

«Ehi. Posso entrare?», chiese Lily.

Non mi mossi.

«Lo prendo per un sì». La porta si chiuse, e lei si distese al mio fianco a osservarmi. Io non riuscii a guardarla negli occhi. «Oh, Rosie», disse dolcemente, toccandomi le guance fredde.

E poi le lacrime tornarono con una pressione dietro gli occhi, scendendo dagli angoli, perché la vicinanza di qualcuno che mi amava era insopportabile, mentre il muro di fango che avevo costruito per trattenere la disperazione crollava.

«Shh», mi confortò, stringendomi tra le sue braccia. Mi rannicchiai contro di lei. «Mi dispiace così tanto, Rose».

Anche a me.

Mi accarezzò i capelli mentre piangevo di nuovo tutte le mie lacrime, poi anche la seconda ondata passò, lasciandomi calma e svuotata.

«Ha detto che è meglio se non stiamo insieme», dissi alla fine, con la gola irritata.

Non parlò, anche se la sua mano smise di accarezzarmi lentamente i capelli.

«Pensavo che sarebbe stato facile. Pensavo che sarei andata lì, gli avrei detto che mi dispiaceva e tutto sarebbe andato bene. Ma non lo è stato, e non posso biasimarlo. Ha ragione, sai. Non siamo bravi nelle relazioni. Continueremmo solo a farci del male a vicenda, ancora e ancora. È meglio finirla una volta per tutte».

«Non che sia più semplice».

«No. Decisamente no».

Restammo in silenzio per qualche minuto prima che mi chiedesse: «Sei contenta di avergli detto cosa provi?».

Presi fiato e ci pensai, controllando come stavo. Avevo il naso che bruciava. La testa che pulsava. Gli occhi che mi bruciavano, gonfi.

Il cuore a pezzi.

«Almeno ho una risposta», fu tutto quello che riuscii ad ammettere. «Quel che è fatto è fatto. Adesso devo solo capire come andare avanti. E farlo sul serio, non come prima». Mi tremava il mento. «Non è importante se penso di essere innamorata di lui, vero?»

«A volte non importa, penso, anche se vorremmo il contrario. Forse a volte è vero che l'amore non basta».

«Mi… mi ha detto che mi ama, come se volesse che lo sapessi prima di salutarmi. Ma lo sapevo già».

Fece un respiro pesante e lo rilasciò lentamente; io rimasi rannicchiata tra le braccia della mia migliore amica, sperando di riuscire a trasformare in un estraneo l'uomo che amavo.

31
Cose su cui puoi contare

Patrick

Avevo passato tutto il giorno a fissare le tele vuote, con i piedi appoggiati sul piolo più basso dello sgabello. Non sapevo cos'altro fare. Era l'unico modo che conoscevo per tirare fuori quello che provavo.

I miei pensieri giravano in tondo, ripetendo in un loop tutto quello che era successo con Rose, dall'inizio alla fine.

Chiamarla era la cosa più intelligente da fare. La cosa giusta. Lo sapevo, anche se mi sembrava sbagliato.

Avevo evitato West e Cooper con facilità, anche se avevo dovuto promettere che li avrei incontrati per giocare a basket quel pomeriggio. Nessun altro mi aveva scritto né chiamato, ed ero rimasto chiuso nella mia stanza, uscendo solo per lavorare. Fu lì che Max mi disse quello che sapeva, senza che glielo chiedessi. In realtà mi aveva messo spalle al muro, mi aveva detto che Rose non stava bene. Avevo cercato di minimizzare – lui era noto per esagerare. Ma sapevo che lei stava soffrendo, perché anche per me era lo stesso.

Sospirai e mi rigirai la matita tra le dita. Vedevo solo lei. Aprii gli occhi, trovandomi di nuovo davanti le tele vuote.

Dovevo schiarirmi le idee.

Lasciai lo sgabello e il cavalletto e frugai nel mio borsone per prendere una maglietta e dei pantaloncini da basket, cambiandomi velocemente e infilandomi le scarpe da ginnastica. Le tele, il loro candore, il loro profondo *vuoto*, mi chiamavano urlando. Le guardai un'ultima volta prima di uscire.

Era una delle giornate più calde che avessimo avuto quell'estate, con l'aria afosa e pesante, il tipo di giornata che ti lascia sudato e stanco, anche non hai fatto altro che allacciarti le scarpe e uscire a prendere la posta. L'asfalto era bollente e il calore che si diffondeva faceva sembrare un miraggio le cose in lontananza.

Individuai West e Cooper su uno dei campi più lontani, e mi sorrisero mentre mi avvicinavo.

«Ehi, Tricky», disse West dalla panchina quando li raggiunsi.

«Come va?». Appoggiai il borsone.

«Niente di che. Mi fa piacere che tu sia venuto di tua spontanea volontà», aggiunse con un sorrisetto. «Non volevo presentarmi a casa di Seth e trascinarti qui come feci con Cooper quando Maggie se ne andò».

Ridacchiai. «Devi "parlarmi"?»

«No. A meno che tu non lo voglia, e in quel caso sono sicuro di poter trovare un paio di cose da dirti».

«Ne sono sicuro».

Cooper fece un sorrisetto. «Be', adesso sono curioso».

West alzò le spalle. «Be', probabilmente direi qualcosa come...». Mi diede un'occhiata. «No. Tricky non vuole saperlo, Coop».

Cooper si sedette e si riallacciò le scarpe. «Sì, probabilmente no».

«Voi due non siete per niente discreti». Stiracchiai una gamba e mi appoggiai su un ginocchio.

Cooper appoggiò la schiena alla panchina, più serio. «Cos'è successo?».

Mi spostai per stiracchiare l'altra gamba, senza riuscire a rispondere subito. «Ci facciamo del male a vicenda. Perché dovremmo combattere l'inevitabile?»

«Perché la ami», disse Cooper.

«Ed è per questo che la sto lasciando. Qualcuno deve finirla una volta per tutte o continueremo così».

«Quindi la lasci proprio ora che lei ti ha detto tutte le cose che volevi sentire? Non capisco la logica». Cooper allungò le braccia verso l'alto, intrecciando le dita e piegandosi di lato.

Mi incupii mentre aumentavo l'intensità dello stretching fino a sentire il bruciore. «Non è così semplice».

«Certo che lo è», disse West. «Volete stare insieme, ma non lo fate, e perché? Perché avete una finta paura che uno di voi farà del male all'altro?»

«È quello che abbiamo sempre fatto. Non conosciamo un modo diverso».

Cooper scosse la testa e si piegò dall'altra parte. «Non all'inizio».

«Sì, beh, io mandai tutto a puttane, e da allora è un casino».

«Dico solo», insisté Cooper, «che se siete stati felici una volta, potrebbe succedere di nuovo».

Il peso che sentivo sul petto aumentò, e la mia voce divenne tagliente senza che lo volessi. «Con tutte le cose in sospeso tra noi, non so come essere felice con lei. Il problema è la fiducia. Non sono certo di non sclerare e scappare di nuovo se iniziassimo a fare sul serio. Non sono certo che lei lotterà per me, per noi. Non posso essere certo che sarò forte se lei sarà debole, o che lei sarà forte per me».

West strinse la bocca in una linea dura. «Nessuno ha quella garanzia, Tricky».

«Non voglio una garanzia. Ma io e lei ci abbiamo già provato, e abbiamo dei precedenti di merda».

«Non puoi mollare», mi disse semplicemente.

Sollevai le mani sbuffando. «Cazzo, West. Sto cercando di fare la cosa giusta. Andarmene e risparmiare il dolore a tutti e due».

«Sì, be', l'amore non è sempre saggio».

Non avevo nessun argomento con cui ribattere. «Sembri un biscotto della fortuna».

West continuò. «Potresti soffrire. Lei è disposta a rischiare, ma non funzionerà se hai già un piede fuori dalla porta».

«Quindi dovrei puntare tutto? Scommettere tutto anche se è dall'inizio che sta cadendo a pezzi?».

Aveva un'espressione seria, implorante. «Punta tutto e combatti per lei quando le cose vanno a puttane. Non permetterle di andarsene. Non allontanarti da lei. Amala, Tricky. Amala come solo tu sai fare».

Scossi la testa. «Non è abbastanza».

«Certo che è abbastanza».

«No, non lo è. Tu non capisci, West. La mia vita... la mia vita non è semplice. Non lo è mai stata. Anche se la voglio, non posso averla perché sono velenoso. Sono tossico. E in fin dei conti io non sarò mai abbastanza per lei. Non merito né lei né nessuno di voi, sono stato solo fortunato ad avervi avuti per un po'».

West assottigliò gli occhi. «È questo il problema?».

Espirai, le labbra serrate in una linea.

Mi mise una mano sulla spalla e mi rivolse un'occhiata dura. «Patrick, ascoltami. Rose non è tuo padre. Rose non è Seth. Rose ti ama solo perché ti ama, per nessun altro motivo. Tu non hai dovuto *fare* niente. Non capisci? Devi lottare per quello che desideri. Hai lottato per disintossicarti. Hai lottato per liberarti di tuo padre. Lotti sempre quando vuoi qualcosa, e tu la vuoi, quindi perché non stai lottando per lei?».

Mi bruciava la gola. «Non… non lo so».

«Avere Rose – anche se un giorno finirà – non ti basta per dimenticare la paura?».

Non riuscivo a parlare.

«Lei vuole provarci. Se anche tu vuoi provarci, se la vuoi, allora va' da lei, cazzo. Non lasciare che niente si metta in mezzo».

Annuii e gli risposi con voce roca: «Hai ragione».

«Certo che ho ragione». Mi rivolse un sorriso e raccolse la palla. «Adesso forza, Tricky. Ti rimettiamo in sesto».

E così giocammo finché non lavai via i dubbi con il sudore, bruciai la paura e nelle ceneri ritrovai Rose.

Patrick

Era sceso il crepuscolo, e l'unica luce nella stanza era puntata sulla tela. Guidavo il pennello sapendo già dove sarebbe finito l'acquerello nero e dove sarebbero state visibili le pennellate. L'idea mi era venuta mentre tornavo a casa dopo la partita e, appena mi ero seduto, il dipinto aveva iniziato a fluirmi dalle dita. Non mi ero mosso da allora.

Intinsi il pennello e sollevai una mano, picchiettando la base contro il palmo della mano per far cadere degli schizzi di pittura sulla tela. E poi mi sedetti e lo osservai.

Era perfetto, o il più vicino possibile alla perfezione. Adesso l'avrei lasciato asciugare, mi sarei dato una ripulita e sarei tornato al mio vecchio condominio per iniziare a sistemare le cose.

Mi alzai e mi stiracchiai, sciacquai i pennelli e li stesi ad asciugare.

Qualcuno bussò alla porta.

Rose, pensai mentre attraversavo il salotto con il cuore in gola.

Quando aprii la porta e mi trovai davanti Jared, sentii una scarica di adrenalina. Sembrava uguale a tanti anni fa, quando ci facevamo insieme e aveva iniziato a vendere erba. Io e Seth eravamo stati i suoi primi clienti.

«Tricky?». Mi guardò incredulo. «Che cazzo». Si avvicinò per abbracciarmi, dandomi delle pacche sulla spalla. Non ricambiai l'abbraccio, e lui si allontanò senza più sorridere. «Da quanto tempo. C'è Seth?»

«È al lavoro». Non lo feci entrare.

Lui fece un passo indietro nel corridoio. «Ah, già. Il solito tran tran, giusto? Non mi aveva detto che eri tornato a vivere con lui. Anche tu hai ricominciato? Nessuno può starne lontano per sempre, ho ragione?», mi chiese con una risatina.

Contrassi la mascella, le labbra serrate, il cuore che mi martellava come un tamburo di guerra. «Sono pulito, e Seth non c'è».

Annuì e diede un'occhiata nel corridoio. «Okay, non c'è problema. Gli puoi dare questo per me?». Tirò fuori dalla tasca un sacchetto di plastica con della polvere bianca e me lo porse.

Il sangue che mi pulsava nelle orecchie copriva qualsiasi altro suono. Erano anni che non ne vedevo, e il tempo aveva solo reso più grande lo shock che mi riecheggiava nella testa.

«Daglielo tu».

Il viso di Jared si indurì, e serrò le dita intorno al sacchetto, infilandoselo di nuovo in tasca. Mi sentii quasi subito sollevato. «Rilassati, Tricky. Non pensare di essere migliore di noi solo perché hai smesso. Un giorno tornerai, non ho alcun dubbio». Mi guardò assottigliando gli occhi prima di voltarsi e andarsene.

Chiusi la porta, sperando di sbagliarmi. Sperando che fosse solo un tentativo di Jared per far tornare Seth. Che Seth non avesse ricominciato – non l'aveva fatto. Non poteva – doveva essere un terribile errore. Un avvoltoio che veniva ad attaccare le carcasse già rovinate.

Il mio cuore non rallentò mentre attraversavo l'appartamento e aprivo la porta della sua stanza. Entrai sentendomi un traditore e un ladro. Lo conoscevo abbastanza da sapere quali erano i suoi nascondigli. Controllai il finto libro sulla libreria e lo trovai vuoto. Aprii la scatola di legno in fondo all'armadio con il diavolo impresso sul coperchio, ma non c'era niente a parte alcune vecchie foto. E poi guardai dietro il letto e trovai la scatola di sigari.

Era una scatola che conoscevo bene.

Mi tremarono le mani davanti al lupo nero che mi ringhiava dall'etichetta con le parole "Big wolf" in cima. Aprii il coperchio sapendo esattamente cosa avrei trovato. Aghi. Cannula e cotone. Cucchiaio e accendino. Un sacchettino di polvere bianca.

Chiusi gli occhi e presi fiato. Era da tanto che non vedevo il suo set di aghi, ma a quella vista mi assalì un'ondata di ricordi, seguiti da un bisogno, una voglia. Anche dopo tutti questi anni, il mio corpo ricordava.

Chiusi il coperchio di scatto.

Stavo ancora tremando quando entrai in cucina e misi il set sul tavolo, appoggiandomi al bancone con una mano sulla bocca, un braccio sotto il gomito, gli occhi fissi su quel cazzo di lupo.

Seth non era cambiato.

Avrei dovuto saperlo. Avevo desiderato così tanto che questa volta fosse diverso, e invece mi aveva mentito. Di nuovo.

Non so quanto tempo restai in cucina in preda allo shock e alla rabbia e alla paura. Il tempo scorreva al rallentatore, e riprese una velocità normale solo quando sentii la chiave di Seth girare nella serratura.

Quando entrò mi fece un sorriso, che scomparve dal suo volto appena vide la scatola sul tavolo. Poi mi guardò con ostilità.

«Jared è venuto a cercarti», dissi con voce piatta.

Sollevò una mano. «Non è come sembra, Tricky».

«Allora spiegami».

Appoggiò la borsa, guardandomi a occhi spalancati mentre cercava di convincermi. «È tutto sotto controllo, Tricky. Non è come prima – mi faccio solo nel fine settimana, per divertirmi. Non interferisce con il mio lavoro o con la mia vita, non lo permetto. Ci sono già passato una volta».

Io scoppiai in una risata aspra e forte e senza un briciolo di gioia. «Sì, l'hai già fatto. *Solo per divertirti?*». Scossi la testa. «Cazzo, non ci posso credere. All'inizio è così. All'inizio è *sempre* così – lo sai. Ma tu non ti controlli. Non ci riesci *mai*. Nessuno di noi può farlo, quando si tratta di questo. Com'è che non hai neanche buttato via il tuo set di aghi? Era la *prima* cosa da fare. Non c'è una via di mezzo. Non c'è un "ogni tanto", e menti a te stesso se pensi che non sia così».

Si affrettò verso il tavolo, il viso e la voce pieni di convinzione. «Adesso è diverso», mi supplicò. «So che posso gestirlo, Patrick. Non sono mai stato così forte. Non bevo. Non fumo neanche erba. Ma questo… non so chi sono senza».

«Lo so. Invece io so chi sono senza eroina. Pensavi che

non l'avrei scoperto? Non ti rendi conto che non posso stare intorno a questa roba? Non posso neanche *vedere* questa cazzo di scatola, Seth».

«Non avresti dovuto vederla».

«Be', cazzo, l'ho vista. Mi hai mentito, Seth, e questa è l'ultima volta. È finita». Mi staccai dal bancone e andai verso la mia stanza.

«Non ti ho mentito. Ero pulito quando me l'hai chiesto. Non ti ho chiesto di trasferirti qui, e quando me l'hai proposto non pensavo che avresti accettato».

Attraversai a grandi passi l'appartamento senza rispondere, e lui mi seguì.

«Porca puttana, Tricky», sbuffò. «Ho sempre saputo che pensavi di essere migliore di me. Tu sei forte e io sono debole. Tu sai tutto e io sono un coglione fallito che non riesce a tirarsi fuori dai guai».

Mi voltai con espressione decisa. «Non penso di essere migliore di nessuno. Ma per quanto desideri una vita diversa per te, non posso aiutarti. Non ho mai potuto. E non posso continuare a sprecare le mie energie».

Si passò una mano tra i capelli. «Non puoi andartene. Come faccio se te ne vai?». Ansimava affannosamente, implorandomi. «Come posso farti restare?».

Ma io scossi la testa. «Non puoi fare niente».

Il suo viso si contrasse per la rabbia e il suo collo si tese mentre sollevava un pugno e lo sbatteva sul muro di cartongesso, lasciando un buco grande come una palla da softball. Respirò pesantemente appoggiandosi al muro e premette la fronte sulla parete, con la voce e il corpo spezzati. «Ci ho provato. Ci sto provando. Non so cos'altro vuoi da me».

«Voglio che tu smetta. Ma tu non lo fai. Non lo farai mai. Devi smettere per te, non per me, solo per te».

Gli si ruppe la voce. «Non so come».

«Lo so», gli risposi tristemente. «Ma non posso restare. Non posso, Seth. Non posso sapere che quella roba è a portata di mano. Non posso entrare in casa e trovarti con un ago infilato nel braccio. Semplicemente… non posso. Devi capire almeno questo, se non altro».

Seth si alzò e mi osservò. Aveva il viso tirato e pallido, segnato dal dolore e dal rimorso. «Io non capisco niente». Si voltò e uscì dall'appartamento.

Mi trascinai in camera mia e iniziai a preparare la mia borsa, riponendo i materiali da disegno nelle loro scatole, portandole giù per le scale, fino al taxi che avevo chiamato. E poi tornai a casa.

32
Quello che sarebbe potuto succedere

Rose

Quella sera il bar era abbastanza affollato da tenermi la mente occupata, il che mi rendeva contenta. Avevo pianto, poi mi ero rimessa in piedi ed ero andata a lavorare. Rossetto rosso e matita scurissima avevano migliorato notevolmente il mio umore, o almeno mi avevano aiutata a nasconderlo.

Ero stata troppo impegnata per pensare a Patrick. Finché non arrivò Seth.

Mentre andavo verso di lui non riuscivo a capire perché fosse lì. Forse voleva parlarmi per conto di Patrick. Ma osservandolo mi resi conto che non era così. Si sedette verso la fine del bancone con un sorriso, che però mi destabilizzò. Stasera c'era qualcosa di selvaggio in lui – era più simile al vecchio Seth rispetto a come l'avevo visto di recente.

Andai a salutarlo con il mio migliore sorriso finto. «Ehi, Seth. Come va?»

«Oh, sai. Si va avanti», disse piattamente.

Gli lanciai davanti un tovagliolino da cocktail. «Cosa posso prepararti?»

«Un Jack Daniel's con ghiaccio».

«Certo», gli dissi, dandogli un'occhiata mentre riempivo il bicchiere di ghiaccio. «Mi sembrava che Tricky avesse detto che avevi smesso di bere».

«Sì, be'. A quanto pare Tricky non sa tutto». Aveva un tono secco e freddo.

Mi sentii a disagio. «Già. A quanto pare no».

Sembrò cercare di scacciare dei pensieri. «È stato bello vederti di recente. Mi dispiace per quello che è successo tra voi».

Gli sorrisi e gli passai il bicchiere. «Grazie. Solo uno per stasera? O vuoi che ti apra un conto?».

Lui prese il bicchiere, fissandolo con occhi famelici. «Se mi apri un conto sarebbe ottimo».

Guardai l'ora. Erano le otto, abbastanza presto per vedere quello che gli sarebbe successo. Se si fosse sbronzato avrei scritto a Patrick. Forse si sarebbe comportato bene e se ne sarebbe andato dopo un bicchiere o due, e non avrei dovuto farlo.

Ma chissà perché, ne dubitavo.

Patrick

Mi ci vollero due viaggi per portare via tutta la mia roba da casa di Seth, compreso il dipinto che avevo fatto quel pomeriggio. E così, all'improvviso, ero tornato nella mia vecchia stanza e mi sentivo più sicuro di me di quanto non fossi da tanto tempo, anche se ero ancora scosso da quello che era accaduto con Seth. Era come se la realtà mi fosse stata sbattuta in faccia, come se avessero acceso la luce in una stanza buia permettendomi di vedere, anche se non tutto quello che vedevo mi piaceva.

Misi il dipinto nella mia camera, e Lily rimase a guardarlo a lungo con le dita sulle labbra e gli occhi illuminati.

«È perfetto», aveva sussurrato mentre io, lei e West lo guardavamo in silenzio.

Poco dopo mi feci una doccia e mi cambiai, poi mi sedetti alla mia scrivania e scrissi un biglietto. Era il primo passo. Il primo gesto per dirle cosa lei significasse per me, e non avrei smesso finché non fosse stata mia. Non stavolta.

Avrei lottato per lei. Per noi.

Il telefono mi vibrò in tasca, e quando lo tirai fuori trovai un messaggio di Rose.

«Ehi. Mi dispiace disturbarti, ma Seth è da Habits, ed è da qualche ora che beve da solo. Non sono sicura che stia bene».

Le inviai un messaggio con il cuore che batteva più veloce. Arrivo subito.

«Grazie, Patrick».

Mi alzai e lasciai il dipinto nella mia stanza, visto che non avevo più il tempo di portarlo nel suo appartamento, e mentre correvo da lei le mie paure su cosa sarebbe successo tra noi furono sostituite da qualcosa di molto peggiore.

Rose

Avrei dovuto chiamare Patrick prima.

Era tardi, abbastanza perché il bar fosse vuoto. Perfino Bob se n'era andato dopo aver saldato il suo conto con un sorriso, salutando Seth con un cenno mentre mi chiedeva se volevo che restasse. Ma l'avevo mandato a casa, convinta che Seth fosse innocuo. In ogni caso, inviai un messaggio a Patrick, perché non sapevo cosa fare.

Quando tornai dietro al bancone, Seth era afflosciato sopra il bicchiere con le spalle abbassate. Fece roteare il bicchiere sull'orlo.

«Tutto okay, Seth?», gli chiesi con la mia voce da barista.

Lui sorrise. «Benissimo. Mai stato meglio». Roteò di

nuovo il bicchiere e si guardò le dita. «Sai, mi stavo chiedendo una cosa».

«Sì?».

Seth mi guardò con mezzo sorriso, mezzo qualcos'altro. «Come mai io e te non siamo mai andati a letto insieme?».

Ridacchiai, a disagio. «Be', quando vivevi con Tricky avevo un ragazzo».

«Sì, ma voglio dire, ho sempre pensato che tra noi ci fosse qualcosa, hai presente?».

Alzai le spalle. «A essere sincera, sapere che il tuo passato ti stava inseguendo non mi ha mai eccitata». Era una risposta sincera. Troppo, e appena le parole mi uscirono di bocca, mi pentii di non essermi inventata una bugia o uno scherzo o qualsiasi altra cosa.

Lui mi guardò con occhi duri, scuotendo la testa. «Tricky aveva lo stesso passato». Era quasi un'accusa.

«Non ci sono tante persone come Tricky, però. Sai che lui è diverso».

«Giusto». La parola era amara, e poi prese il bicchiere e lo bevve di schiena. «Posso averne un altro?».

Risi con gentilezza, cercando un appiglio per allentare la tensione, dandogli qualsiasi cosa volesse pur di prendere tempo fino all'arrivo di Patrick. «È tardi, Seth. Non devi lavorare domani mattina?».

Lui alzò le spalle. «Penso di sì».

Lo osservai per un attimo. «Sei sicuro di stare bene?»

«Sì, sto bene. E quel drink?». Aveva un tono più tagliente, quindi sorrisi e presi la bottiglia.

«Sicuro». Gli versai un altro drink con la mente in subbuglio, chiedendomi quando sarebbe arrivato Patrick. «Ehi, torno subito. Vado a prendere un paio di cose nel magazzino».

«Va bene».

Andai oltre i bagni ed entrai in magazzino, bloccando la porta con il fermaporta, ed esalai un respiro mentre camminavo verso la parete in fondo.

«Sai», disse Seth, e io feci un salto, voltandomi di scatto. Stava bloccando l'ingresso. «La prima volta che ti ho vista, ero sicuro che ci saremmo messi insieme». Fece un passo nella stanza, e io indietreggiai istintivamente. «Vorrei che Tricky non mi avesse obbligato ad andarmene, ma lui è sempre stato la star, sai? Lui ha avuto il lavoro». Fece un altro passo. «Ha avuto la ragazza, anche se l'ha persa». Sollevò un angolo della bocca in un sorriso. «Due volte».

«Si è guadagnato tutto. Nessuno gli ha regalato niente».

Fece un altro passo, e io feci lo stesso. «Io e lui abbiamo passato le stesse cose, ma chissà perché lui ha tutto, e io niente. Ci ho provato, Rosie. Ci ho provato talmente tanto. Ma non basta mai. Non basta mai».

Seth si mosse, e io feci un altro passo all'indietro, ma stavolta la mia schiena sbatté contro gli scaffali, facendo tintinnare delicatamente le bottiglie. Non potevo andare da nessuna parte mentre lui avanzava. «Seth...».

Era abbastanza vicino perché potessi sentire la puzza di whisky nel suo alito mentre allungava una mano a toccarmi i capelli, prendendomi una ciocca tra le dita. «Non ti farò del male, Rosie».

Non ci credetti neanche per un secondo. «Cosa ti è successo?».

Lui alzò le spalle studiandomi attentamente. «Non sono abbastanza pulito per Tricky, quindi se n'è andato. Si è trasferito».

«Patrick vuole solo aiutarti. Lo sai». *Dov'è?*

Un'ombra gli attraversò il viso. «Forse non voglio essere aiutato. Forse sono stanco di adattarmi a un modello che non è giusto per me, di combattere quello che voglio.

Forse voglio solo prendere quello che desidero. Come te, Rose».

Si premette contro il mio corpo, mi infilò una mano nei capelli e li strinse finché non urlai per il dolore. Avevo le braccia lungo i fianchi, con le dita che cercavano a tentoni nello scaffale qualcosa da usare come un'arma. Sfiorai il collo di una bottiglia, e armeggiai finché non lo afferrai con il cuore che batteva velocissimo, fortissimo. Strinsi il pugno intorno al collo e ringhiai.

«Toglimi le mani di dosso, figlio di puttana».

Ma l'angolo era sbagliato e la bottiglia più pesante di quello che mi aspettavo, e mi bastò qualche millesimo di secondo per capire che non sarebbe stato sufficiente. Il suo viso si contorse per la furia quando si accorse di quello che stavo facendo e poi si riempì di stupore mentre volava all'indietro, poi di lato addosso agli scaffali sull'altra parete.

Patrick aveva preso il posto di Seth e gli fissava la schiena con il corpo rigido, la mascella serrata e le labbra arricciate. Parlò a voce pericolosamente bassa. «Non cercare mai più di metterle le mani addosso, stronzo».

Seth si staccò dagli scaffali, ruggendo mentre si lanciava su Patrick. Ma era troppo lento. Patrick si mosse appena, non indietreggiò nemmeno, si limitò a spostarsi di lato e a tirargli un pugno, colpendolo sulla mandibola.

Seth girò su sé stesso e cadde a terra, rimanendo disteso a gemere per un secondo.

Alzai lo sguardo mentre Patrick veniva verso di me e mi prendeva il viso tra le mani, osservandomi con i suoi occhi scuri. «Stai bene? Ti ha ferito?»

«N-no. Sto bene». I miei occhi si spostarono verso il pavimento da cui ci guardava Seth.

«È tutto okay. Sei al sicuro. Non gli permetterò di farti del male, Rose».

E quando lo guardai, guardai i suoi occhi, ne fui certa. Non avrebbe mai più lasciato che qualcuno mi facesse del male, nemmeno sé stesso.

Seth cercò di alzarsi, ma barcollò. «Vaffanculo».

Patrick si voltò, restando tra me e Seth. «Cosa vuoi fargli?», mi chiese, anche se continuava a fissare Seth, in attesa. «Chiamare la polizia? Lasciarlo andare?»

«Non... non lo so».

«Posso fare in modo che lo portino via, se vuoi».

Gli occhi di Seth lampeggiarono. «Non puoi farlo. Potrei perdere il lavoro».

Il viso di Patrick era duro e immobile come la pietra. «Forse avresti dovuto pensarci prima di venire qui stasera».

«Non tornerò. Non sarei dovuto venire. Volevo solo...». Si guardò le mani aperte sul pavimento a sostenerlo. La voglia di combattere l'aveva abbandonato, lasciandolo svuotato, un guscio d'uomo su un pavimento nel retro di un bar. Parlò senza alzare lo sguardo, quasi a sé stesso. «Non so quante volte dovrò toccare il fondo prima di imparare. Forse non imparerò mai».

Patrick non si mosse. «Sei il solo che può deciderlo, ma io non voglio averci niente a che fare». Tornò a guardarmi. «Cosa vuoi fare, Rose?».

Lanciai un'occhiata a Seth, sapendo che se fosse andato in prigione, sarebbe stata la sua fine. Anche se non ci fosse andato, poteva essere comunque la fine. Ma io non volevo esserne la causa. «Non voglio fare denuncia o chiamare i poliziotti, basta che non torni mai più».

«Vattene. Non tornare. Se torni, giuro su Dio, io...», gli tremò la voce, i pugni stretti sui fianchi. «Non tornare e basta».

Seth annuì, dieci anni più vecchio di come mi era sembrato appena qualche ora prima. Si alzò in piedi e camminò verso la porta, voltandosi prima di oltrepassarla. «Mi dispiace».

«Anche a me», disse lui.

E lo guardammo andare via.

Appena uscì dalla nostra visuale, Patrick si girò e mi tirò a sé. L'adrenalina era scesa, lasciandomi tremante, grata per il suo abbraccio.

«Mi dispiace, Rose. Mi dispiace così tanto», mi sussurrò tra i capelli.

«Non puoi scusarti per Seth».

«Non lo sto facendo».

Mi allontanai per guardare il suo viso pieno di scuse e di perdono.

Mi toccò una guancia. «Lo so che ho detto che avremmo solo continuato a farci del male, e forse ho ragione. Ma è stato un errore lasciarti andare senza combattere. Non ti lascerò scappare di nuovo, Rose, anche se stringerti significa sanguinare per le spine».

«Patrick...», sussurrai.

«Ti amo, Rose».

Una lacrima mi scese sulla guancia. «Anch'io ti amo. Anche quando fa male».

Chiuse gli occhi, le sopracciglia corrugate per la commozione, e mi sfiorò il naso con il suo. «Non lasciarmi».

«Non lo farò. Non di nuovo».

E poi mi baciò.

Le sue labbra familiari, la dolce morbidezza che allo stesso tempo chiedeva e dava – era un bacio che cancellava il passato. Era il bacio dei miei sogni, solo che non era un sogno. Potevo sentire le sue dita calde sulla mia guancia, il suo petto sotto i miei palmi, il suo cuore che batteva contro la mia pelle.

Era reale.

Basta lasciarci. Basta lottare contro di lui, contro di noi. Vedevo la strada alle nostre spalle e quella davanti a noi, e sapevo che saremmo sopravvissuti, purché non ci fossimo mai arresi.

Mi baciò fino a togliermi il fiato e, quando si allontanò, gli appoggiai la testa sul petto. Mi strinse tra le braccia e per un lungo istante restammo immobili, semplicemente vivi.

Patrick si mosse per primo, spostandosi per guardarmi in faccia. «E adesso?»

«Adesso andiamo avanti. Insieme».

E lui mi rivolse uno dei suoi sorrisi più rari. «Insieme».

33
Tutto quello che vuoi

Patrick

Mi sedetti al bancone sorseggiando un bicchiere di whisky, ancora scosso, mentre aspettavamo che arrivassero Sheila e Brent. Rose si versò il suo secondo shottino e lo bevve d'un colpo, facendo una smorfia prima di appoggiare il bicchiere sul bancone con un tintinnio e alzarsi per pulire. Tenere le mani occupate la faceva sentire meglio, mi aveva detto, e non potevo contraddirla.

Arrivarono dopo mezz'ora, vestiti alla bell'e meglio e con un'aria molto preoccupata. La abbracciarono per un attimo prima di tempestarla di domande: stava bene? Dovevano chiamare la polizia? Chi era stato? Sarebbe tornato? Rose rispose con calma prima che le ordinassero di tornare a casa e di prendersi tutto il tempo libero che voleva, ringraziandomi più volte e dicendomi quanto erano grati che fossi arrivato in tempo.

Non erano i soli a esserlo.

Mentre tornavamo a casa la strinsi a me avvolgendole un braccio intorno alla spalla per tenerla vicina, come se potessi proteggerla dal mondo. Guardai sospettoso ogni persona che incrociammo.

Salimmo le scale del suo appartamento ed entrammo al buio. Ellie non c'era, l'appartamento era vuoto a parte Valentino. Lo trovammo appollaiato sullo schienale del divano quando lei accese la luce, e saltò giù subito, facendo le fusa e strofinandosi sulle nostre gambe.

Rose si voltò verso di me, rannicchiandosi contro il mio petto. La cullai tra le mie braccia.

«Di cosa hai bisogno, Rosie? Cosa posso fare per te?».

Lei sospirò. «Iniziamo da questo».

«Tutto quello che vuoi», sussurrai, con il petto sofferente. Chiusi gli occhi.

«Ho già tutto quello di cui ho bisogno».

La strinsi più forte, le accarezzai i capelli e le baciai la fronte. Quando mi guardò i suoi occhi erano brillanti e limpidi, anche se sparirono dietro le sue ciglia scure mentre mi baciava con dolcezza, in profondità. Mi prese per mano e mi guidò fino al bagno.

Invece di accendere la luce aprì l'armadietto sotto il lavandino e tirò fuori alcune candele che lei e Lily tenevano lì per quando facevano il bagno, insieme a un accendino.

«Voglio lavare via tutte le cose brutte», disse accendendone una.

Io sorrisi e annuii. «Ti lascio tranquilla».

Ne accese un'altra. «No. Resta. Per piacere?».

Annuii di nuovo, girandole intorno per aprire l'acqua.

Quando mi voltai si stava sfilando la camicia, i capelli neri sciolti contro la sua pelle bianca come il latte. Si sganciò il reggiseno, svestendosi senza pensare a me, senza volermi sedurre o adescare. Era una cosa molto più intima.

Anch'io mi spogliai con semplicità, in silenzio, mentre l'acqua scorreva, riecheggiando sui muri della piccola stanza.

Lei frugò di nuovo sotto il lavandino, estraendo qualcosa che assomigliava a una pallina di gelato. Quando la buttò nella vasca, la pallina gorgogliò e fece delle bolle, e poi Rose entrò delicatamente nella vasca.

Mi guardò oltre la spalla e mi porse la mano. Io la presi, stringendo le sue dita calde e sottili, e ci sedemmo insieme nella vasca – il suo corpo rannicchiato tra le mie gambe, la punta delle sue ginocchia che spuntava dall'acqua, le sue braccia appoggiate sulle mie cosce. La sua pelle scintillava alla luce della candela.

Sospirò. L'acqua era di un azzurro delicato e nell'aria umida aleggiava un profumo di lavanda e limone. Allungò un piede per chiudere il rubinetto cigolante finché l'acqua si fermò.

Restammo seduti in quel modo a lungo, tanto che chiusi gli occhi, appoggiando la testa sul bordo della vasca, lasciandomi andare sempre di più a ogni lento respiro. Lei sospirò di nuovo. Nessuno dei due sembrava voler parlare, eravamo persi nei nostri pensieri.

I capelli le scendevano su una spalla, con le punte che galleggiavano in acqua come un fantasma, e li presi tra le mani, attorcigliandoli fino a formare una corda, mentre lei inclinava di lato il collo snello. Le legai i capelli in un nodo che si sciolse appena lo lasciai andare, e lei mi appoggiò la testa nell'incavo del collo, disegnandomi pigramente un mandala sul ginocchio.

«Promettimi una cosa», mi disse a bassa voce.

«Tutto quello che vuoi».

«Devi parlarmi. Anche quando pensi di sapere già tutto. Anche quando pensi che non dire niente sia la cosa giusta da fare».

«Promettimelo anche tu».

Lei inspirò. «Lo farò. Lo prometto».

«Lo farò. Lo prometto». Lo dissi a voce bassa, carica di rispetto.

«Promettimi che non scapperai», mi disse.

«Non ti lascerò mai, a meno che tu non mi chieda di

andarmene. Mai più. Adesso lo so. So cosa rischio di perdere, cosa non capivo prima. Non ho paura di te, di noi. Non ho paura di niente, se non di perderti». Le avvolsi le braccia intorno alle spalle, e le baciai i capelli, cercando di farle capire quanto fossi serio. Quanto lei significasse per me.

Mentre la baciavo potevo scorgere parte del suo viso – gli occhi chiusi, il mento tremante. Le sfuggì una lacrima che le scese sullo zigomo mentre mi appoggiava le mani sugli avambracci e li stringeva.

«Shhh. Non piangere. Ti amo, non piangere», sussurrai con le labbra sul suo orecchio, sollevando una mano a toccarle la guancia.

Si girò tra le mie braccia, mettendomi la testa sotto il mento e avvolgendomi le braccia intorno alla vita. Aveva il respiro pesante, e il suo petto fu scosso da un singhiozzo che cercò di trattenere. Io la strinsi mentre piangeva, accarezzandole i capelli, aspettando finché si calmò.

«Mi dispiace», disse dopo un po'.

«No. Non devi dispiacerti di niente, Rose. Di niente. Tutto quello che abbiamo passato, questi mesi… è colpa mia. È colpa mia, e mi dispiace, ma tu mi hai già perdonato. Quindi non voglio pensarci più. Non voglio pensare a una vita senza di te. Voglio solo amarti, e che tu mi ami. Mi fido di te, e voglio che tu ti fidi di me. E se lo farai, se lo farai davvero, allora penso che sopravvivremo a tutto. Troveremo sempre un modo per uscirne. Perché non c'è nessuno, Rose, nessuno al mondo che potrei amare come amo te».

Il respirò le si bloccò nel petto, e sussurrò la promessa: «Lo farò».

«Allora *noi* ce la faremo. Sempre».

Passò molto tempo prima che ci muovessimo. La sentivo

respirare contro di me. Guardavo la sua anca, che emergeva dall'acqua con una curva morbida, come un'isola nell'acqua azzurra, e le sue costole, la curva del suo seno come una spiaggia sull'oceano. Solo quando l'acqua si raffreddò si voltò e mi premette le labbra sul petto, togliendo il tappo della vasca. Ci alzammo e prendemmo gli asciugamani, ci asciugammo in silenzio. Lei spense le candele, e ci trovammo di nuovo al buio.

Rose mi prese per mano e mi guidò fino alla sua stanza, che era la stessa di sempre – buia a parte la lampada sul comodino, il letto sfatto, pile di vestiti neri che formavano delle montagne basse sul pavimento. Spense la luce quando ci infilammo nel letto, dopo aver abbandonato gli asciugamani, con le gambe ancora bagnate che si incollavano alle lenzuola cercandosi a vicenda, intrecciandosi appena si trovarono. Si rannicchiò sul mio petto, il suo calore premuto contro il mio.

Avevo il corpo pesante e volevo dormire, restare lì per sempre. Rose, tra le mie braccia. Rose, tutta mia. Io ero sempre stato suo.

Pensai che si fosse addormentata, ma si spostò, allontanandosi. Non riuscivo a vedere niente tranne delle sfumature di blu scuro, lo scintillio della luce nei suoi occhi. Con una mano trovai la sua mascella, le sfiorai le labbra con un pollice, e lei le chiuse sulla mia pelle, baciandomi il polpastrello. Le inclinai il viso, inspirando il suo profumo mentre la baciavo.

Si concesse a me dolcemente. Il modo in cui ci toccammo non aveva niente a che fare con la necessità. Era uno scambio di cuori. Una promessa.

Le sue labbra erano tutto il mio mondo mentre con le mani scendevo lungo il suo petto, tracciando la curva soffice del seno, poi percorsi le costole, il fianco, fino alla coscia che si strinse alla mia. La afferrai e spinsi, finché il suo corpo non aderì completamente al mio.

Lasciai scorrere la mano lungo il retro della sua coscia e risalii fino a trovare il suo calore, finché il mio dito fu premuto contro di lei. Lo feci salire, scendere – interruppe il bacio per sospirare – poi di nuovo su prima di infilarle dentro un dito, allungando l'altro in modo da sfiorare il suo punto sensibile. Ogni flessione della mia mano le faceva inarcare la schiena, finché non si ritrovò con il collo completamente allungato nel buio davanti a me. Mi chinai a posare un bacio sulla pelle che mi stava offrendo.

«Patrick…». Era una supplica sussurrata, una dichiarazione, una preghiera.

Appena la lasciai andare, i suoi fianchi ondeggiarono verso di me e mi avvolse una gamba intorno alla vita. Mi chinai per darle un lungo bacio. Rotolò, portandomi con sé, e mentre lei allargava le cosce le tenni una mano sul fianco e premetti lentamente dentro di lei. Le nostre labbra si separarono solo quando mi piegai, appoggiando la fronte contro la sua, gli occhi chiusi mentre la riempivo fino a farle tremare le cosce.

Era ovunque.

Le sue braccia intorno al mio collo.

Le sue labbra sulle mie.

Le sue gambe intorno alla mia vita.

Il mio nome che le riempiva il respiro.

Il mio cuore che batteva il suo nome.

I pensieri mi sfuggivano a ogni spinta finché tutto svanì, e rimase solo Rose.

34
Questa volta

Rose

Quando arrivò il mattino e la mia mente iniziò a prendere consapevolezza, pensai che fosse stato tutto un sogno. Forse era ancora autunno e gli ultimi nove mesi erano stati solo un incubo. Forse ero tornata indietro a pochi giorni fa, prima di un litigio che non era mai accaduto.

Ma no, era tutto vero. L'alzarsi e abbassarsi regolare del mio petto era vero. Le sue braccia intorno al mio corpo, calde e forti. Il sorriso che mostrò un frammento dei suoi denti perfetti quando si svegliò. Era vero, e in qualche modo eravamo sopravvissuti. Avevamo trovato un modo per uscirne anche se il mio orgoglio ci aveva bloccato la strada, anche quando avevo lottato e l'avevo respinto e gli avevo negato tutto.

Provai di nuovo una stretta al cuore mentre frammenti della notte precedente si riaffacciavano nella mia memoria, e lui accese l'interruttore, che proiettò luci e ombre nella mia stanza, sui nostri corpi – il suo scuro per i tatuaggi, il mio liscio e candido.

Mi appoggiai sul suo petto con il mento sulle mani mentre lui alzava la testa e mi faceva il sorriso che riservava solo a me.

«Come abbiamo fatto?», gli chiesi stupita.

Sembrò capire cosa volevo dire senza bisogno di spiegazioni. «C'erano molti ostacoli, penso, ma in fin dei conti eravamo noi. Solo noi».

«Per tutto questo tempo siamo stati noi a bloccarci la strada a vicenda».

Lui mi fece un sorrisetto. «Be', soprattutto tu».

Ridacchiai. «Sì, soprattutto io».

Mi toccò il viso. «Avrei dovuto cercarti molto prima».

«Non avrei ceduto».

«Forse. Ma avrei dovuto farlo comunque».

Il mio sorriso si addolcì. «Perché non l'hai fatto?»

«Perché volevo rispettare quello che sentivi, che mi chiedevi. Non pensavo di meritare la felicità».

«Come potevi pensare una cosa simile?», gli dissi dispiaciuta.

Scosse la testa e deglutì. «Non penso di essere mai stato felice prima di trasferirmi qui. Prima di incontrare te, West, tutti. Non pensavo potesse durare, capisci? Era un dono che apprezzavo ogni giorno, convinto che prima o poi se ne sarebbe andato».

«Patrick…».

Ma lui sorrise e mi posò una mano sulla guancia. «Va tutto bene. Sto bene».

Mi appoggiai alla sua mano.

Il suo pollice mi accarezzò la pelle. «West mi ha detto una cosa che mi ha colpito. Ha detto che nella vita ho sempre combattuto per andare avanti, ma che non stavo combattendo per te. Pensavo di fare la cosa giusta accettando quello che volevi, ma mi sbagliavo. Lasciarti andare così negava ogni mio desiderio». Scosse la testa. «Non voglio dire che avrei dovuto smettere di rispettare la tua scelta per ottenere quello che volevo, ma non ci provai nemmeno, Rose. Non ci provai, e lo rimpiango. Perché se avessi lottato per te ci saremmo ritrovati molto tempo prima».

Annuii mentre spostava la mano dal mio viso e mi toccava un braccio, e mi mossi per stampare un bacio sulla pelle morbida del suo petto. «Ma adesso siamo qui. E cosa dovremmo fare con la nostra seconda possibilità?»

«Ah, be', è facile».

Sollevai un sopracciglio, divertita. «Ti va di dirmelo?».

Ma prima di rispondere, si alzò a sedere con un sorriso e mi avvolse le braccia intorno alla schiena per stringermi a sé finché non fui rannicchiata tra le sue braccia, a guardare il suo viso, così pieno di adorazione e amore che fui certa mi avrebbe resa felice per sempre, se gliel'avessi permesso. E avevo intenzione di farlo.

«Questa volta», disse, «non faremo errori».

Epilogo

Rose

Dalla stanza vicina proveniva una musica tenue mentre mi guardavo nello specchio del bagno, piegandomi in avanti per infilarmi gli orecchini. Avevo i palmi delle mani un po' sudati e mi lisciai il vestito nero sulle cosce, facendo un passo indietro per controllarmi un'ultima volta.

Feci un respiro profondo. Era il momento. Avevo trascorso gli ultimi tre mesi a lavorare senza sosta per arrivare a questo momento: l'apertura dell'Alcolibrista.

Ce l'avevo fatta.

Piegai le labbra in un sorriso ed espirai, buttando fuori un po' del nervosismo.

Uscii dal bagno decisa ad andare in camera mia per prendere i tacchi, ma quando vidi Patrick che dipingeva, non riuscii a fare a meno di fermarmi a guardarlo.

Avevamo trasformato la vecchia stanza di Lily in un atelier subito dopo che lui venne ad abitare con me, visto che Ellie si era trasferita da Max. Se fosse stata un'altra persona mi sarei preoccupata, ma Ellie era fatta così, e poi lei e Max stavano bene insieme. Erano felici. La loro relazione aveva senso, proprio come per il resto di noi.

Patrick era seduto sullo sgabello al centro della stanza, dove si metteva molto spesso. Invece dei jeans e maglietta che indossava di solito, aveva dei pantaloni eleganti e una camicia bianca con le maniche arrotolate per non macchiarla di colore, che mostrava i tatuaggi sugli avambracci. La luce stava svanendo mentre scendeva il crepuscolo, illuminando di arancione e giallo le pareti bianche della stanza. Mentre dipingeva gli osservai la schiena, le spalle, la testa piegata di lato a guardare la tela come se vedesse qualcosa di invisibile ai miei occhi.

Mi appoggiai allo stipite della porta per alcuni minuti, affascinata dai suoi movimenti, ogni gesto fluido come quello di un ballerino. Si voltò per guardarmi quando sospirai felice.

Patrick ricambiò il sorriso e iniziò a pulire i pennelli. «Da quanto sei lì?»

«Non abbastanza».

Ridacchiò. «Che ora è?».

Alzai le spalle. «Abbiamo ancora un po' di tempo».

«Non puoi arrivare in ritardo alla tua festa».

«Perché no? È mia, no?».

Patrick si alzò quando finì di pulire e si abbassò le maniche, abbottonandosi i polsini mentre veniva verso di me. «Hai lavorato tutto il giorno, ogni giorno, per arrivare fin qui. Anche oggi sei stata al bar dalle sette di mattina. Chi l'avrebbe detto che saresti stata disposta ad alzarti presto ogni giorno?».

Il mio sorriso si ampliò quando mi arrivò di fronte, cingendomi la vita con le braccia e sorridendomi. «Non io».

«Neanch'io. Sono fiero di te, Rosie. Ce l'hai fatta».

Gli avvolsi le braccia intorno al collo. «Ce l'ho fatta».

«Anche quando è stata dura».

Annuii. «Stranamente sono stati i momenti più divertenti».

«Ti senti pronta?».

La mia mente corse alla lista di cose da fare, che ormai era diventata un chiodo fisso nella mia testa. «Penso che abbiamo fatto tutto quello che potevamo. Negli ultimi giorni abbiamo sistemato tutti i dettagli, ma il resto era già deciso. Quando abbiamo iniziato – iniziato davvero – non riuscivo a immaginare che avrei imparato così tanto. Ora sono in grado di emettere una fattura in un lampo. Posso chiamare un fornitore e lamentarmi finché il carico non arriva in tempo».

«Purché non sia in Cina».

Risi. «Sì, non so ancora come litigare in mandarino. Però Cam sì. E grazie a Dio c'è lei».

«Cooper non stava scherzando quando ha detto che aveva degli esperti».

«Di certo non mi aspettavo una nerd geniale che si veste con camicie a quadri e magliette di Hulk, ma è quello che ho trovato, ed è perfetta. E il negozio è perfetto. Tutto è perfetto».

Il suo sorriso si allargò da un lato, trasformandosi quasi in un ghigno. «È tutto perfetto, vero?»

«Mmhmmh», annuii. Avevo voglia di baciarlo, ma *non* volevo sbavarmi il rossetto o, peggio, macchiare il suo viso. «Patrick?».

Aveva gli occhi fissi sulle mie labbra come se volesse baciarmi anche lui. «Sì?»

«Grazie».

«Di cosa?».

Le mie mani gli scesero sul petto e iniziai a giocherellare con la sua cravatta, evitando il suo sguardo. «Di tutto. Ma soprattutto di essere tornato. Di restare. Di amarmi».

«Non devi ringraziarmi. Tu lo rendi facile».

«Ma non l'ho sempre fatto».

«Neanch'io».

«Ma abbiamo trovato un modo», dissi. «E adesso siamo qui. Hai paura?»

«No», mi disse a bassa voce. «E tu?».

Scossi la testa e lo guardai negli occhi, ardenti come braci. «No. Non più. Ti amo. Anche quando eravamo separati, ti ho amato ogni istante di ogni giorno di solitudine. E so che ti amerò per sempre. Qualsiasi cosa accada».

Mi posò una mano sulla guancia e me la infilò tra i capelli. «Allora sarò sempre tuo, Rose. Per sempre».

E le sue labbra sfiorarono le mie con il più dolce e leggero dei baci, come a sigillare una promessa.

Nel giro di mezz'ora eravamo in un taxi diretti all'Alcolibrista, e arrivammo prima di tutti gli altri. Il nervosismo mi ronzava dentro, sfuggendomi di tanto in tanto in piccole esplosioni, per esempio quando vidi l'insegna del mio bar illuminata dal tramonto. O quando Cam uscì di corsa e mi afferrò per un braccio, trascinandomi dentro per approvare un carico di alcol che era arrivato all'ultimo momento. O quando vidi il dipinto che Patrick aveva fatto per me appeso sopra al bancone, dove chiunque l'avrebbe visto entrando.

Me l'aveva dato il giorno dopo l'incidente con Seth – a prima vista era solo una rosa nera dipinta con la tecnica del *dripping*, ma a vederla bene si poteva distinguere il *mio* viso. Negli spazi vuoti dei petali potevo vedere me stessa: il naso, le ciglia, le labbra e il mento. Era la cosa più bella e significativa che avessi mai ricevuto.

Credo di aver pianto. Molto. Era perfetta. Lui era perfetto.

Gli ultimi mesi erano stati proprio come avevo immaginato. Era stato facile stare con lui. Lo era sempre stato, ma adesso, dopo tutto quello che avevamo passato per ritrovarci, lo sapevo. Aveva detto per sempre e lo pensava veramente, e lo stesso valeva per me.

Avrei lottato per lui. Avremmo lottato l'uno per l'altra.

Un'ora dopo stavamo accogliendo i nostri amici. C'era musica – un vero DJ con i dischi e tutto il resto – e io ero nel mio bar, circondata da libri e amicizia e amore e felicità. E tutto era esattamente come doveva essere.

Patrick trascorse tutta la serata al mio fianco mentre giravamo per il bar. C'erano tutti i nostri amici – il gruppo di Habits, i ragazzi del Tonic, gli amici dell'alta società di Cooper – e i loro visi familiari rendevano quell'evento molto più importante. C'erano anche persone che non conoscevo bene – book blogger ed editori, dei redattori e qualche scrittore indipendente con cui ci eravamo associati, oltre al mio nuovo staff.

Ma Seth non c'era. Aveva mantenuto la promessa e non era tornato, anche se ci chiedevamo tutti come stesse. Ci preoccupavamo. Ma Patrick l'aveva lasciato andare per sempre, stavolta. Era impossibile tornare indietro.

Il giorno dopo ci sarebbe stata la nostra apertura ufficiale, perciò la serata non fu molto lunga, solo una piccola festa per celebrare la fine del duro lavoro. Alcuni di noi sarebbero dovuti venire di mattina presto, sicuramente io, che forse avrei vomitato, e Cam, che mi avrebbe tenuto i capelli. Ma prima che la serata finisse, Cooper si avvicinò al bancone e suonò la campanella.

Tutti tacquero e si voltarono verso di lui.

«Volevo ringraziarvi di essere venuti stasera e di aver dato il via alla nostra ultima avventura. Questo è un sogno che si avvera per me e per Rosie, un amalgama di idee e passioni che è diventato quello che vedete. Ma io sono solo i muscoli dell'operazione. Il cervello, il fascino e senza dubbio lo stile sono di Rose. Vieni qui, Rosie, e saluta tutti».

Si voltarono verso di me, e io arrossii e feci un cenno per rifiutare.

«Non te la cavi così facilmente», mi disse con un sorrisetto, lo stronzo. «Dai, Rose».

Avevo le guance in fiamme, paralizzate in un sorriso mentre andavo a mettermi di fianco a lui e guardavo tutte le persone che erano venute per noi, per me. Inspirai e sollevai il bicchiere.

«Non sono una da grandi discorsi, quindi propongo un brindisi».

Sollevarono i bicchieri, aspettando che continuassi, e io fui travolta dalle emozioni e deglutii per riuscire a parlare.

«Alla fine, perché per ogni storia che finisce ne inizia un'altra. Agli inizi, che possano essere pieni di speranza e amore. E a voi, amici miei, perché è anche grazie a voi se siamo qui oggi».

«Ben detto», si sentì dalla folla, e brindammo al nostro futuro.

Cooper mi tirò a sé e mi baciò sulla tempia. «Ce l'abbiamo fatta», disse, e io gli rivolsi un sorriso smagliante, senza riuscire a credere che fosse vero, che stesse succedendo, proprio adesso. E che fosse nostro.

Attraversai la folla, e per prima abbracciai Lily, la migliore amica che avessi mai avuto, e lei rise, asciugandosi le lacrime. Poi strinsi West, il boscaiolo sorridente, e lui mi baciò su una guancia e mi disse quanto era fiero di me. Poi salutai Maggie ed Ellie, accettando i loro auguri e le loro congratulazioni, e un'altra mezza dozzina di persone, travolta da un vortice di emozioni mentre andavo verso Patrick.

Lo trovai ai margini della folla, al centro del mio universo. E quando mi avvicinai a lui, lo guardai negli occhi – occhi che vedevano tutto di me, e mi amavano comunque – e pensai a come mi sentivo.

Ginocchia: deboli.

Guance: rosse.
Pancia: in subbuglio.
Occhi: luccicanti.
Cuore: pieno.

E il momento in cui si chinò a baciarmi fu quello che segnò il nuovo inizio della mia vita.

Ringraziamenti

Ovviamente il mio primo ringraziamento va come sempre a mio marito, Jeff Brillhart. Questa volta è stata dura, e tu mi hai dato una mano senza lamentarti, almeno non ad alta voce. Se tu non credessi *così* tanto in me, senza il tuo sacrificio, non potrei fare questo lavoro difficilissimo che amo alla follia. Quindi grazie. Ti amo.

Il mio secondo e il mio terzo ringraziamento sono uniti in un enorme grazie, di un calibro che solo i Tre Moschettieri potrebbero raggiungere. Alle altre due ruote del mio triciclo, a Becca Mysoor e Kandi Steiner: non c'è nessun modo in cui potrei ripagarvi per essere qui con me. Se non fosse per il vostro incoraggiamento, forse non sarei arrivata alla fine. Mi avete sostenuta e amata e avete pianto con me. Mi avete detto quello che pensavate. Mi avete dato speranza quando non ce l'avevo. E vi voglio davvero tanto bene. #Brochachosforlyfe

Alle mie lettrici Beta: Zoe Streiker-Howard, Melissa Lynn, Brie Burgess, Lex Martin, Miranda Arnold, Terry Maggert, Monique Boone, Jen Miller, Beth Cranford, Jenni Moen, Tina Lynne e Angie McKeon. Carissime, siete inestimabili. Quando vi ho spedito il manoscritto vi ho detto che era un disastro, e i vostri commenti mi hanno aiutato a trasformarlo in qualcosa di cui vado fiera. Grazie per la vostra sincerità e le vostre critiche, senza le quali non sarei la scrittrice che sono.

A Lauren Perry: sei magica. Questa copertina è la mia preferita finora, ed esiste grazie a te, a Chelsee Spinello e a Jesse Sykes. Insieme avete creato un'opera bellissima, e io non potrò mai ringraziarvi abbastanza.

A Christine Stanley: sei sempre pronta a coprirmi le spalle e a correre quando ho bisogno di te, con un sorriso, un abbraccio e una pacca sul sedere. Non lasciarmi mai!

A Kiezha Smith Ferrel: grazie per aver preso il mio lavoro e averlo limato fino a farlo brillare. Mi dà un sollievo enorme sapere che i miei libri sono in mani così capaci.

E a voi, cari lettori. Grazie di aver letto questa storia. Grazie per il vostro amore e per il supporto che date a me, ai miei libri e ai loro personaggi. Noi lo facciamo per voi, e non potremmo farlo senza di voi. Perciò brindate ai nuovi inizi, anche quando sembra tutto finito.

Indice

STACI HART

UN PERFETTO AMORE SBAGLIATO

Volume rilegato, pagine 352, euro 9,90

Cooper Moore non ha mai davvero considerato Maggie Williams. Per lui è sempre stata la sorella minore del suo migliore amico, una ragazzina lentigginosa con i capelli ricci e ribelli, lontana mille miglia dai suoi gusti in fatto di donne. Non ha mai pensato a lei se non come a una bambina. Poi qualcosa è cambiato. Una notte l'ha vista tutta scompigliata e selvaggia, con una luce particolare nello sguardo coraggioso, e all'improvviso Cooper ha capito che avrebbe fatto qualsiasi cosa per proteggerla, anche starle lontano, se necessario. Maggie non si sarebbe mai aspettata di trovare il suo promesso sposo avvinghiato alla damigella d'onore un'ora prima del fatidico sì, ma la vita, si sa, è imprevedibile. L'unica cosa da fare ora è allontanarsi il più velocemente possibile, e andare a New York, da suo fratello. Purtroppo lì vive anche Cooper e Maggie ha paura di ciò che potrà succedere al suo cuore già strapazzato. Forse, se riuscirà a tenere sotto controllo i sentimenti, l'amico playboy di suo fratello potrebbe rappresentare un rifugio senza implicazioni in un momento così doloroso. Forse.

NEWTON COMPTON EDITORI

STACI HART

NEL SILENZIO DEL MIO AMORE

Volume rilegato, pagine 416, euro 7,90

Burro e marmellata sono fatti per stare insieme, così come la panna e la cioccolata calda… E ragazzi come Tyler Knight non vanno bene per ragazze come Cam Emerson. Lei se ne è resa conto dal primo momento in cui lo ha visto. Non appartiene al suo mondo. La maggior parte dei fidanzati di Cam sono esistiti solo tra le pagine dei libri, ma invece di preoccuparsi per l'assenza della sua vita sentimentale, riversa tutte le sue energie nel lavoro al Parole al vento, un caffè libreria. Tyler Knight cerca di trovare sempre il lato positivo delle cose. Dopo il suo infortunio e dopo aver rotto in modo terribile con la sua fidanzata, ha conosciuto Cam, la sua coinquilina bizzarra e intelligente, molto più bella di quanto all'inizio non avesse pensato. Lei ha chiarito di non essere interessata a lui, ma Tyler non riesce a capire cosa li separa e che invece per Cam è così evidente. In fondo, è convinto che, nonostante le loro differenze, potrebbero funzionare benissimo insieme…